KB269818

굿과 떡

굿과 떡

이신우 지음

좋은땅

목차

1

신참 도둑놈,
고참 도둑놈

포도청 구류소

앞마당을 가운데 두고 여러 개의 구류소가 둘러싸고 있다. 어느 쪽을 둘러봐도 또 다른 구류소를 향하고 있을 뿐이다. 어느 곳이나 시체나 다름없는 죄수들이 잔뜩 널부러져 있다. 제대로 씻지를 못했는지 거의 다 시커먼 얼굴들이다. 그래선지 눈의 흰자위가 유독 하얗게 보인다.

바닥은 그대로 짚으로 엮은 멍석 같은데 아무리 봐도 멍석인지 여부를 알아보기 어려울 정도다. 그냥 먼지와 피, 고름이 덕지덕지 묻어 있어, 앉기도 꺼림칙하고 불편하기 짝이 없다. 냄새는 또 얼마나 고약한지 머리가 아파질 것 같은 느낌이다. 사람들은 좌포도청이 그래도 우포도청보다 시설이나 나오는 밥이 낫다지만 이 정도라면 양쪽 다 단 하루도 있고 싶지 않다.

홍태산은 재수 옴 붙었음을 떨쳐 버릴 수 없었다. 잘만 됐으면 한바탕 노다지를 캘 판이었다. 장호원 기생집엘 가면 기생들이 전부 버선차림으로 쫓아 나와 매달리기 일보 직전이었는데…. 하필이면 돈이 건네지는 자리에 포도청 군관이 나타날 게 또 뭐람. 뛰는 놈 위에 나는 놈, 도둑놈 위에 포졸이라더니 딱 그 꼴이었다.

홍태산이 '아~ 제기랄.'이라며 눈길을 천정으로 향하고 있는 바로 그때였다.

"야! 야, 너 말이야, 인마!"

말이 끝나는 동시에 목침이 날아왔다. 왼쪽 어깨에 정통으로 맞은 것 같다. 통증이 세게 왔다.

'아니, 미친놈 아냐? 어떤 자식이 내 머리를 향해 던진 거잖아. 이 자

식이 사람 죽이려고 작정을 했나, 이거.'

홍태산이 고개를 돌리자 건너편에 앉아 있던 산적 두목같이 생긴 놈이 빤히 노려보고 있었다. 덩치가 백두산만 했다. 홍태산과 시선이 마주치자 씩 웃었다. 똥내 날 것 같은 누런 이가 드러났다. 아무리 봐도 사람 이가 아니라 짐승 이빨이 제격이다. 그가 말을 꺼냈다. 목소리가 굵직했다.

"저 상놈의 새끼 옷 입은 것 좀 보소. 밖에서 돈 좀 쓰고 다녔나 보네. 멀~ 쩡한 거 보니?"

바로 옆에 앉아 있는 뻐드렁니가 고개를 흔들며 박자를 맞췄다.

"아무래도 손 좀 봐야겠네, 저 새끼."

그러면서 승낙을 구한다는 듯 산적을 쳐다보았다. 뻐드렁니가 고개를 돌리는 순간 기다란 머리카락이 크게 춤을 추었다. 머리를 올리지 않은 걸 보니 총각놈이다. 하는 짓이 영락없는 똘마니라고 홍태산은 짐작했다. 산적은 아랑곳없이 홍태산을 노려보기만 했다. 뻐드렁니가 잠시 눈치를 보더니 홍태산에게 말을 걸었다.

"야! 너 이 새끼 돈 해 처먹다가 포도군관한테 걸렸다며? 이 덜떨어진 새끼, 너 평소에 사기질이나 치며 다니는 놈 같은데 지금 돈 좀 있냐? 얼마나 있냐? 너 하는 꼬라지 봐서 우리 형님이 뒤를 좀 봐 줄 수도 있는데 형님한테 성의 좀 제대로 보여라. 아니면 여기서 굶어 죽어서 시구문 밖에 시체로 내다 버려지든가."

산적과 뻐드렁니가 수작 부리는 모습을 멀거니 바라보던 홍태산이 혓바닥으로 윗니를 쓰윽 훑었다. 그리고 씩 웃었다.

"미안해서 어쩌냐? 한 푼도 없다. 포도군관한테 다 털렸다, 씨부릴.

한 냥은커녕 일 전도 없다."

홍태산의 뜻하지 않은 반응에 주변의 죄인 몇이 당황하는 표정을 지었다. 구류소 안이 어떻게 돌아가는지 세상 물정 모르는 놈이라는 식이었다. 뻐드렁니도 마찬가지였다. 더 놀란 표정으로 산적을 쳐다봤다.

"어? 저 새끼가 웃어? 게다가 반말까지 지껄이네. 앞 이빨을 싹 짓이겨 버릴까 보다. 형님, 저 새끼, 가만 놔두면 안 되겠는데요?"

산적은 잠시 침묵을 지켰다. 그러더니 고개를 외로 틀고 왼손을 멍석에 올려 받침대로 삼는 듯한 동작으로 서서히 거구를 일으켰다. 뻐드렁니가 깜짝 놀랐다는 식의 과장된 표정을 지으며 산적을 보더니 다시 홍태산으로 시선을 돌렸다. 뻐드렁니가 썩은 미소를 지었다. '너 이제 죽었다.' 이런 표정이었다.

산적이 팔자걸음으로 홍태산 앞으로 다가왔다. 오른손 검지를 위로 향하며 홍태산에게 일어서라는 신호를 보냈다. 홍태산의 시선 앞에 바로 산적의 배꼽이 다가왔다. 때가 잔뜩 긴 배꼽이 홍태산의 눈앞에서 숨결 따라 앞뒤로 춤을 추었다. 홍태산의 입에서 갑자기 "크크큭." 하고 웃음소리가 터져 나왔다.

산적의 얼굴이 심하게 일그러졌다. 자기를 비웃고 있음을 깨달은 것이다. 갑자기 오른쪽 발을 들어 그대로 홍태산의 얼굴을 찍었다. 살짝 비키자 발길이 허공을 맴돌았다.

'어? 피해?' 이런 표정을 지으며 오른손 주먹으로 홍태산의 얼굴을 가격했다. 벽에 기대앉아 있는 홍태산의 얼굴을 치려다 보니 자연히 산적의 얼굴이 팔과 함께 밑으로 내려왔다.

홍태산이 산적의 오른팔을 자신의 왼손 수도로 내치는 동시에 오른

손 주먹으로 산적의 얼굴을 후려 갈겼다.

"픽" 소리와 함께 "억!" 하는 신음 소리가 동시에 들렸다. 산적이 얼굴을 감쌌지만 곧 손가락 사이로 붉은 피가 새어 나왔다. 아마도 코를 정통으로 맞은 듯했다. 손바닥에 피가 묻은 것을 확인하자 산적이 "으아~" 소리와 함께 온몸으로 홍태산을 덮쳤다.

홍태산은 몸을 가볍게 오른쪽으로 틀었다. 덕분에 산적의 머리가 그대로 벽을 때렸다. 훈련도감 시절 매일 같이 반복했던 무술 훈련이다. 공격과 방어술은 결코 둘로 나뉜 게 아니다. 구별할 수 없는 하나의 몸짓이다.

훈련 때마다 무술 교관은 소리쳤다.

"상대방의 주먹이 날아올 때 빈틈을 찾아 그걸 분석하고 최적의 방어 자세를 선택한 후 다시 공격의 틈을 노릴 시간이 어디 있겠냐. 그냥 무수한 훈련을 통해 본능적으로 피하고 반격해야 하는 거다. 알았나! 결투는 본능이다. 복창해라, 결투는 본능이다! 알았나?"

산적의 머리가 "쿵" 하고 벽을 찧고 나서 잠시 후 "으어~" 하는 신음이 새어 나왔다. 홍태산의 입가에 미소가 번졌다.

'고통이 느껴지는 순간 신음이 나오는 것도 본능이겠지?'

이번에는 산적이 두 손으로 머리를 통째로 감쌌다. 그리고는 온몸이 조용히 무너져 내렸다. 얼마나 아팠는지 고개를 푹 숙인 채 머리를 감싼 두 손을 풀 생각조차 못 하고 있다. 홍태산이 그런 산적의 목 뒤 옷깃을 움켜쥔 채 다시 벽 쪽으로 세게 밀어 버렸다. 머리통이 벽을 찧는 소리와 함께 "흐억" 하는 신음소리.

뻐드렁니는 물론이고 구류소의 모든 죄수들이 순간 놀란 표정을 지은 채 정지 상태로 들어갔다. 뻐드렁니가 간신히 몸을 움직여 무릎을 모아 꿇는 자세로 돌입했다. 용서를 비는 전형적인 모습이다. 혹시라도 자신이 다음 차례가 될 수도 있다는 판단이 든 모양이다.

홍태산은 여전히 벽에 기대앉은 자세였다. 그가 뻐드렁니를 향해 오른손 검지를 구부리며 가까이 오라는 신호를 보냈다. 뻐드렁니가 자동적으로 두 손을 무릎 위로 올렸다. 고개를 땅에 처박듯 숙인 채 말했다.

"자, 잘못했습니다. 사실은 그게 아니라, 그냥, 아니 죽을죄를 지었습니다."

뻐드렁니가 죽을상을 하며 홍태산을 올려다보았다. 홍태산은 여전히 손바닥을 위로 한 채 검지를 구부려 흔들었다.

뻐드렁니가 마지못해 천천히 기어 왔다. 홍태산은 손가락으로 옆에 엎어져 있는 산적을 다시 제자리로 끌고 가라고 신호를 보냈다. 살았다고 생각했는지 뻐드렁니가 몇 번이나 감사의 인사를 올린 후 옆자리의 다른 죄수와 함께 산적을 끌어안다시피 반대편 벽으로 끌고 갔다. 산적은 여전히 정신을 못 차린 듯 비틀거렸다.

얼마나 지났을까. 구류소를 밝히던 햇볕이 사그라지기 시작했다. 저녁이 다가오는 시간대였다. 잠시 후 포졸들이 밥통과 밥그릇들을 들고 왔다. 구류소 문이 열리더니 조밥이 한 주먹씩 들어 있는 밥그릇이 들어왔다. 누런 조밥 위에 퀴퀴하게 냄새나는 무짠지가 조금씩 올려져 있다. 그저 한입에 털어 넣을 만큼의 양일 뿐이다. 구류소의 죄수들이 모두 눈을 번득이며 조밥을 응시했다. 자칫 잘못하면 남의 것보다 작은 것이 내 쪽으로 올 수도 있기 때문이다. 한 그릇씩 받아들더니 각자 제자리로 돌아갔다.

포졸 하나가 홍태산이 앉은 자리 쪽으로 다가왔다. 굽신거리는 몸짓이 완연했다. 그가 홍태산의 귀에다 대고 속삭였다.

"밖에 나가서 드시겠습니까? 어떻게 할까요."

홍태산이 고개를 가로 저었다. 그리고 조용히 말을 꺼냈다.

"여기 나까지 대충 열한 명인 듯한데 주먹밥이라도 열한 개 들여보내라고 내 아이한테 전해 주쇼."

내 아이는 수하로 부리는 최의재라는 친구였다. 원래 장호원 현청 사령 출신인데 워낙 수완이 좋은 인물이라 홍태산이 심복으로 끌어들였다. 홍태산은 평소 최의재의 병약한 아들을 여러모로 돌봐 주었다. 최의재는 대신 홍태산을 위해 충성을 아끼지 않았다.

최의재는 사령 출신이라지만 아전들의 세계에 정통해 있었다. 현청은 물론이고 경기감영의 아전까지 모르는 사람이 없었다. 지금은 남대문 밖에 위치한 경아전을 왕래하며 형조까지 올라간 홍태산의 속신(贖身) 문제 해결을 위해 이리 뛰고 저리 뛰고 있었다. 속신은 돈을 주고 형벌을 무마하는 제도다. 최의재는 경아전과 형조뿐 아니라, 포도청까지 드나들며 포졸과 포도군관을 완전히 녹여 놓은 상태였다.

"알겠습니다."라고 고개를 끄덕이더니 포졸이 공손히 돌아섰다.

홍태산은 뻐드렁니가 대신 갖다준 자기 밥그릇을 가장 허약해 보이는 늙은 죄수한테 주었다.

"잡수시오. 난 조금 있다가 들 테니까."

모두가 늙은 죄수한테 돌아간 밥그릇보다 홍태산이 말한 주먹밥이라는 단어에 귀를 쫑긋했다. 그것도 열한 개라니. 아니 저분은 도대체 어떤 분인가라는 표정들이었다. 구류소에 오늘 대낮에 들어온 것뿐인데 어떻게 포졸들이 저렇게 공손한 대접을 올린단 말인가.

늙은 죄수는 자기한테 온 밥그릇을 든 채 잠시 산적을 쳐다보았다. 그리고는 다시 홍태산을 돌아봤다. 이러지도 저러지도 못하는 표정이다. 홍태산이 손을 들어 먹으라는 표시를 했다. 산적은 그저 고개를 푹 숙인 채 벽에 기대어 있을 뿐이다. 뻐드렁니도 애써 본체만체했다. 늙은 죄수가 잠시 망설이더니 조밥을 입에 털어 넣기 시작했다. 이 방의 두목은 이제 더 이상 산적이 아니라는 판정이 내려지는 순간이었다.

잠시 후 주먹밥이 각자의 손에 쥐어지자 그들은 일제히 홍태산을 향해 존경심이 가득한 표정을 지었다. 그리고 허겁지겁 쌀이 섞인 보리 주먹밥을 먹기 시작했다. 놀랍게도 주먹밥 안에는 짭조름한 고등어자반이 담겨 있었다. 도대체 얼마 만에 맛보는 생선살 맛인가.

모두 황홀한 표정이 가득했다. 산적은 언제 아픈 적이 있었느냐는 식으로 한 입 물고 눈을 감고, 한 입 물고 눈을 감으며 주먹밥 맛을 음미했다. 뻐드렁니도 싱글거리는 표정으로 홍태산에게 존경심을 전했다. 그 얼룩진 표정이 웃음을 자아내기에 충분했다.

홍태산이 검지로 뻐드렁니를 다시 불렀다. 뻐드렁니가 재빠르게 홍태산 옆으로 걸어왔다.

"맛있냐?"

"아이고, 말해 무엇하겠습니까. 영감님 덕분에 이렇게 맛있는 밥도 먹어 보고 도대체 얼마 만에 생선 비린내를 맡았는지 기억도 나질 않습니다요."

"영감님이라니 이놈이 누구 죽일 일 있냐? 그냥 별감이라고 불러라. 내 무예별감을 좀 했다."

"아이고, 무예별감님이셨군요. 내 그럴 줄 알았습니다. 아까 그 주먹 날아가는 모습이…."

날아가는 모습이 하더니 갑자기 말을 끊고 산적을 돌아봤다. 괜히 산적을 우습게 만드는 말이 나올까 저어하는 눈치가 분명했다. 뻐드렁니와 시선을 마주친 산적이 손가락에 묻은 밥풀을 핥다가 홍태산을 향해 고맙다며 고개를 몇 번이나 숙였다. 뻐드렁니가 계속했다.

"네, 높으신 분인 줄 모르고 큰 잘못을 저질렀습니다요. 이렇게 넓은 마음으로 용서해 주실 줄 알았으면 처음부터 처신을 잘하는 건데 그냥…."

"그래, 알았으면 됐다. 그건 그렇고, 네 이름이 뭐냐?"

"아, 예, 저는 삼봉이라고 합니다. 성은 이 씨입니다요. 그리고 저분은 김판수라고 합니다. 저분도 아까부터 제대로 용서를 빌고 싶다고 했습니다."

산적이 자기 말을 하는 줄 눈치채고 연신 고개를 숙였다. 이미 무릎을 꿇은 자세였다.

"응. 삼봉이라, 좋은 이름이네. 그래 넌 뭣 때문에 여길 들어왔느냐."

"히히히, 뭐 별거 아닌데 헤헤."

"별거 아니라니."

"히히 제가 칠패시장에서 좀 놀았습니다요."

"칠패? 서소문 밖 난전 시장 말이냐?"

"그렇습죠. 거기서 이것저것 물건을 사고팔았습니다."

"사고팔고? 그럼 시장에서 사고팔고하지, 사고파는 것 때문에 감옥엘다 들어오냐?"

"부끄럽습니다요. 실은 염소 뿔을 바다거북 껍질이라고 하면서 팔아

돈을 좀 만지기도 하고, 뭐 또 산삼을 팔기도 했죠. 실은 산삼을 팔다가 걸렸습니다."

"산삼을 팔았다고 걸려?"

"근데 그게 실은 인삼이었습니다요."

"인삼하고 산삼은 잘 보면 차이가 있는데."

"그러니까 산삼 비슷한 인삼을 골라 꼭지를 따낸 다음에, 산삼 꼭지를 아교로 붙여서 파는 방식이죠. 재미 좀 봤습니다. 근데 재수 없게도 양반집 청지기한테 팔아먹은 다음 날인가? 그 집 하인들이 떼거지로 몰려오는 게 아닙니까. 시장 한복판에서 잡혔죠. 알고 보니까 포도청 순라꾼까지 풀었더라고요. 순라꾼들이 시장 거간꾼은 물론이고 왈패들까지 협박해 제 단골 출몰 장소를 파낸 겁니다. 그 다음에 하인 놈들이 제 주변을 완전히 포위했죠. 제대로 걸린 겁니다. 세도가 집인 줄 제가 알았겠습니까? 재수가 없었던 거죠."

"가짜 산삼을 팔았구먼. 그럼 딴 것은 판 거 없나?"

"흐흐흐. 제가 좀 손님 홀리는 데 재주가 있는 모양입니다. 개가죽이 좋은 게 나와서 그걸로 담비 가죽이라고 속여 판 적도 있죠. 그때가 제 전성기였는데 참."

"개가죽을? 재미있네. 어떻게 팔았는데."

"뭐 별거 없습니다. 그냥 시장에서 흔히 쓰는 방법인 걸요 뭘."

"심심한데 그거나 이야기 해 봐라."

이삼봉이 씨익 웃더니 자세를 좀 더 편하게 고쳐 앉았다. "그러니까…." 하고 서두를 꺼내는데 의외로 주변에 앉아 있던 다른 죄수들은 별 관심을 보이지 않는다. 두 번만 더하면 백 팔번째라는 식이었다. 이삼봉이 고개를 좌우로 흔들며 말했다.

"뭐 이 사람들은 다 아는 이야기라서 다시 꺼내기가 쑥스럽네요." 하더니 홍태산을 향했다.

"우선 시장 한복판에서 좋은 개가죽을 손에 쥐고 손님을 가장한 제 동료와 값의 고하를 두고 말싸움을 벌입니다. 비싸다거나, 아니면 이걸 그 값에 주면 난 굶어 죽으라는 이야기냐 등등, 큰 소리로 거래를 하는 거죠. 그렇게 하다 보면 주변에 구경꾼들이 모이고 그중에는 담비 가죽에 관심을 기울이는 손님도 나타나게 마련입니다. 시골에서 올라온 손님 하나가 관심을 보이기에 제 동료가 조금 더 값을 올렸습니다. 저는 여전히 고개를 저었고, 그냥 다른 데로 가라는 흉내까지 냈죠. 그러면 내 동료는 값을 좀 더 올리고, 그래도 안 된다 그러고, 그렇게 하다가 제 동료가 못내 아쉬운 표정으로 물러나는 거죠. 잠시 후 시골 고객이 저한테 다가오더군요. 제가 그랬습니다. '이것 보라.'고 개가죽을 보여 주면서 '제 아는 형님이 갑산 근처에서 사냥꾼 생활을 하는데 고생 끝에 잡은 담비 가죽'이라고 자랑하는 겁니다. '그걸 저 자식이 말도 안 되는 가격으로 팔라고 졸라 댔다.'며 푸념을 늘어놓죠. 별 거지같은 놈이라며 씩씩거리자 주위를 둘러보더니 자기가 사겠다고 하더군요. 그다음이야 뻔한 거 아닙니까. 그냥 옴팍 바가지를 씌우는 거죠. 헤헤."

"칠패시장은 언제 들어간 거냐. 처음부터 그런 짓을 했느냐?"

"아닙니다. 제가 거길 들어간 거는 열다섯 때였습니다. 시장에 가면 먹을 게 많다고 해서 찾아 들어간 거죠. 처음부터 후리기 장사를 한 건 아닙니다. 제가 먹거리 좌판 앞에서 기웃거리며 공짜로 얻어먹는 걸 보던 한 젊은이가 저한테 자기 일을 도와주면 배부르게 먹을 수 있다고 하더군요. 그래서 그 사람 밑으로 들어갔습니다.”

“뭐 하는 친구였는데?”

“헤헤, 소매치기였습니다. 동료들 사이에서는 알아주더군요. 아주 날
쌘 사람이었습니다.”

“그래서 너도 소매치기를 배웠냐?”

“아뇨. 제가 하는 일은 따로 있었습니다. 그러니까 바자를 짊어지고
장사를 하는 거죠.”

“바자? 바자라니.”

“예 뭐 대나무나 갈대, 싸리 같은 것을 엮어서 만든 소쿠리나 물건 담
는 큰 그릇 같은 것을 바자라고 합니다요.”

“그게 소매치기와 무슨 상관이지?”

“헤헤, 제 형님은 예리한 칼날을 숨겨 갖고 다니다 남의 자루에서 비
싼 물건이다 싶으면 칼로 째어서 털어갑니다. 일단 털면 그걸 가지고
튑니다. 알아채지 못하는 멍텅구리도 많지만 어떤 이들은 순간적으로
알아채기도 합니다. 그럼 제 형님은 재빨리 도망가다가 젓갈 골목으로
뛰어 들어갑니다. 당한 사람도 당연히 쫓아가죠. 근데 젓갈 골목이 좁
고 구불구불합니다. 지나다니는 사람도 많고. 그 사이를 비집으면서 쫓
아갈 바로 그때 갑자기 소쿠리나 바구니를 지게에 가득 짊어진 제가 ‘바
자 사려!’ 하며 나타나는 거죠. 그리고는 교묘하게 부딪칩니다. 저는 일
부러 꽈당 하고 쓰러집니다. 바구니들이 쏟아지고 완전히 난장판이 되
잖아요. 당황한 피해자는 소매치기와 저 사이에 잠시 방황하는 모습을
보이게 되고 그때는 이미 소매치기의 종적이 사라지는 것이죠. 뭐, 한
일 년간은 그렇게 소매치기 밑에서 밥을 얻어먹으며 살았습니다요. 저

도 그 형님한테 칼 긁는 수법이나 좀 배우려 했지만 저는 영 그쪽이 아니라서인지 솜씨가 늘지 않더군요.”

홍태산이 고개를 주억거리며 “그래서 어쩔 수 없이 가짜 물건에 손을 댔구먼.”이라고 말을 맞췄다.

“히히, 그런 셈이죠. 그 산삼만 아니었으면 저도 지금쯤은 한몫쯤 챙겼을 텐데 지금 이렇게 구류소 생활이나 하고 있습니다요.”

“가족은 없나?”

“가족이요? 없습니다요. 어머니 아버지가 누군지도 모르는 걸요. 시골 주막 주모가 버려진 아이를 주워다 키웠다고 하더군요. 저는 어려서부터 주막 일을 도왔습니다. 처음에는 근근이 먹고 살았는데 제가 열 살 넘었을 때였나 어쨌든 그때부터 점점 장사가 안 되고 나중에는 하루하루 연명하기도 힘들어졌습니다. 자연히 주인어른이 저를 보는 눈치가 심해지더라고요. 뭐 강제로 쫓겨나다시피 집을 나와서 떠돌다 칠패시장에는 먹을 것 천지라는 이야기를 듣고 무작정 칠패시장을 찾아 들어 갔습니다요.”

이야기를 듣다 보니 시간이 꽤나 흘렀다. 여기저기 누워 잠을 청하고 있었다. 한쪽에서는 이미 코 고는 사람도 있었다. 어느새 다가왔는지 김판수가 왼쪽 편에 조용히 앉아 대화를 듣고 있었다. 다 아는 이야기일 텐데도 잠도 안 자고 있었다.

홍태산이 이삼봉에게 말했다.

“시간이 많이 지난 것 같다. 이만 자거라.”

이삼봉이 “네.” 하며 그 자리에 누웠다. 여전히 옆에 앉아 있는 김판수를 향해 “자네도 자게. 그리고 아까는 너무 심하게 다뤘나 본데 미안

하이."라고 말을 건넸다.

뺨 한쪽에 여전히 코피가 묻어 있는 김판수가 고개를 크게 저었다.

"아이고, 별 말씀을 다하십니다. 저는 괜찮습니다. 제가 괜히 말썽을 피워 죄송스러울 뿐입니다. 먼저 누우십시오."

"자네도 자게." 라며 홍태산이 말을 건넨 후 몸을 눕혔다. 누우니까 돗자리인지 멍석에서 나는 썩은 냄새가 강도를 더하는 듯했다. 잠은 쉽사리 오지 않았다. 이삼봉의 이야기를 듣다 보니 자연스레 자신의 왕십리 시절이 떠올랐다.

정보를 읽는 장사꾼

홍태산의 아버지는 오군영 중 남한산성을 중심으로 경기 남부 지역을 담당하는 수어청 소속의 보병으로 병과는 창병이었다. 하지만 창병은 명목상의 분류일 뿐이다. 창병이라도 아버지는 창을 제대로 휘두르지도 못했다. 무능한 것이 아니라 역설적으로 삶에 유능했기 때문이었다.

왕십리 지역에는 군사 조련과 무과시험을 치르는 훈련원이 자리 잡고 있었다. 한양에 이런 지역이 두 곳이다. 왕십리 외에 이태원도 군영과 군속들의 거주지가 있다. 금위영, 훈련도감 등의 숙영과 군 훈련장 역할을 왕십리와 나눠 담당하고 있었다. 하지만 군인들 집단 거주지라면 왕십리가 대표적이다.

왕십리에서는 훈련원을 둘러싸고 있는 주변 모두가 농업과 수공업이 주된 삶의 수단이었다. 군인들이 채마밭을 가꾸거나 수공업으로 먹고 살았다. 원칙대로 하자면 오군영 군사들은 직업 군인으로서 일정한 급료를 받아 생활을 하는 것이 맞다. 하지만 조선 후기 조정은 만성적인 재정 부족을 겪고 있었다. 수많은 군인들의 급료를 충당하기란 사실상 불가능할 정도였다.

그러자 조정에서는 이를 타개할 해결책을 강구해야 했다. 고민 끝에 나온 방안이 왕십리 군인들에게 생활 방편으로 농, 상업과 수공업을 허락하는 것이었다. 자체 소비가 아닌 한양을 겨냥한 근교 농업과 수공업이 일어난 직접적인 배경이었다. 훈련원 근처의 밭들은 배추를 비롯해 무와 미나리를 많이 재배했다. 이곳 배추는 품질이 좋아 훈련원 배추라며 상대적으로 비싼 값에 거래됐다.

홍태산의 아버지도 집에서 배추를 많이 재배했다. 배추가 다 자라면 소 수레에 가득 싣고 동대문 밖 시장으로 실어 가는데 홍태산이 자주 따라다녔다. 물론 힘들고 귀찮은 일이지만 배추 판 값으로 여러 가지 생필품과 옷을 만들 무명, 베 등으로 교환했고 홍태산은 엿이나 떡을 얻어먹기도 했다.

아버지는 사실상 이름만을 군적에 올려놓고 한 달에 이삼일씩 병영에 입대할 뿐이었다. 배추 농사가 잘되어 조금 여유가 생기자 아예 사람을 사서 대리 근무를 시켰다. 수공업으로 상당한 재산을 모은 옆집 군인은 장교에게 뇌물을 먹이고 아예 대리 근무조차 세우지 않았다. 이러니 창병이든 총병이든 창이나 총을 제대로 다루는 병사들이 드물 정도였다.

아버지는 소 수레를 몰고 동대문으로 갈 때마다 홍태산에게 말했다.

"내가 창을 휘두르면 밥이 나오냐, 떡이 나오냐 응? 우리 집은 이렇게 배추하고 무로 먹고산다. 배추와 무가 우리 집 창과 칼이여, 알겠냐?"

홍태산은 바로 그게 불만이었다.

"아버지, 옆집 홍 씨 아저씨는 짚신 만들기로 우리보다 더 잘살잖아요. 배추, 무 재배하려고 맨날 뙤약볕에서 일하지 않아도 되고 말이죠."

"이놈아, 우리는 그래도 밭이 있잖아. 그것도 재산이여. 홍 씨는 되레 우리 집 밭을 보고 부러워해. 저번에 백호장 집에 배추 좀 실어다 주니까 헤벌레 해 가지고 뭐라고 한 줄 아냐? 아이고 이 사람아, 뭘 이렇게까지…. 내가 뒤에서 편의는 잘 봐줄 테니까 걱정 말게라고 하더구나."

"배추만 줬어요? 베 두 필도 갖다 줬구먼."

"두 필이 문제냐? 그럼 내가 병영에 들어가 아무 것도 못하면 우리 집은 뭘로 먹고 살 거냐, 응? 네 누나도 과년해서 이제 곧 시집을 가야 할 것이고."

배추와 무는 동대문에만 내다 파는 것이 아니다. 어머니는 채소를 가득 담은 바구니를 머리에 이거나 어깨에 멘 채 도성 안으로 들어가 행상을 다닌다. 어머니의 돈벌이도 심심치 않다. 한양 도성 안에는 원칙적으로 농사가 금지돼 있어 채소 행상은 늘 인기다. 배추 두 근 가격이 쌀 한 말이고, 파 한 단이 쌀 한 되, 그리고 여분으로 재배하는 상추가 한 단에 쌀 두 홉이나 된다.

성 안의 북촌은 경복궁과 창덕궁 사이에 있는 동네다. 노론, 즉 조정의 권세가들이 몰려 사는 곳이다. 이곳에는 어머니의 단골집도 여러 곳이다. 어머니의 허리춤 전대에는 늘 돈이 찰랑거렸고, 어머니의 머릿속에는 양반 놈들의 최신 정보가 들어 있었다.

어머니는 툭하면 아버지에게 화를 내고, 아버지는 제대로 항의도 하지 못한다. 기껏해야 "에이." 하며 장죽을 든 채 문밖으로 나가 버린다. 그러는 데는 다 이유가 있다. 현금은 호랑이도 춤추게 만든다.

왕십리 군인 가족 대부분이 이렇게 살아간다. 누군가는 채마 밭을 가꾸고 누군가는 석공 일도 한다. 한강 근처에는 기와장이들도 있다. 집에서 가까운 친구 아버지는 버들로 소쿠리 짜는 솜씨가 일품이다.

자연히 병영에는 군적상으로만 군대가 수백, 수천 명이고 실제로는 대리 근무하는 노인네 병졸 수백 명이 병영에 들어가 낮잠이나 자기 일 쑤였다. 따라서 군인 생활도 주된 생업은 따로 있고 한 달에 흰쌀 몇 말 받는 군인 월급은 사실상 일종의 부업일 뿐이다. 툭하면 급료가 밀려도 불만을 늘어놓을 뿐 군적을 떠나겠다고 나서는 사람이 없는 이유다.

홍태산이 봐도 군인이 괜찮은 직업이었다. 군인인 아버지를 닮아 몸 하나는 자신이 있었다. 왕십리 젊은것들 사이에서는 싸움꾼 자질이 있다는 평도 받았다. 어릴 때부터 이웃 군인 아저씨들한테 무예도보통지의 권법 이야기를 많이 들었다. 무술 흉내도 많이 냈다. 곧잘 칭찬도 받았다.

거기에다 동네 어린 처자들은 홍태산을 보면 손으로 입을 가린 채 깨웃음을 날렸다. 아줌마들은 홍태산만 보면 잘생겼다면서 나중에 사위 삼겠다고 농 반 진 반으로 어머니를 꼬드겼다.

군인이 돼도 팔자가 주욱 펴 나갈 것 같았다. 하지만 일단 군적을 걸어 놓고는 무엇을 하느냐가 문제였다. 아버지처럼 배추 농사를 짓고 싶지는 않았다. 노동이 고된 데다 큰 수익이 나질 않는다. 지금 보다 미래가 더 나아질 것 같지 않았다.

하루 밥 세 끼 놓치지 않는다지만 매번 보리가 절반 이상인 밥과 고추와 된장국, 들녘에 나는 채소로 만든 나물이 고작이다. 동대문 시장에 들려야 어쩌다 자반고등어나 꽁치가 밥상에 올라온다. 육고기는 아버지가 개고기를 좋아하는 덕분에 이따금 맛을 볼 뿐이다. 어머니는 돈을 아낀다고 아주까리기름을 많이 쓴다. 참깨, 들깨 기름보다 반찬 맛을 떨어뜨리기 일쑤다.

반찬 탓을 하면 곧바로 어머니의 불호령이 떨어진다.

"이놈의 새끼가 다른 집은 하루 두 끼도 먹기 힘든 것을 뻔히 보면서 투덜대기만 하네 그려, 다 처먹었으면 나가서 김매기나 더 해 이놈아! 밭에 온통 잡초가 난리 춤을 추더구면."

홍태산은 아버지를 따라 동대문에 갈 때마다 상인들을 유심히 관찰했다. 어리숙한 손님들을 말솜씨로 속여 먹는 장면도 많이 목격했다. 크고 작은 되와 말을 장만해 둔 뒤에 팔 때는 작은 것을 쓰고, 살 때는 큰 것을 쓰는 경우도 봤다.

홍태산이 무엇보다 관심을 기울이는 것은 큰손인 도매꾼들이었다. 이야기로는 이들이 전국에서 물건이 들어오는 길목에 진을 친 뒤 대량으로 물건을 구매해 창고에 저장하고, 물품이 부족해 값이 폭등하면 그때 가서 창고를 푼다는 것이다. 그렇게 폭리를 취한다고 한다.

이런 장사가 돈이 된다는 소문이 퍼지면서 돈 많은 양반놈들이 자기네 집 청지기나 노비를 앞세워 물품을 싹쓸이한 뒤에 값이 오르도록 조장한다는 소문도 많이 들었다.

저번에는 자기네들끼리 몇 놈이 힘을 합쳐 제주에서 올라오는 말총을 모조리 매점했다는 소문이 흘러 다녔다. 그러자 얼마 뒤 양반들의 갓과 망건을 만들 수 없을 지경이라는 외침이 쏟아졌고 그제야 창고를 풀었다는 이야기다. 결국 그놈들끼리 돈을 가마니로 쓸어 담은 것이다. 말총이란 것은 상상하지도 못했다. 양반놈들은 자기네들한테 없어서는 안 될 물건이 무엇인지를 알고 있었고 그러기에 갓과 망건에 눈독을 들인 거다.

역시 장사가 최고다. 장사를 해도 반드시 정보의 흐름을 잡아야 한다. 정보가 없는 장사는 몸으로 때우는 노동일 뿐이다. 그래 맞다! 정보를 읽는 장사꾼 그거야. 하지만 군인으로서 어떤 장사를 해야 하는지가 문제였다. 게다가 장사를 하려면 무엇보다 자금이 필요하다.

김매기 중 잡초를 하나 뽑아 들어 하늘로 던져 버렸다. 홍태산은 배추밭 한가운데서 쿵하고 엉덩방아를 찧으며 앉아 버렸다.

'하! 어디서 돈을 모아야 한다는 말인가.'

홍태산에게 무과 시험은 식은 죽 먹기였다. 말 타기에서 약간 밀리기는 했지만 활쏘기 창던지기는 상급이었다. 특히 권법 실기는 최상의 점수였다. 덕분에 오군영 중 핵심인 훈련도감이 그의 입대를 기다리고 있었다. 그 역시 아버지처럼 보병이었다. 병과는 장총을 다루는 사수였다.

'총이라, 이왕이면 현대 병기를 다뤄야 군인답겠지.'

물론 사수가 그의 최종 목표는 아니다. 군인 직업은 어디까지나 방편일 뿐이다. 당장의 목표는 무예별감이다. 무예별감은 군영에서 무예가 뛰어난 장교로서 훈련, 지휘, 전투 현장에서 특기병을 담당하는 전문 군관이다. 임금의 행차나 궁궐 의식 때는 시위(侍衛) 역할도 떠맡는다.

무예별감은 왕의 주변에서 특별 경비를 담당할 수도 있다. 그렇게만 되면 권력 심층부에 다가갈 수 있고 세상 돌아가는 고급 정보도 손쉽게 얻어낼 수 있다. 정보만 획득하면 수족들을 통해 시장을 조작하는 것쯤은 식은 죽 먹기일 것이다. 사실 시장 도매상들의 뒤에는 세도가들이 돈주로 자리 잡고 있다는 것쯤 잘 알려진 사실이다.

'이런 제길….'

잔뜩 부풀어 오른 꿈이 산산조각이 나는 것은 훈련도감에 들어간 후 한 달도 채 걸리지 않았다. 훈련도감 생활은 아버지의 군인 생활과 천양지차였다. 수어청과는 조금 다를 것이라고 짐작은 했지만 조금이 아니라 전혀 달랐다. 상설 근무이다 보니 사회생활은 언감생심이었다.

이놈의 병영생활이 새벽부터 밤늦게까지 사람을 가만 놔두질 않는다. 새벽 파루가 울리면 군영 내 병사들은 연병장에 집합하여 인원을 점검한다. 새벽잠을 깨우는 점호 행사가 끝나면 무기와 갑옷을 점검하고, 군영 내를 청소해야 한다. 졸병의 빼놓을 수 없는 사역이다.

아침 식사는 쌀, 잡곡, 죽 등의 군량으로 간단히 해결한다. 식사 후 기다리는 것은 오전 무예 훈련. 활쏘기를 비롯해 창술, 검술, 기마술 등 전통 무예를 연습한다. 홍태산이 소속된 총포병은 조총 사격과 화포 운용 훈련이 기다린다.

진법 연습도 빼놓을 수 없다. 대형 편성에서 집단 이동으로, 그리고 방어와 공격 훈련을 거듭한다.

그나마 중식과 휴식이 주어지지만 어디 졸병에게 그런 달콤함이 있겠는가. 고참병들이 널부러져 휴식을 즐기는 동안 신참 병사들은 밥, 국, 염장 반찬 등의 배식을 책임져야 하며 식사가 끝나면 다시 무기 손질과 말의 꼴 먹이기가 기다린다.

오후는 더 힘들다. 실제 전투를 가정한 모의 전투가 진행된다. 산성과 강기슭, 도성 주변에서의 행군 및 진법 훈련이다. 그것만 있나. 화약 제조와 보수, 창병과 보병은 창검 손질을 한다.

저녁 식사 후 무예별감과 교관들의 지도 점검을 거치면 다시 야간 점호가 기다린다. 병사들은 번갈아 도성과 군영 수문과 창고 경비의 보초를 서야 한다. 무예별감은 언감생심이고, 저녁 늦게 쌓여 있는 동전과 은전을 세는 장사꾼의 꿈조차 꿀 수가 없다. 교태 흐르는 기생들의 까르르 웃음소리와 꾀꼬리 목소리의 권주가? 놀고 자빠졌다!

그래도 기다리는 자에게 복이 있나니, 썩은 쥐새끼를 입에 물고 참는 기분으로 육 개월을 지내자 뜻하지 않게 기회가 찾아왔다. 남한산성과 주변 지역을 맡는 분견대에 파견될 병사를 선발한다는 부대장의 전갈이 내려졌다.

모두 피하는 기색이 역력했다. 그도 그럴 것이 훈련도감 병사라면 자존심이 있지, 한양 도성 내의 근무를 선호하는 것은 당연한 일. 누가 지방으로 떨궈져 나가고 싶겠는가. 그러기에 일 계급 특진이 주어진단다. 무예 실력이 뛰어날 경우 초관을 뛰어넘어 오장(伍長)까지 바랄 수 있었다. 홍태산은 하늘이 내려 준 기회라고 생각했다.

'가자, 가서 민간 세상으로 나가면 별감 행세나 하면 되지. 그렇게 하고 돌아다니다 보면 뭔가 쾌가 생길 것이다. 여기서 언제까지 급료라고 주어지는 쥐꼬리만 한 쌀 몇 말에 만족하겠는가.'

홍태산은 손을 들자마자 오장으로 승진했다. 오장을 나타내는 붉은색 띠를 두른 한편 그에 걸맞은 투구를 쓰고 분견대에 가보니 그곳은 말 그대로 가관이었다. 대부분 병사의 근무 양태가 아버지나 왕십리 사람들에서 보듯 개판 오 분 전이었다. 거의가 대리를 쓰거나 뇌물로 병영 생활을 대신했다.

화룡점정은 병기고였다. 쓸 만한 피복도 군수품도 병기도 찾아볼 수가 없다. 포신 뒤끝으로 장약하는 중국제 대포 몇 문이 퍼렇게 녹이 쓴 채 구석에 처박혀 있다. 나머지는 모두 간부들이 팔아먹고 난 뒤다.

그 대신 쓰지 못할 헌 누더기 몇 벌과 쇠 나부랭이들을 갖다 놓은 듯하다. 이곳이 한양 남측 방어선의 핵심 거점이란다. 부대에는 연고도 없고 돈도 없는 늙은이들이 병사랍시고 군대 밥을 축내고 있었다. 절로 고개가 흔들릴 정도다.

어머니 돈 백 냥

홍태산은 먼저 모친을 졸랐다.

"훈련도감에서 좋은 성적을 내면 무예별감으로 승진하고 그러면 다시 임금을 경호하는 시위대로 뽑힐 수 있어요."

모친이 반색했다. 영감이라고 평생 졸병을 벗어나지 못하는데 아들 하나 제대로 낳았다는 말도 했다.

그렇게 모친의 전대에서 뜯어낸 정치 자금(?)으로 분견대장부터 구워 삶았다. 아버지가 즐겨 쓰는 방법 그대로다. 이렇게 주변을 정리한 그는 여유를 갖고 광주 읍내를 돌아다니며 투전판을 찾았다.

쓸데없는 것이든, 귀중한 것이든, 모든 소문과 정보가 흘러와서 흘러나가는 곳이 놀음판이다. 엉터리가 대부분이지만 고르고 고르면 쓸 만한 정보도 줍게 마련이다. 문제는 식별 능력이다. 동대문 시장을 들락거리며 상인들에게서 배운 교훈이다.

이런 데를 들락거리는 데 유효한 의상은 몰락한 양반의 모양새가 제격이다. 머리에는 망건 위에 갓을 쓰고 두루마기에 헝겊 띠를 두른다. 아무리 몰락한 집안이라도 짚신보다는 나막신이 낫다. 이렇게 해야 양반이든 아니면 평민이든 왈패든, 한 수 접고 대해 주는 법이다.

일단 읍내 중심에서 조금 떨어진 객주집을 찾았다. 객주집은 상인들이 주로 머무는 곳이라 물품의 매매는 물론이고 환어음, 차용, 자금 대여 등이 활발하게 이뤄진다. 돈이 흐르는 곳이니만큼 당연히 투전판이 끼어들게 마련이다.

홍태산이 외진 방을 소개받아 들어서자 대여섯 명이 둘러앉아 판을 벌이고 있었다. 그 옆에는 개평꾼이 곰방대를 입에 문 채 중얼거리다 홍태산을 쳐다봤다. 홍태산이 개평꾼 옆으로 다가가 앉았다. 지꼬땡이가 벌어지고 있었다. 개평꾼은 투전판을 주선한 왈패였다. 왈패가 홍태산을 아래 위로 훑어보더니 자리를 조금 비켜 주었다.

투전꾼들은 홍태산을 힐끗 보고는 다시 투전판으로 시선을 돌렸다. 어디서 흘러들어온 파락호냐는 투다. 선수가 네 명에게 투전을 나눠주었다. 각자 다섯 장을 손에 움켜쥐더니 세 장으로 십 단위를 채운 뒤 나머지 두 장을 손끝으로 만지작거렸다. 한 명은 끝내 장을 만들지 못한 모양이다. 투전을 판 위로 던지며 곰방대를 찾았다. "에이, 쌍." 하는 소리와 함께 곰방대가 재떨이 통을 두들기는 소리가 요란했다.

곧바로 다른 한 명이 "일하고 장이 서로 부여잡고 통곡하는구나."하는 신음과 함께 투전 종이를 내던졌다.

나머지 세 명이 서로를 노려봤다. 한 명이 기다리다 못해 "깔까?" 하며 자신의 패를 내보였다. 가보였다. 그가 흥얼거렸다.

"구 자 한 장 들고 보니 / 구일 날은 천리 타향에 / 고객들 집 생각이 간절하고~"

다른 한 명이 "에이씨." 하며 패를 던졌다. 여덟 끗이었다.

마지막 남은 한 명이 씨익 웃었다.

"아이고, 오늘은 패들이 좋지를 않네 그려. 난 삼 땡!"

그가 판 가운데 쌓여 있는 동전들을 긁어모았다. 다 긁어모으더니 동전 하나를 왈패 앞으로 던져 주었다. 왈패 앞에는 동전이 조금 모여 있었다. 그가 투덜거리며 말했다.

"아, 이래 가지고 언제 저녁밥이라도 주워 먹겠나, 이거. 판을 좀 올려 보지 그래. 응?"

그러자 투전꾼 한 명이 고개를 흔들었다.

"요즘 장사 안 되는 거 알면서 그래. 오늘 그냥 시간이나 죽이자고 앉아 있는 거 몰라?"

다른 한 명이 홍태산을 바라보더니 말을 걸었다.

"어이, 한양에서 쫓겨난 토반인가? 어디 출신이요?"

홍태산이 그를 향해 말했다.

"뭐 정처 없이 떠돌고 있소. 나름대로 장사에 손을 대 볼까 생각 중인데 딱히 손댈 말한 것이 없어 고민 중이외다."

왈패가 웃음을 지어 보였다. 노골적인 경멸 투로 말을 꺼냈다.

"밥은 먹고 있소?"

홍태산이 입을 삐죽 내민 채 "먹거리를 찾느라고 떠돈다고 하지 않소."라고 퉁명하게 말을 받았다.

돈을 딴 투전꾼이 홍태산을 향했다. 그리고 혼잣말을 했다.

"배고픈 데 장사 있소? 끈 떨어진 양반 같은 데 정 할 거 없으면 갖고 있는 족보라도 팔아 보쇼. 그래도 수요는 있을 거요. 요즘 돈 좀 모은 사람들이 양반 족보를 많이 거래한다던데."

"댁도 샀소?" 홍태산이 되물었다.

"아, 좋은 거면 관심은 있지. 하지만 요즘 나도는 것들은 별 관심이 없소이다."

그 소리에 왈패가 어깨를 숙이며 투전판 안쪽으로 고개를 들이밀었다.

"있으면 사겠소?"

"좋은 거라면."

"그러니까 좋은 거가 있으면 사겠냐고."

투전판은 이미 흐지부지 끝나는 모양새다. 어차피 시간 죽이기였는데 재미있는 주제가 떠오르자 모두 그쪽으로 관심사가 이동해 버렸다.

투전꾼이 한 발 뺐다.

"아니, 그것도 값이 문제지. 별것도 아니면서 값만 부르면 뭐해. 그런 거 한두 번 경험해?"

왈패가 씨익 웃었다.

"한번 해 본 소리요."라던 왈패가 몸을 뒤로 젖히며 다시 말을 이었다.

"하지만 나도 정보가 있는 놈이올시다."

홍태산이 끼어들었다.

"족보 문제라면 나도 나름 보는 눈이 있소이다. 보면 알 수 있다는 이야기입니다."

돈을 딴 투전꾼이 "허허." 웃었다.

"어련하시겠소. 나도 내 후손들 생각해서 많이 고민해 본 사람이요. 하지만 세상에 나도는 족보들 많이 봤지만 탐나는 것은 별로 만나 보지 못했소."

왈패가 발끈했다.

"허 참 네. 돈 좀 모았다고 허장성세하지 마쇼. 장 서방이 보면 얼마나 봤다고 그래. 에이, 관두쇼. 나도 정보가 있다고 했잖소."

분위기가 서먹해지자 판이 깨졌다고 생각했는지 한 사람이 "아이고, 밥이나 먹으러 가야겠다."는 소리와 함께 자리에서 일어났다. 그 신호와 함께 장 서방도 돈을 챙겨 일어섰고 다른 사람들이 줄을 지어 방문을 나섰다. 자리에는 왈패와 홍태산만 남았다.

"댁은 안 가쇼?" 왈패가 묻자 홍태산이 정색을 했다.

"아까 말씀하는 데 정보가 있다고 했잖소? 실례되는 줄 알겠지만 물어봅시다. 어떤 정보요?"

"에이. 소문이요, 그냥 소문."

"소문인지 정보인지는 내가 판단하죠."

"당신 아까 족보 좀 볼 줄 안다고 했소?"

"뭐 그쪽에는 면식이 있으니까 나름 평가는 할 수 있소이다."

"이거 소문인데, 근데 확실한 소문인 것 같소."라며 왈패가 운을 뗐다.

"댁은 혹시 선원보략이라는 말 들어 보셨소?"

홍태산이 속으로 당황했다. 그런 생소한 단어를 들어본 것은 지금이 처음이다. 그렇다고 모른다고 할 수도 없었다. 크게 놀란 표정을 지으며 되물었다.

"알다마다요. 근데 그런 귀한 것을 어디서 구했단 말이요?"

이거 큰일 났다. 하지만 이럴 때는 어쩔 수 없다. 무조건 상대방으로 하여금 말을 많이 시키는 수밖에 없다. 왈패가 말했다.

"한양에서 내려온 사람이 있는데 그 선원보략을 비밀리에 내놓았다고 하더군요. 몇몇 돈 많은 상인들이 군침을 흘린다고 합디다."

"그럴 만하겠네요. 그럼 그걸 내놓은 사람은 누구인지 알 수 없습니까?"

"되도록 신원을 밝히려 하지 않는 모양이에요. 나도 몇몇 선을 대 봤지만 다들 도통 알 수 없다고 하니 원."

홍태산이 크게 고개를 끄덕였다.

"아, 근데 댁은 성함이 어떻게 되나? 난 홍 가라고 하오. 뭐 작은 벼슬 한 집안이라 송구스럽소이다."

"아이고, 같은 홍 씨구만. 홍국언이라고 합니다."

"나는 남양 홍씨요."

"이런이런, 나도 남양이요, 반갑소이다. 이런 인연이 있나."

"근데 말이요. 지금 댁이 꺼낸 그 선원보략 말이요. 이거 보통 큰 문제가 아닌데 우리 한 번 진중하게 의논할 필요가 있는 것 같소이다. 한마디로 오늘 내일 다룰 문제가 아니란 말이요. 어떻겠소. 우리 내일 같이 조용히 점심 식사라도 하면서 논의를 해 보는 것이…. 나도 오늘 나름대로 구매선을 한번 둘러 보겠소이다."

"뭐 좋지요. 좋습니다. 그럼 내일 같이 만나 숙의를 하고 그 주인을 접촉하는 방법도 생각해 보죠."

홍태산은 홍국언과 내일 만나는 장소를 정한 후 헤어졌다. 헤어지자마자 그가 달려간 것은 분견대장 집이었다. 그의 손에는 과하주 두 병이 들려 있었다. 놀란 표정으로 문을 열고 나온 파견대장에게 "술이 생기자마자 대장 생각이 났습니다."라고 읊었다.

대장의 설명이 놀라웠다. 요즘은 족보보다 많이 팔리는 것이 조정에서 벼슬아치에게 수여하는 임명장인 직첩이라고 했다. 관직 임명장 외에 공로자 표창, 곡식 납부 대신 부여하는 공명첩도 잘 팔린다. 심지어 직첩이나 족보는 가짜들이 시장에 돌기도 한다.

한 번 벼슬을 한 사람이라면 평생 받은 직첩이 많으면 수십 장이요, 적어도 열 장은 된다. 그런데 그가 죽은 후 자손이 가난해지면 물려받는 직첩들 중 높은 벼슬의 직첩은 집의 가보로 삼고 나머지는 모두 내다 파는 경우가 많다. 양인과 천민들 중 같은 성 씨를 가진 자들은 너나없이 그 직첩을 비싼 값에 사서 호적을 고치거나 새로 만드는 데 사용한다.

분견대장이 정말로 놀란 표정을 지은 것은 '선원보략'이라는 말을 들은 후였다. 왕가의 종실 자손이 자기 가문에서 대대로 물려받은 것이 선원보략이라고 했다. 한마디로 조선 왕실의 족보인 셈이다. 왕실의 경조사나 즉위 책봉, 탄생 등 새로운 일이 생길 때마다 내용을 수정하거나 추가한다.

선원보략 여덟 권짜리 한 질을 팔면 엄청난 돈을 받을 수 있다고 했다. 이 진본을 사들여 후손이 끊긴 파에 제 할아버지의 이름을 끼워 넣는 것이다. 서체 모방과 새기는 법이 교묘해서 감쪽같다는 것이다.

"뚱딴지같이 웬 선원보략이야?"

"어제 토반들과 대화 중 이야기가 나왔는데 모른다고 할 수가 없어서 대충 알아듣는 척했지만 속으로 창피하기 그지없었습니다."

다음 날 주막에서 만난 홍국언은 어제 늦게까지 여기저기 선을 놓느

라고 죽을 고생을 했다면서 드디어 소지자를 파악했다며 함박웃음을
지었다.

"장호원에 머물고 있다고 합디다. 장호원은 여주에 가까운 데라 민비
처가 세력이 많이 사는 곳 아닙니까. 여흥 민씨 집안과 가까이 지내는
종친으로 오랫동안 벼슬길에서 벗어나 생활이 몹시 궁핍하다고 합디
다. 일단 접촉해서 돈을 조금씩 뿌리면서 친해질 필요가 있을 듯합니다
그려."

홍국언이 태산의 얼굴을 살피며 말을 이었다.

"일단 살 사람부터 구해야 할 것 같습니다. 그리고 나서 그 사람 머무
는 곳으로 찾아가 슬쩍 구매 의사를 전하는 것이 순서일 듯합니다."

"살 사람이라…. 혹시 어제 그 부유한 상인은 어떻소. 진품이라면 하
고 조건을 달았지만 꽤 관심이 있는 것 같던데."

"나도 그 생각 중입니다. 그런데 또 문제는 물건부터 보자고 할 것인
데 이거 문제가 복잡하네요."

잠시 고민 중이던 홍태산이 천천히 말을 꺼냈다.

"그럼 말이요, 우선 내가 흥미를 보이는 것으로 하면 어떨까요. 내가
돈 많은 상인을 대신하는 척, 접촉하면 될 것 아니요. 그렇게 해서 선금
이라도 걸면 그 양반이라는 자도 믿음을 갖고 상대를 할 것이니까. 그
사이에 장사치를 설득해서 양쪽을 연결시키는 거지."

"그거 좋은 생각이요. 그렇게 합시다. 그럼 내가 우선 중개자를 통해
그 양반이라는 자와의 만남을 성사시키겠소. 성사시킨 후에 내가 홍 형
에게 다시 연락을 드리리다."

"그렇게 합시다. 잘만 성사시키면 양쪽에서 한바탕 개평 아니, 중개

료를 뜯어낼 수 있을 테고. 하하하, 좋은 거 아니요?”

홍국언도 크게 고개를 끄덕이며 미소를 지었다.

“뜻하지 않게 동지를 만났고 덕분에 일이 잘 풀리는 것 같소이다그려.”

“이런 게 다 인연 아니겠소. 이번 일만 잘 풀리면 우리 힘을 합쳐 새로운 활로를 열어 봅시다요.”

며칠 후 홍태산과 홍국언, 그리고 선원보략을 소지하고 있는 이해주라는 사람 셋이 한 자리에 만났다. 이해주는 시종 의심스러운 눈초리로 둘을 대했다. 그러면서 실 구매자가 왜 나타나지 않느냐고 따져 물었다. 홍태산은 자신이 그분 대신으로 나왔다면서 자신이 가지고 온 돈 보따리까지 내보였다.

이해주도 억지로 꺼내는 양 선원보략이 든 보자기를 풀었다. 여덟 권 그대로였다.

홍태산이 뭘 좀 안다는 듯이 말을 꺼냈다.

“보아하니 제가 봐도 진품이 분명한 것 같소이다.”

이해주의 표정이 갑자기 일그러졌다.

“진품인 것 같소이다? 댁은 지금 나를 어떻게 보는 거요, 응? 내가 지금 함부로 나선 것 같소? 나 지금 대단히 기분이 나쁩니다. 이 거래 없던 것으로 하고 싶소이다.”

“아니아니, 내가 뭘 알겠소. 진품을 보니 감탄사가 절로 나와서 그런 건데 이렇게까지 화를 내실 건 없잖소. 내가 잘못했소이다. 사과하오.”

여전히 화난 표정의 이해주가 고개를 숙이더니 조용히 말을 내뱉었다.

“내가 오죽하면 이런 종친 족보까지 들고 다니겠소. 나도 지금 조상님들에게 죄를 짓는 것 같아 죽고만 싶은 심정이요. 하지만 목구멍이 포도청이라고 자식새끼들이 기다리는 집을 생각하면 죽지도 못하고 이렇게 못할 짓을 하고 다니는 겁니다. 내가 왜 화를 내면서까지 이런 짓을 하는지 나도 모를 지경이란 말이오."

홍태산이 조바심이 생겼다. 혹시라도 거래가 끊길까 봐 조심스러운 태도로 말을 꺼냈다.

"자, 여기 일단 우리 주인께서 보낸 선금을 받아 주시오."

홍태산이 보따리를 펼쳐 보였다. 백 냥이었다. 그러면서 자신도 보증이 필요하다는 말을 꺼냈다.

"잘 아시겠지만 저는 댁을 믿습니다. 하지만 그분은 상인 출신이라선지 거래에 꽤나 까다로운 분입니다. 그래서 이거 참 이야기를 꺼내기 어렵지만 그 책자의 일부라도 보증용으로 저에게 주시면 상인에게 전하도록 하겠습니다. 그리고 나서 두 분이 직접 만나 최종 거래를 마무리하시는 게 어떻겠습니까. 저도 제 신분이 있는 탓이라 참 송구스럽습니다."

홍국언도 맞장구를 쳤다.

"저도 그 상인 분 잘 아는데 거래에는 분명한 분입니다. 구질구질한 거 제일 싫어하는 분입니다. 어른께서도 이해해 주셨으면 합니다."

잠시 고민하던 이해주가 마지못한 듯 맨 윗 권을 빼서 홍태산 앞으로 내밀었다.

"나도 지금 못 할 짓을 하고 있지만 그래도 선비 중 한 사람이요. 염치도 있는 사람이란 말이요. 기왕 이렇게 된 거 믿고 안 믿고를 떠나 거래는 거래니까, 민간의 거래 방식을 따르는 것이 부끄러운 일도 아닐 것입니다. 그렇게 합시다."

족보 한 권을 손에 든 홍태산은 손바닥으로 표지를 쓰다듬더니 다시 자신이 가지고 온 보따리에 넣고 접었다. 이로써 오늘의 거래는 성공이었다. 홍태산은 속으로 쾌재를 불렀다.

이해주와 헤어진 두 사람은 돌아오는 길에 새로운 구매자를 찾을 묘책을 강구했다. 큰돈이 들어가는 만큼 아무나 끼어들지 않을 것이다. 하지만 세상에 왕실 족보를 얻는다는 것이 쉬운 일인가. 객주가에는 늘 돈 있는 인간들이 붐비니 찾으면 반드시 나올 것이다. 세상에 왕실 족보라니.

어쨌든 두 사람은 구매 대상자를 같이 찾자고 약속했다. 홍국언이 내일로 다시 날짜를 잡았다. 두 사람은 악수를 나눈 후 헤어졌다. 그런데 그 악수가 마지막 악수였다.

다음 날 약속 장소를 갔으나 홍국언이 없었다. 그 후 객주가를 배회하며 하루 종일을 죽쳤으나 여전히 종적이 묘연했다. 궁금해진 홍태산이 객주가 주인장을 만나 홍국언이 어디 있느냐고 물었다. 주인장이 고개를 외로 까딱했다.

"홍… 국언이라고 했소? 그런 사람 없는데….."

"네? 그 왜 며칠 전 상인들 노름판에서 개평치던 사람 있지 않습니까. 얼굴 좀 가무잡잡하고 귀는 좀 작은 편이고, 왜 그 키가 작은….."

"아! 김국언이! 그 사람 성 씨가 홍이 아니고 김이요. 근데 그 사람 어제 저녁에 갑자기 급한 일이 생겼다며 갔다 와야 한다고 하던데. 김국언한테 무슨 일 있소?"

홍태산은 갑자기 온몸에서 피가 빠져나가는 듯했다. 하지만 침착해야 한다는 생각이 들었다. 애써 태연자약하게 말했다.

“아! 맞아요. 참 어딜 다녀온다고 했는데 내가 깜빡했네요. 이런이런, 내가 요즘 기억력이 원.”

집으로 돌아온 홍태산은 헛웃음을 지었다. 찬장에서 꺼내든 막걸리 맛이 그렇게 쓰디쓸 수가 없다. 잔을 내려놓은 홍태산은 객주가 술자리에서 들었던 우스갯소리를 떠올리며 다시 멋쩍은 웃음을 흘렸다.

어느 양반이 길을 가다가 강아지 한 마리가 게걸스럽게 밥을 먹고 있는 장면을 목격했다. ‘그놈 참 잘 먹네.’라고 감탄하며 지나가려다 발걸음이 갑자기 딱 멈춰 섰다. 양반이 다시 돌아봤다. 강아지가 머리를 처박고 먹는 그릇이 아무리 봐도 고려청자 그릇이었다.

주변을 둘러보니 바로 옆에 꾀죄죄한 옷차림의 사팔뜨기 늙은이가 고추를 멍석 위에 펴서 말리고 있었다. 양반의 두뇌가 빠르게 회전했다.

“노인장, 날씨가 더운데 물 한 잔 얻어 마실 수 없을까요?”

노인이 무심하게 “그러쇼.” 하더니 집안에 대고 “물 한 잔 갖고 와라.”라고 소리쳤다. 잠시 후 젊은 여인이 “아버님!” 하며 물을 갖다줬다. 노인이 고갯짓으로 양반을 가르키자 며느리가 양반에게 물을 건넸다.

양반은 물을 마신 후에도 여러 가지로 말을 걸었다. 그렇게 하다 잠시 후 강아지를 보며 말했다.

“그놈 참 똑똑해 보이네. 훈련이라도 시키면 아주 말 잘 듣게 생겼구면. 노인장 어떻소, 저놈 나한테 팔면.”

노인이 고개를 저었다.

“저놈은 파는 강아지가 아닙니다.”

양반이 좀 더 값을 쳐 주면 팔겠지라고 생각하며 크게 불렀다.

“강아지가 예뻐서 그러는데 내가 열 냥을 주리다.”

“강아지야 장터에 가면 많지 않습니까. 거기 가면 싸게 살 수 있을 것이외다.”

“아니 저놈이 마음에 들어서 그렇소. 저놈이 갖고 싶소이다. 정 그러면 내 이십 냥을 드리리다.”

노인은 쳐다보지도 않고 그냥 고개만 흔든다.

“삼십 냥 어떻소⋯. 에이, 사십 냥 드리리다. 이게 지금 내가 가지고 있는 돈 전부요.”

노인이 하던 일을 멈추고 일어서면서 한심하다는 듯 말했다.

“별 양반 다 보겠네. 그렇게 갖고 싶으면 가져가시오.”

양반은 기쁜 표정으로 사십 냥을 건넸다. 그리고 강아지를 안더니 다른 손으로 밥그릇을 집어 들었다. 노인이 갑자기 정색을 했다.

“아니 저는 강아지만 팔았지, 밥그릇을 판 것은 아닙니다.”

노인이 다가와서 밥그릇을 채 갔다. 양반이 애써 태연한 표정으로 말했다.

“아, 이까짓 개 밥그릇 하나 갖고⋯. 밥그릇을 주면 강아지도 제 밥그릇을 알아볼 것 아니요.”

“이까짓이라니 이 밥그릇이 고려청자요, 고려청자!”

양반이 자기 꾀가 통하지 않자 분한 표정을 지었다. 그러거나 말거나 노인은 고개를 돌려 소리를 쳤다.

“얘 아가야! 강아지 팔렸다.”

잠시 후 며느리가 다른 강아지를 안고 나왔다.

2

민비라는 여자

세자가 고자랍니다

민비가 동궁의 침전 바깥방에 조용히 앉아 있었다. 불안한 낯빛이 역력했다.

'어찌 내 자식들에게 이렇게 불행한 일이 연속해서 닥칠 수 있단 말인가.'

침전에서는 시간이 멈춰 있는 것 같았다. 더 이상 기다릴 수 없다고 생각한 민비가 방안에 대고 조용히 물었다.

"잘되느냐?"

"죄송합니다…. 잘 안 됩니다."

어린 나인의 기어들어 가는 목소리가 흘러나왔다.

이 나인은 고르고 고른 아이였다. 궁 안에서는 제법 미색을 갖췄다는 소리를 듣는 편이었다. 몸매도 나긋나긋했다. 손으로 입을 가리고 웃는 모습이 예뻤다. 젊은 남자들이 보면 마음이 싱숭생숭해질 만한 여자아이였다. 그래서 혹시 세자 척이 흥미를 보일지 모른다고 생각해 침전으로 들여보낸 것이다.

'이렇게 해도 안 된다면 어찌하란 말인가.'

민비가 고개를 절레절레 흔들었다.

잠시 후 나인이 문을 열고 조용히 걸어 나왔다. 고개를 푹 숙인 채였다. 민비가 복도로 나와 지밀상궁에게 어린 나인을 데리고 가라고 손짓을 보냈다. 다시 돌아서 방 안에 들어가니 세자가 이불을 뒤집어쓴 채 옆으로 누워 있었다. 아무런 소리도 내지 않는다. 자기 스스로도 머쓱했나 보다.

‘에구 하는 짓들이 꼭 지 아비 판박이라니….’

목구멍까지 올라오는 불만을 민비는 간신히 집어삼켰다.

이틀 전날 아침이었다. 세자 척의 부인인 세자빈 민 씨가 민비의 거처인 대조전으로 불려왔다. 지밀상궁 강 씨가 민비에게 도착했음을 알리자 민비가 짧게 대답했다.

“방으로 들라 해라.”

세자빈이 조용한 몸짓으로 들어왔다. 세자빈에게는 세상에서 제일 무서운 시어머니다. 심지어 남편인 세자 척 역시 아버지 고종보다 어머니 민비를 더 무서워했다. 자식이라면 벌벌 떠는 고종과 달리 민비는 세자인 아들에게도 매섭게 대할 때가 많았다.

마음에 들지 않아 눈이라도 흘기면 세자는 몸 전체가 굳은 채 이마에 땀이 맺힐 정도였다. 고종은 옆에서 이러지도 저러지도 못하면서 바라보기만 했다. “그래도 저하 아니요.”라는 말을 꺼내는 것이 고작이었다. 민비가 세자에게 “물러가라.”라고 해야만 그때야 비로소 고종도 자기 아들을 미소로 배웅할 뿐이었다.

민비가 세자빈을 보자 낮은 목소리로 말했다.

“앉거라.”

세자빈이 여전히 고개를 숙인 채 민비 앞에 앉았다.

“얼굴을 들어 봐라.”

세자빈이 얼굴을 들었지만 시선은 여전히 아래로 향하고 있었다.

세자빈 민 씨는 민비의 친척 민태호의 딸이다. 민태호는 민비가 고종과 결혼식을 올리고 궁정으로 들어온 이후부터 전적으로 의지했던 양

오빠 민승호의 사촌이다.

민승호가 원인 모를 폭탄으로 폭사하자 민비는 민태호의 아들인 민영익을 민승호의 양자로 입적시켰다. 민승호의 죽동궁은 민영익이 물려받았다. 민승호가 축적한 거만의 부가 그대로 민영익에게 돌아간 것이다.

민태호는 민비 덕에 대운이 튼 사람이다. 민태호의 딸 그러니까 민영익의 여동생 민 씨까지 세자빈으로 간택된 것이다. 온갖 영화가 제비 박처럼 민태호의 집안으로 통째로 굴러들어 온 셈이다. 조정의 모든 이들이 부러워했다.

하지만 정작 민태호의 딸인 세자빈은 시어머니 민비의 미움을 사 고된 시집살이를 해야 했다. 민비는 며느리를 원수 보듯 했다. 자식을 생산하지 못해서라면 그건 차라리 나이 스물이 넘도록 하늘의 이치를 모르는 아들을 탓해야 했다. 그런데도 원망은 늘 며느리에게 돌아갔다.

세자빈은 매일 아침저녁으로 고종과 민비에게 문안 인사를 올렸다. 늘 정장인 원삼 의상에 띠를 두르고 네 번 절을 올렸다. 절을 올린 후에도 세자빈은 밖에서 기다렸다. 물러가라는 명이 떨어져야 했기 때문이다.

어떤 때는 아침부터 해가 질 때까지 서 있거나 밤이 늦도록 서서 벌을 받을 때도 있었다. 그렇게 하루가 가더라도 고통은 밤으로 이어진다. 정작 남편이라는 자는 음양의 이치를 알지 못한다. 운명은 가혹했다. 친정아버지 민태호는 사정을 알아도 침묵해야만 했다.

민비가 서안 옆에 있는 팔걸이 궤에 왼팔을 걸치며 물었다. 지쳤다는 표정을 지으며 말했다.

"여전히 아무 조짐이 없느냐?"

세자빈이 언뜻 무슨 말인지 몰라 당황한 표정으로 민비를 바라보았다.

"밤일 말이다."

"아, 네."

"네라니. 아무 일이 없느냐고 물었다."

세자빈이 다시 고개를 숙였다. 하늘을 봐야 별을 딴다고 했던가. 잠시 바닥을 쳐다보다 목에서 간신히 나오는 목소리로 아뢰었다.

"…. 없습니다."

"허어, 왜 그렇다고 생각하느냐? 네가 혹시 다가가지 않는 것 아니냐?"

"아닙니다."

"아니면?"

"저 역시 여러모로 애를 써 보지만 저하께서 좀처럼 관심을 보이지 않습니다. 관심을 보일 때도 있지만 그저…."

"그저, 그저 하지 말고 그냥 솔직히 말해도 된다. 오죽 심각하면 내 너를 불러 이렇게까지 다그치는 것 아니냐. 지금 불평이나 늘어놓을 때가 아니라는 건 너도 잘 알지 않느냐?"

"예, 저하께서 노력하실 때도 계시지만 정작 삽입이 안 되고…. 죄송합니다."

삽입이 안 된다는 노골적인 표현에 민비가 천정을 쳐다보았다. 한숨이 절로 나왔다.

"후우~"

"…. 저로서도 뭐라고 말씀드릴 수가 없습니다. 황공하기 그지없습니다."

"알았다. 아무리 생각해도 네가 좀 저하의 몸을 끌어당기는 힘이 부족한 듯싶다."

"저도 나름대로…."

세자빈의 숙인 얼굴에서 마침내 눈물이 떨어졌다. 눈물은 원삼의 앞자락을 방울방울 적셨다.

가만히 지켜보던 민비가 고개를 저으며 말했다.

"돌아가거라."

"…. 예."

세자빈을 돌려보낸 민비는 다시 지밀상궁을 불렀다.

"이대로 놔둘 수는 없지 않느냐. 뭔가 조치를 강구해 봤으면 한다."

"이렇게 말씀드리기 어렵지만 한마디 드리겠습니다."

"말해라."

"아무리 세자빈이라 하지만 꼭 세자빈에게만 매달려야 하는 것도 아니지 않습니까."

"무슨 말이냐? 세자 탓이라도 있다는 것이냐?"

"아닙니다. 그런 뜻이."

"그럼?"

"다른 방법도 있다는 뜻을 말씀 올리는 것입니다."

"그래서?"

"궁궐 안에는 나인도 많습니다. 이쁨을 간직한 나인도 많고요. 이렇게 저렇게 기회를 넓히다 보면 저하께서도 새로운 경험을 하게 될 것이고 또 좋은 상대를 만날 수도 있을 것입니다. 무엇보다 눈을 뜨게 하는 것이 중요할 듯합니다."

"어떻게."

"제가 몇몇 아이들을 알고 있습니다. 여자가 봐도 매력적인 아이들입니다. 벗겨 보아도 제법 쓸 만한 아이들이었습니다."

"그래? 그럼 생각하는 아이라도 있느냐?"

"나인으로 열일곱 살인데 색기가 보통이 아닙니다. 가만히 앉아 있어도 느껴질 정도입니다. 치마 상단 위로 봉긋하게 부풀어진 가슴이 뭇 남자를 홀릴 만합니다."

가만히 듣고만 있던 민비가 서안에 올려진 연적을 쓰다듬었다. 돌도 이렇게 부드러울 수 있나? 민비가 지밀상궁을 향했다.

"그럼 그 아이를 날짜를 잡아 들여보내게. 혹시라도 변화가 생길지 누가 알겠나."

"쇠뿔도 당장에 뽑으라 했습니다. 오늘 밤에 제가 특별히 교육을 시키고 내일 밤에 성사시키도록 하겠습니다."

"그래, 그렇게 하게."

민비가 오랜만에 지밀상궁에게 미소를 보였다. 그런데 지밀상궁이 뽑고 뽑아서 저하의 침전으로 들여보낸 그 나인이 "안 됩니다."라고 실토하고는 고개를 푹 숙인 채 물러난 것이다.

전날 밤 시간을 잡아 여러 가지 설명을 한 지밀상궁은 다음 날 오후 늦게 나인을 다시 불러 특별 당부를 했었다. 절호의 기회라는 말도 빼놓지 않았다.

"내 이런 말까지 해야 할지 모르겠지만 너로서도 최선을 다할 이유가 충분하다. 저하의 몸을 치료하는 데 그치지 않음을 잘 알아야 한다. 네가 하는 바에 따라 저하의 능력이 다시 살아나기만 한다면 너는 당장 저하의 홍은(興恩)을 받는 몸이 된다. 내 너에게 이미 가르쳐 주었지만 꼭 가르쳐 준 방법에 구애받지 않아도 된다. 저하의 반응을 면밀히 주시해라. 그리고 반응이 나타나는 방향으로 최선을 다하면 된다. 알겠느냐?"

나인은 수줍은 듯 짧게 대답했다.

"알겠습니다."

동궁의 침전에는 이미 자리와 이불이 정갈하게 깔려 있었다. 나인은 자리에 앉아 저하가 오기를 기다렸다. 얼마나 지났을까 문 바깥이 시끄럽더니 문이 열리고 세자가 얼굴을 드러냈다. 곧 겹겹으로 된 문들이 일제히 닫혔다.

세자는 나인을 쳐다보더니 가까이 다가와 앉았다. 얼굴을 유심히 바라보았다. 왜 이 자리에 있느냐는 식이었다.

"누가 들여보냈느냐."

어머니인 민비가 지시했다고 하면 절대 안 된다. 산통 깨뜨리는 것과 다를 바 없다. 다른 이유를 대야 한다. 그리고 흥미를 자극해야 한다.

"저하의 옛 보모상궁입니다."

세자는 갑자기 보모상궁이 기억에 되살아났다. 어린 시절 늘 함께했던 상궁이다. 따뜻하게 감싸 주기를 좋아했던 상궁이다. 게다가 농담도 잘했다. 함께 웃던 것들이 떠올랐다. 옆에 있으면 마음이 편했다.

"보모상궁이 왜?"

"사실은 어제 저한테 분부가 있었습니다."

"어떤 분부인데."

"내 너의 목욕하는 모습을 보면서 떠오른 생각인데 네 얼굴도 얼굴이지만 몸매가 아름답구나 하면서 말을 했습니다."

“그리고?”

“말씀드리기 부끄럽습니다.”

“괜찮다. 말해라.”

“상궁의 말을 그대로 전하겠습니다. 만일 예법에 어긋난다고 생각하시면 저를 벌해 주시옵소서.”

“괜찮다고 했지 않느냐.”

나인이 부끄럽다는 듯이 얼굴을 붉혔다. 그러면서 여전히 지밀상궁이 가르쳐 준 묘사들을 전하기 위해 애를 썼다. 물론 자신의 상상력도 동원했다.

“그러면서 상궁께서 봉긋한 가슴과 그에 못지않게 우뚝 솟은 너의 하복부가 탐스럽더라. 내가 여자지만 그럼에도 한번 만져보고 싶을 정도다. 내 너를 보면서 세자 저하를 생각했다. 세자 저하는 내가 오랫동안 옆에서 모셨던 분이다. 그분도 이제 젊음의 향기가 뚜렷한데 이따금 멀리서 보면 외로운 듯 보이실 때가 있어 내 마음이 아플 때가 많다. 나는 세자 저하를 잘 안다. 너라면 저하께서도 관심을 가질 만하다고 생각했다. 그래서 특별히 너를 골라 저하에게 보내고자 한다…. 대충 이런 말이었습니다.”

묵묵히 듣고만 있던 세자가 고개를 끄덕였다.

“보모상궁이? 으음, 잘 알지. 나도 어린 시절 보모상궁을 좋아했단다.”

정좌 자세에 오른 팔을 무릎에 괴고 손바닥으로는 턱을 받치고 있던 구부정한 모습의 세자가 갑자기 나인을 가까이 오라고 손짓을 했다.

나인이 조금 앞으로 나아갔다. 세자가 다시 손으로 더 가까이 오라는 신호를 보냈다. 거의 세자의 몸 앞이었다. 나인은 고개를 숙인 채였다.

세자가 오른 손을 들어 나인의 뒷 머리카락을 어루만졌다. 흰 목덜미가 드러났다.

세자의 손이 서서히 미끄러져 돌면서 나인의 턱을 들어 올렸다. 나인이 세자의 얼굴을 정면으로 바라봤다. 세자가 나인의 입술에 자신을 맞췄다. 나인이 찔끔하는 몸짓을 보였다. 살짝 비키려 하자 세자가 다른 손으로 나인의 목덜미를 잡아 끌어당겼다.

나인은 "으~ 음" 하며 작은 신음을 냈다. 세자가 입을 맞춘 채로 나인을 서서히 쓰러뜨렸다. 세자의 몸이 그대로 나인의 몸을 덮고 있었다. 세자가 한 손을 들어 나인의 저고리 섶을 풀었다.

세자가 시선을 나인의 가슴 쪽으로 돌렸다. 풀어진 저고리 안으로 젖무덤이 살짝 얼굴을 내밀었다. 세자의 숨소리가 조금씩 거칠어졌다. 동작도 빨라졌다.

세자가 나인의 속치마를 들추려 하자 나인이 도왔다. 가슴에 이어 하복부가 그대로 노출됐다. 하얀 피부에 보모상궁이 말한 대로 봉긋한 젖, 그 위에 발그레한 색깔의 유두가 세자의 눈을 끌었다. 세자가 유두를 머금었다. 나인이 다시 자그마한 신음을 냈다. 세자가 서둘러 자신의 옷을 벗었다.

세자가 다시 누워 나인을 끌어안자 나인이 세자의 몸을 자그마한 손으로 더듬었다. 세자도 하복부 쪽으로 손을 옮겼다. 계곡은 이미 촉촉이 젖어 있었다.

나인이 과감해졌다. 세자의 중심부로 손을 갖다 댔다. 듣던 것과는 달리 반응이 나타났다. 나인이 서서히 마찰을 가했다. 더욱 딱딱해지는 느낌이었다.

세자의 숨소리도 커졌다. 세자가 나인의 몸 위로 올라서려 했다. 나인이 몸을 밀착하면서 세자를 이끌었다. 세자의 그것이 계곡 가까이 왔다. 나인이 자신의 양 다리를 조금씩 벌려 주었다.

세자가 삽입을 위해 엉덩이를 들었다. 잠시 후 세자가 "후우" 하는 소리와 함께 옆으로 누워 버렸다. 나인이 손으로 그곳을 만지자 이미 풀이 죽어 있었다. 나인은 당황해서 몸을 구부려 세자의 그것을 입에 담았다.

애를 써 봤지만 그것은 더 이상 굳어지지 않았다. 세자는 반드시 드러누운 채 한 팔을 자신의 이마에 걸치고 있을 뿐 더 이상 움직이려고도, 말하려고도 하지 않았다.

다시 한번 더 노력하려고 몸을 구부려 입을 갖다 댔으나 세자는 조용히 나인을 밀어냈다.

끝났다. 둘 다 한 동안을 정지된 상태로 누워 있었다. 그때 밖에서 민비의 목소리가 들려왔다.

"잘되느냐?"

아까 여러 겹의 문을 닫는 소리가 들렸었다. 이제 저하와 나, 두 사람뿐이라고 생각했었다. 그런데 중전마마가 창호지 한 장 밖에 앉아 있었던 것이다.

민비에게 세자는 두 번째로 얻은 귀중한 아들이다. 고종은 이름을 척으로 지어 주었다. 그런데 척은 뭔가 말도 어눌하고 발달도 느렸다. 그런 것쯤은 참을 수 있었다. 정말로 심각한 문제는 척이 고자 즉 음위(陰痿)였다는 사실이다. 어의가 그렇게 진단했다. 다시 말해 성교 시 당연히 발기해야 할 가운데가 좀처럼 반응이 없는 것이다.

어쩌다 발기를 했다 해도 순식간에 꼬르륵하고 숨어 버린다. 상궁들은 자기네들끼리 모이면 세자가 타고난 고자인 것 같다고 키득거렸다. 키득거림이 끝나면 그중의 누군가가 이렇게 속삭였다.

"상궁 이 씨에게서 태어난 아이를 죽음에 이르게 한 업보인지도 모른다."

업보라는 소리만 나오면 주변의 상궁들은 늘 고개를 끄덕인다. 잠시 후 나이 많은 한 명이 고개를 흔든다. 침묵하라는 신호다.

세자의 음위 증상은 끝내 원인이 밝혀지지 않았다. 어의들도 그저 고개만 갸웃거릴 뿐이었다. 혹시 어린 시절에 궁녀가 생식기를 빨고 나서 사정을 한 번 하고는 그다음부터 수습이 되지 않는 것 아니냐는 그럴듯한 의혹도 제기됐다. 하지만 정작 본인은 그런 일이 없다고 했다.

어의들도 여러 명이 나섰다. 그들의 진단은 대동소이했다. 저마다 기혈의 부족, 간과 신장의 불화, 지나치게 복잡하고 억압적인 궁정 분위기 등을 견디기 어려워한 것이 원인이라고 했다. 어의들은 여러 가지 방법으로 치료를 시도했다.

기력을 보충하고 혈액 순환을 촉진하는 한약들이 대거 동원됐다. 인삼, 당귀, 숙지황 등이 처방전에 단골로 등장했다. 특정 음식이 성기능에 긍정적인 영향을 미친다고 믿어져, 해산물, 견과류, 인삼 등이 늘 식탁에 올라왔다. 심지어 세종이 즐겨 먹었다는 사슴 고기가 이런저런 형태로 요리돼 제공됐다.

침 치료도 병행했다. 배꼽에서 네 촌 더 내려간 지점의 경혈을 자극하는 침술이 장기간 시술됐다. 몸의 기를 조화롭게 하고, 성기능을 개선하는 데 도움을 준다는 의학서의 처방이었다.

하지만 어느 하나 효력이 나타나지 않았다. 나이는 점차 많아지는데 척의 생식기는 말라비틀어진 콩깍지처럼 졸아든 상태가 되고, 아무 때나 소변이 흘러나왔다. 자고 나면 언제나 요를 적셔서 하루에 한 번씩 요를 갈았다. 바지도 두 번씩 갈아입혀야 했다.

세자 때문에 민비만 고통을 받은 것이 아니다. 더 큰 고통은 세자빈인 민 씨였다. 시어머니가 어린 궁녀를 따로 불러 세자의 이불 속으로 들이미는 꼴을 지켜봐야 하는 민 씨의 마음은 오죽했겠는가.

질투와 음모

민비가 세자 척의 처량한 모습을 지켜볼 때마다 척에게서는 지 아버지 고종의 과거 모습이 중첩되고는 했다. 사실 고종의 첫사랑은 민비가 아니라 열여덟 살 난 상궁 이 씨였다. 열여덟이라면 산길 따라 빨갛게 얼굴을 내미는 딸기 같은 나이라고 하지 않던가. 게다가 얼굴이 무척 고왔다. 그저 옆에만 있어도 남자는 향기에 취할 정도였다.

민비와의 결혼은 즉위 삼 년 때였다. 고종은 민비에게서 좀처럼 여자를 느끼지 못했다. 고종으로서는 어린 나이에도 뭔가 차가운 분위기가 싫었다. 민비가 생각에 빠져 뭔가를 바라보고 있을 때는 응시하는 눈매가 매서울 정도였다.

고종은 여전히 어린 남자였다. 민비가 한 살 위라지만 한 십 년은 더 성숙하게 느껴졌다. 본능적으로 가까이 가려 하지 않았다. 어쩌면 당연한 일이다. 이러니 민비는 결혼 후에도 늘 독수공방의 나날이 이어졌다. 과부나 다름없는 신세였다. 모처럼 같은 이불을 덮고 있더라도 고종의 손은 의식적으로 이불 끝자락을 잡고 있고는 했다.

결혼 후 얼마 지났을 때였다. 고종은 민비 대신 상궁 이 씨에게 눈을 떴다. 고종에게는 달맞이꽃처럼 조용히 자신을 바라보는 눈망울이 너무나 예뻤다. 손을 뻗으면 순간적으로 움츠러드는 모습이 더욱 마음을 설레게 했다. 그날부터 고종은 이 씨의 육체에서 헤어나지를 못했다.

고종이 상궁 이 씨에게 홍은을 내린 다음 날, 승정원이 갑자기 시끄러워졌다. 즉각 대원군과 마님에게도 소식이 들어갔다. 승정원은 곧바로 이 씨를 종이품 귀인으로 승격시켰다.

이 같은 소식을 민비에게 가장 먼저 들려준 것은 지밀상궁이었다. 자신의 몸에는 손가락 하나 대지 않는 남편이다. 그런데 임금의 은총이 이름도 없는 상궁에게 내려졌다는 사실에 민비는 몸서리를 쳐야 했다.

우려는 현실로 나타났다. 이 귀인의 몸에 귀한 징조가 나타나자 고종의 친모인 부대부인은 이 귀인에게 온갖 보약을 바리바리 싸서 보냈다. 자신의 시어머니가 정식 며느리가 아닌 어떤 천한 여자에게 정성을 쏟고 있는 것이다.

애초 근본도 모르는 상궁 따위 아닌가. 근본이라고 해 봤자 중인의 딸이거나 첩의 자식, 서녀 출신이 고작일 것이다. 얼굴도 모르는 어떤 여인에 대한 시기와 질투의 감정은 갈수록 깊어졌다. 그것이 불면의 밤을 만들어 갔다.

그년에게서 딸도 아니고 아들이 태어났다. 결국 그년이 임금의 다음을 잇고 말았다. 그야말로 하늘이 무너지는 충격이었다. 아들을 품에 안은 그년은 귀인에서 숙빈으로 승격됐다. 남편이라는 작자는 매일 밤

그년의 방으로 달려갔다. 민비의 밤을 기다리는 것은 퀭한 빛의 촛불뿐이었다. 촛불은 미세한 바람에 흔들리며 민비를 향해 속삭였다.

'오늘도 긴 밤을 혼자서 지낼 거야?'

지밀상궁의 말에 의하면 아기가 자지러지는 소리를 낼 때마다 임금은 그저 너털웃음을 터뜨린다고 한다. 시아버지라는 대원군 역시 시간만 나면 그년의 처소까지 찾아가 손자를 안고, 헬렐레 하며 함박웃음을 짓는다. 손자의 이름을 선이라고 지었단다.

놀랍게도 시아버지는 정비인 민비를 옆에 놔둔 채 선의 세자 책봉을 서둘렀다. 선이 돌을 맞이하자 완화군이라는 이름을 내리고 세자로 책봉식을 거행했다. 정비인 민비는 여전히 육체가 젊었다. 언제 아들을 생산할지 모르는 일이 아닌가. 며느리를 어떻게 생각하기에 조금이라도 기다려 주는 기색을 보이지 못한단 말인가.

고작 상궁의 몸에서 나온 아이를 고종을 이을 세자로 만들었다. 민비는 하늘이 노래졌다. 천인공노할 짓이 아닌가. 그것도 시아버지라는 작자가 이런 짓을 저지르고 있다. '내 저 인간을 결코 가만 두지 않을 것'이라고 민비는 자신의 가슴을 쓰다듬으며 다짐했다.

분노의 뒤에는 슬픔과 비탄이 몰려왔다. 어쩌란 말인가. 자신도 하늘을 봐야 별을 딸 것이 아닌가. 시기와 질투는 어느덧 사무치는 원한으로 변해 있었다. 이대로 물러설 수는 없다.

절박함은 책략을 낳게 마련이다.

'고종의 마음을 내 쪽으로 돌려야 한다.'

그런데 그런 일이 진짜로 벌어진다. 고종이 민비에게 시선을 돌리기 시작한 것은 사실 여자로서의 민비가 아니었다. 민비의 두뇌였다.

　무능한 고종은 판단력조차 제대로 갖추지 못한 인간이었다. 고종의 아버지 대원군은 고종을 형식상 국왕의 자리에 앉혀 놓았을 뿐, 왕실의 권력을 독점한 채 마치 자신이 제왕인 것처럼 군림하고 있었다. 무릇 세상의 인심은 대원군 앞에서만 굽신거렸다.

　고종은 왕이면서도 왕이 아니었다. 고종은 그것이 잘못돼 있다고 여기면서도 어쩔 줄을 몰랐다. 그런 그의 귓속에 권력이란 무엇인지, 그리고 그 권력은 어떻게 행사해야 하는지에 대한 지혜를 불어넣어 준 사람은 바로 민비였다.

　그렇다면 어떻게 고종에게 다가가서 그의 귓속에 세상을 살아가는 이치를 속삭여 줄 것인가. 꽉 막힌 현실 정치의 장애물들을 어떻게 돌파할 것인가. 민비는 바로 원수 같은 그년의 자식, 완화군을 통한 비책을 생각해 냈다.

　완화군의 두 돌로 조정은 떠들썩했다. 민비도 축하에 발 벗고 나섰다. 번쩍이는 순금 거북이 한 쌍과, 비단으로 정성 들여 만든 아기 옷 몇 벌이 마련됐다. 숙빈 이 씨를 위해서는 청나라에서 들여온 족제비 털배자와 족두리도 보따리 안에 살포시 담았다. 숙빈을 모시는 상궁들 몇몇에게는 청나라 은화가 골고루 뿌려졌다.

　숙빈 이 씨는 순금 거북이와 모피 배자, 족두리 등을 일부러 고종에게 보이며 자랑했다. 정비인 민비까지도 자신을 축하하고 인정해 주었다는 일종의 과시였다. 고종이 기뻐했음은 물론이다. 민비가 자신이 사랑하는 여인을 위해 정성을 다한 것이다.

　무릇 여자는 질투가 병폐임에랴. 그런데 민비는 그렇지 않았다. 고종으로서는 민비가 다시 보였다.

며칠 후였다. 독수공방으로 날을 지새는 민비의 밤에 뜻하지 않은 손님이 들어섰다. 고종이었다. 오늘따라 늘 차갑게 깔려 있기만 했던 비단 이부자리가 환하게 빛을 발했다. 고종이 곤룡포를 벗고 자리에 앉았다. 고종이 쑥스럽다는 듯이 물었다.

"잘 지냈소?"

민비는 서러움을 드러내기보다 기쁨을 앞세웠다. 남자에게 투정을 부린다고 얻어지는 게 없을 바에야 남자를 기쁘게 하는 표현이 더 나을 뿐이다. 그래서 여태까지 입을 악물고 참아온 외로움은 깨끗하게 지워 버렸다. 아니 지운 척하면 되는 것이다. 민비가 미소를 지었다.

"이렇게 마주 앉으니 더 이상 기쁠 게 없습니다."

"그렇소? 응, 그리고 두 돌 잔치에 중전이 보낸 귀한 선물 나도 봤소. 기쁘게 생각하오."

"변변치 않은 것들인데요. 전하의 자식은 저에게도 소중한 자식입니다. 자그마하게나마 저도 기쁨의 표시를 하고 싶었습니다."

"고맙소, 그렇게 생각해 주니."

"피곤하실 테니 누우시지요."

고종이 누웠다. 그러나 정작 잠자리에 들 생각은 없나 보다. 여전히 우물쭈물한다. 너무 오랫동안 비워 둔 자리였다. 다시 앉으려니 그것도 쑥스럽기 짝이 없다는 눈치다. 민비가 이때다 싶어 주제를 바꾸었다.

"전하."

민비가 고종을 응시했다.

"응, 왜 그러오? 뭐 할 말이 있소?"

"전하, 전하가 등극한 지 이제 얼마나 되나요? 제가 알기로는 이제 칠

년이 다 가는 데요."

"칠 년인가? 그렇지, 그렇게 되겠네. 세월이 참."

"게다가 종통과 법통을 이을 세자까지 있는 옥체이시옵니다."

고종이 무슨 말인지를 눈치채지 못한 얼굴로 "으응." 하며 고개만 끄덕였다.

고종은 오늘 민비가 보여 준 따뜻한 마음씨에 고마움을 표시하기 위해 온 것이다. 여자를 찾아온 것이 아니다. 그러니 다시 또 언제 올지 모른다. 민비가 이번 기회뿐이라는 생각으로 말을 이었다.

"전하께서는 이미 국정을 힘껏 다뤄야 할 때이옵니다. 전하의 연세도 세상을 호령하기에 부족함이 없습니다."

그제야 민비가 무엇을 말하려는지 눈치를 챈 듯했다. 고종이 심각한 표정을 지었다.

"그야 그렇소. 그렇긴 한데… 근데 대원위대감께서 여전히 저렇게 우뚝 서 계시는데 나로서도 어떻게 할 수도 없는 것 아니겠소."

"전하, 그렇지 않습니다. 무릇 권좌는 누가 가져다주는 것이 아닙니다. 게다가 대원위대감은 처음부터 전하가 어리다는 이유로 섭정을 맡으신 겁니다. 하지만 연세는 이미 충족됐습니다. 제가 말씀드리지 않았습니까. 전하께서는 이제 나라를 직접 살필 수 있을 만큼 총명해지셨습니다."

"그거야 나도 그렇게 생각하고 있소. 다만 아버님께서 도통 물러서려 하지 않으시니."

"그렇게 생각만 하신다면 아버님은 절대로 내려오시지 않습니다. 권좌란 그런 것입니다. 전하께서도 이제 움직이셔야 합니다. 당당히 친정

(親政)을 하시겠다고 말씀하셔야 합니다. 그렇게 하시면 아버님도 그리고 조정의 신하들도 달리 할 말이 없을 것입니다. 전하께서 염두에 두셔야 할 것은 단 한 가지입니다. 스스로 친정을 세상에 선포하는 것입니다.”

“좋은 말이요, 나도 그렇게 생각하고 있소. 다만 어떤 방법으로 해야… 할지.”

“그 점은 걱정하지 마십시오. 제가 생각이 있습니다. 전하께서 결심만 하신다면 방법은 얼마든지 있습니다.”

고종이 놀란 표정을 지으며 옆으로 돌아누웠다. 민비를 정면으로 바라보았다.

“정말이요? 그래도 아버님이 도대체….”

“저도 오랫동안 생각해 왔습니다. 저희 양오빠 민승호가 지금 승정원 부승지로 있지 않습니까. 오빠도 나름 전하의 앞날을 걱정해 왔습니다. 전하께서만 허락하신다면 오빠가 나설 수 있다는 말까지 했습니다.”

“으음, 나도 동감이요, 좋은 생각이니 한번 부승지를 만나 이야기해 보시오. 과인도 같은 생각이라고 말이요.”

고종의 얼굴이 활짝 펴졌다.

“자, 우리 같이 누웁시다. 누워서 이야기를 더 나눠 봅시다.”

고종이 민비를 향해 웃는 모습을 보였다.

“내가 너무 오랫동안 중전과 가까이하지 못한 것 같소이다. 중전의 얼굴을 보고 또 이렇게 이야기를 나누니 뭔가 가슴이 뻥하고 뚫리는 시원한 느낌이 드오. 이럴 줄 알았으면 중전과 더 가까이 했어야 했는데 미안하오. 이제부터라도 둘의 시간을 많이 가집시다.”

"저는 언제든 전하 곁에 있습니다. 늘 그렇게 할 것입니다."

"고맙소."

고종의 손이 민비의 어깨에 닿았다. 그 갑작스러운 손에 민비의 몸이 떨리고 있었다. 고종은 생각했다. 이 여자는 숙빈과 또 다르다. 숙빈은 옆에 있으면 기쁘고 편했지만 어찌 보면 오랜 시간 한 떨기 꽃을 보는 느낌이었다.

이 여자는 다른 차원에서 사람을 기쁘게 한다. 그녀에게서 나오는 지혜가 여태껏 느껴 보지 못한 빛으로 다가오는 느낌이다. 빛은 사람을 다가가도록 만든다. 그것이 빛과 어둠의 차이다.

고종은 숙빈 이 씨와 함께 누울 때 자신이 먼저 숙빈을 껴안았다. 이번에는 자기도 모르게 머리가 민비의 가슴으로 다가갔다. 민비의 두 팔이 고종의 머리를 감싸 안았다. 그날 이후 고종은 민비의 대조전을 자주 찾았다. 그럴 때마다 두 사람은 밤늦도록 두런두런 이야기를 나눴다.

다음 해에 민비가 마침내 첫 아들을 생산했다. 왕자님이라는 산모의 외침이 들리자 세상 천하가 다 민비 앞에서 머리를 조아리는 느낌이었다. 하지만 아이가 이상했다.

변을 누지 못했다. 곧 항문폐쇄증이라는 어의의 두려워하는 목소리가 들려왔다. 고추 달린 아들은 누렇게 뜬 얼굴로 사흘 만에 움직임을 멈췄다. 조정 전체가 일제히 침묵에 잠겼다.

세상에 자식 잃은 어미의 슬픔보다 더 큰 슬픔은 없을 것이다. 거기에다 왕비들만이 가질 수밖에 없는 권력 정치의 비애가 더해진다면, 자식을 떠나보낸 슬픔과 고통은 더욱 깊을 수밖에 없다.

고종 십일 년, 고종의 아버지 대원군이 권좌에서 밀려난 지 일 년이 지났다. 지난해 그러니까 고종 십 년에 그토록 갈아 마셔도 시원찮을 원수, 즉 시아버지 대원군을 실각으로 내몰고 남편인 고종이 친정을 선언했다.

민비는 절정이었다. 이제 남편인 고종 외에 누구도 걸리적거리는 존재는 없었다. 더 정확히 말하자면 민비의 친정이라 해야 마땅했다. 고종은 사실상 허수아비였다. 정부인인 민비가 밤은 밤대로 침전에서, 낮은 낮대로 편전의 수렴 뒤에서 고종의 머릿속을 지배하고 있었기 때문이다.

민비는 보란 듯이 둘째 아들까지 생산했다. 드디어 정실부인으로부터 고종의 대를 이어야 마땅한 아들이 태어난 것이다. 고종은 이름을 척이라고 지었다.

민비는 자신의 첫째 아들이 사흘 만에 세상을 떠난 당시 아들의 영혼을 위로하려고 내궁에서 열흘간 수십 명의 무당을 불러 기도회를 열었다. 그러면서 무당들에게 첫째 아들의 사망 원인이 무엇인지 알 수 있도록 점괘를 내놓으라고 지시했다. 복채는 무제한으로 뿌려졌다.

사망 원인은 항문폐쇄증이었다. 그럼에도 무당들로부터 가장 많이 나온 점괘는 달랐다. 숙빈 이 씨의 저주와 집념이 응축된 결과라는 것이었다. 이미 세자로 책봉된 완화군이 자칫 위험을 당할 수도 있다는 생각에 숙빈 이 씨가 민비의 갓 태어난 아이에게 저주를 내렸다는 풀이였다. 집안을 뒤지면 바늘이 수없이 꽂힌 저주 인형이 발견될지 모른다는 무서운 점괘도 나왔다.

그날 이후 민비는 무당들의 참언을 단 하루도 잊은 날이 없었다. 아니, 무당들의 참언은 사실상 핑계에 불과했다. 후궁의 아들이 정비의 적자를 제치고 세자로 책봉된 것 자체가 용서할 수 없는 역모나 마찬가지였다. 세자는 반드시 정당한 자리로 돌아와야 한다. 그것이 조선의 종통이요, 법통 아닌가.

더욱 분통이 터지는 것은 완화군의 세자 책봉이 바로 시아버지의 머릿속에서 나왔다는 점이다. 민비는 조용히 사필귀정을 되뇌었다.

'그릇됨이 올바름으로 돌아가야 하는 것은 결단코 하늘의 뜻이 아닐 수 없다.'

그러나 민비의 생각은 너무나 엄청난 일이었다. 감히 어느 누구도 도와줄 수 없는 일이었다. 자칫 잘못되면 사화가 발생하고 폐비의 운명까지 각오해야 할지 모른다. 그래서 어느 누구도 모르게 철저히 장막 속에서 일을 진척시켜 나가야 했다. 남편이요 세자의 아버지인 고종은 말할 것도 없고, 친정 오빠 민승호에게도 절대 비밀이었다.

창덕궁의 새벽 공기는 서늘했다. 지난밤도 꼬박 샜다. 민비는 침전의 창호 너머로 서서히 밝아오는 하늘을 바라보았다. 어제 저녁 늦게 지밀 상궁이 침전을 찾아왔다. 아니 민비가 상궁을 부른 것이다.

"그래 여러 가지로 알아보았느냐."

"네, 마마. 생각보다는 쉬웠습니다. 완화군의 보모상궁 등 주변의 상궁들 모두가 마마에 대해 대단히 호의적이었습니다. 그동안 여러 가지로 뒤를 살펴 준 덕인 듯싶습니다."

민비가 짤막하게 반응했다.

"그렇겠지."

"보모상궁의 말에 따르면 완화군은."

순간 민비의 얼굴이 일그러졌다.

"완화군은 무슨."

"네, 죄송합니다. 아시다시피 숙빈의 아들은 병약한 편입니다. 늘 약재를 옆에 끼고 살고 있습니다. 툭하면 고뿔로 눕는 것이 일상일 정도입니다. 식성은 육류를 좋아하는 편으로 그 외에는 까다롭지 않다고 합니다. 다만 식후에는 수정과나 식혜를 반드시 찾는다고 합니다. 학문에는 그다지 흥미가 없는 듯합니다. 동궁을 가르치는 시강원에서도 실망하는 소리가 높다고 합니다."

"호호호, 어쩌면 그리도…. 상감의 형님인 이재면도 좀 모자라고, 전하 역시 학문에서는 시아버지 머리를 전혀 흉내도 못 내는 형편이니 왜 들 다 그 모양인지 참으로 수수께끼로구나. 그러니 숙빈 아들이라고 오죽하겠나. 알만하다. 대원위대감과 그 형님인 이하전 어른은 그렇게도 두뇌가 명석했다고 하더니 왜 다음 대는 다 그럴까 의문이네그려."

"그러게 말입니다."

지밀상궁은 민비가 낳은 척에 대한 풍문이 불쑥 머릿속을 스쳤으나 스스로도 깜짝 놀라 얼른 지워 버렸다.

"병약하다~ 그래서 늘 약재를 끼고 산다는 거지?"

"네, 그렇습니다."

지밀상궁은 다시 몸가짐을 똑바로 했다. 지금 중전이 내뱉는 단어의 무서움이 몸서리쳐졌기 때문이다. 중전은 지금 완화군을 어떻게 할 것인가 꿈꾸고 있는 것이다. 민비의 시선이 서안에 꽂힌 채 미동도 하지 않는다. 그러나 지밀상궁은 알고 있었다. 정지된 눈동자 바로 뒤편에서는 의식의 폭류가 무서운 기세로 계곡을 덮치고 있다는 사실을.

며칠 후 지밀상궁 강 씨는 동궁의 기미상궁을 몰래 접촉했다. 물론 강 씨의 손에는 작은 봉투가 들려 있었다. 기미상궁은 봉투 안을 살펴보더니 깜짝 놀랐다. 두툼한 금가락지가 한 쌍으로 들어 있었다. 궁 밖 오빠의 셋째 딸이 첫돌을 맞았다는 소식에 중전이 직접 장만했다는 전갈이었다. 기미상궁은 마치 상궁 강 씨가 중전이라도 된 듯 넙죽 엎드려 사의를 표했다.

"미천한 저를 이렇게까지 살펴 주시니 몸 둘 바를 모르겠습니다. 꼭 중전께 전해 주시기 바랍니다. 제가 필요한 일이라도 있다면 혼신을 다 바치겠습니다. 결코 빈말이 아닙니다."

그 후로도 중전은 이런 저런 핑계로 기미상궁에게 온갖 선물을 보냈다. 선물은 오로지 상궁 강 씨의 손을 통해서만 전해졌다. 마침내 기미상궁의 오빠가 전라도 진안 현감으로 발령 났다. 본가에서는 큰 잔치가 벌어졌다. 딸 하나 때문에 집안이 운수대통했다며 모친이 궁궐까지 찾아와 기뻐했다. 중전으로부터 특별히 보살핌을 받고 있다는 말에 모친도 그 자리에서 대조전을 향해 넙죽 절을 올렸다.

그 사이에 민비는 별도로 내관 배홍적을 불러들여 이것저것 논의를 했다. 배홍적은 여러모로 안심할 만했다. 민씨 집안 연줄로 궁에 들어온 데다, 판서로 재직 중인 민승호의 이름 없는 수족이기도 했다.

"자네 민 대감에게도 비밀을 지킬 수 있겠나?"

"중전마마의 명입니다. 누구도 걸림돌은 될 수 없습니다. 안심하셔도 됩니다. 중전께서 내리는 밀지라면 제 목숨이라도 내놓겠습니다. 아시다시피 저는 이미 민 대감님께 바친 몸입니다. 중전께서 하시는 일에 제가 뜻을 받들 수 있다는 것 자체가 다시없는 영광입니다."

“나도 그럴 줄 알고 배 내관을 불렀던 것이오.”

민비가 환하게 미소 지으며 두꺼운 한지 봉투를 내밀었다.

“청국 은화요. 약소하지만 뭐든 도움이 됐으면 하는 마음을 담았소.”

내관이 봉투를 두 손으로 들어 보였다.

“저에게는 이보다도 중전마마의 하시는 일에 도움을 줄 수 있다는 것이 더 중요합니다. 하지만 이렇게 손수 내려 주시니 어찌 거부할 수 있겠습니까.”

민비와 내관은 잠시 더 대화를 나눴다. 지밀상궁은 그동안 문밖에서 사람들의 왕래를 감시했다. 다행히 대조전 바깥마당은 조용했다.

마침내 완화군이 평소처럼 고뿔로 드러누웠다는 소식이 들려왔다. 지밀상궁이 바삐 움직이기 시작했다. 기미상궁도 신호를 받았다. 기미상궁이 지밀상궁으로부터 자그마한 봉투를 받고부터 움직임이 더 예민해졌다.

웬만하면 회복의 시기가 됐음에도 완화군의 병증이 갑자기 악화하기 시작했다. 평소의 증상과 달랐다. 온몸에 붉은 두드러기가 퍼져 나갔다.

어의들이 당황했다. 완화군은 평소에도 고뿔을 달고 살았기에 어의들도 늘 온갖 처방을 해 온 경험이 있다. 이번에도 처방전은 크게 다르지 않았다. 그런데 이런 황당한 일이라니.

내의원에서 큰 소란이 벌어졌다. 처방이 잘못됐다는 지적이 쏟아져 나오기 시작했다. 처방한 어의는 변명했다.

“그럴 리가 없습니다. 세자께서는 평소에 대부분 풍한(風寒)의 증세를 보여 왔습니다. 춥고 몸이 떨리는 증상이라 온열이 가장 중요한 처방이 될 수밖에 없습니다. 갈근탕에 파 뿌리와 생강을 더했습니다. 모두 열을 보강하는 약재들입니다. 여기에 보강재로 인삼, 강활 등을 넣은 인삼패독산을 병행했습니다. 갈근탕의 약효를 강화시켜 주기 때문에 그렇게 처방한 것 아니겠습니까.”

내의원 소속 어의 모두가 목숨을 내놓아야 할 중대 위기였다. 서로 발을 빼는 분위기가 역력했다. 이번 처방에 참가하지 않은 다른 어의가 기존 처방을 비난했다.

“대부분이라는 말은 어폐가 있습니다. 풍한이라지만 매번 똑같은 풍한일 것이라고 지레짐작한 것은 아닌지 제대로 살펴야 했습니다. 만에 하나 풍열(風熱)이라면 지난 처방 자체가 독이 될 수도 있는 것 아닙니까.”

“제가 진맥했을 때는 분명 풍한에 가까웠습니다.”

“치료 과정이라도 진맥은 계속돼야 합니다. 풍한이 풍열로 바뀔 수도 있는 것 아니요.”

담당 어의에 대한 비판은 계속됐다.

“차라리 쌍화탕이라면 어느 쪽이라도 안심할 수 있었을 것이요. 백작약, 숙지황, 황기, 당귀 등의 약재 모두가 중성적 성질을 띄고 있어 쌍화탕 쪽에 더 신경을 썼어야 마땅했습니다. 그런 마당에 성질이 강한 산삼을 넣었다니 열을 열로 덮어 버린 잘못을 범한 셈입니다.”

내의원 내부의 논쟁은 그대로 고종에게 전해졌다. 고종은 심각했다. 세자 아닌가. 세자가 탕약 잘못으로 부작용을 얻게 된 것이다. 고종은 어의들에게 최선을 다하라고 엄하게 하교했다. 하지만 고종의 간절함은 곧 절망으로 바뀌었다. 이틀 동안 의식이 거의 없던 세자는 마침내 온몸이 차갑게 식어 버렸다.

이제 어의들이 책임을 져야 했다. 처방을 내린 어의는 의금부로 넘겨졌다. 모두가 그의 종말을 안다. 세자의 목숨에 손을 댄 것이다. 죽음으로서 그에 대해 책임을 져야 한다. 그것이 조정 대대로 내려오는 철칙이다.

숙빈 이 씨는 차가워진 세자의 몸 곁에서 떠날 줄 몰랐다. 고귀한 세자 신분이라도 결국은 제 몸으로 낳은 자식 아닌가. 세자의 얼굴은 푸른빛을 띠고 있었다. 푸른빛은 독성 탓이다. 단지 산삼 복용의 부작용이라면 몸의 색깔이 그렇게 변할 수가 없다.

세자는 죽기 사흘 전, 아침부터 사지가 쑤시면서 아프다고 불평을 늘어놓았다. 저녁 식사 때는 밥을 먹다 말고 숟가락을 내려놓았다. 그러나 수정과가 가득 든 사발은 그대로 손에 들고 홀짝홀짝 마시기를 그치지 않았다.

그 모든 과정을 기미상궁은 지켜보았다. 세자가 수저를 들기 전 기미상궁은 세자의 은수저로 음식들을 맛보았다. 다 맛본 뒤 기미상궁은 그릇에 든 깨끗한 물에 수저를 씻었다. 마른 수건으로 정성스레 닦은 후 세자 앞에 가지런히 놓았다.

세자가 식사하는 동안 세 명의 상궁들이 주변에 서 있었다. 모두 두 손을 앞으로 모은 자세였다. 세 명 다 이상한 조짐은 발견하지 못했다.

그러나 바로 옆 작은 밥상에 놓여 있는 수정과에는 눈이 미치지 못했다. 수정과에까지 수저를 담으리라고는 생각지 않은 것이다. 그러나 수정과에는 내관 배홍적으로부터 미리 받아 놓은 독약이 풀어져 있었다.

장례가 치러지는 동안, 숙빈 이 씨의 표정은 침착했다. 상궁들은 유심히 지켜봤다. 숙빈은 자세를 똑바로 하기 위해 무진 애를 쓰고 있었다. 장례식이 끝나자 숙빈은 곧바로 몸져누웠다. 시름시름 앓기 시작했다. 밤 자리에서 그녀의 울음소리가 흘러나왔다. 주변의 상궁들은 저마다 고개를 돌려야 했다.

궁중 안팎에서는 여러 가지 풍문이 흘러 다녔다.

"아이가 본디 허약해서 너무 많은 약재를 감당하지 못했다."는 이야기를 하며 유식한 척하는 사람도 있었다. 당연히 음모론도 거론됐다. "누군가의 손이 개입한 것이 아니냐."는 의혹이었다.

진실은 알 수 없었다. 누구도 말하지 않았다. 아니, 누구도 감히 말할 수 없었을 것이다.

장례식에서는 민비가 유독 슬퍼하는 모습을 보였다. 일어설 때는 휘청거리기까지 했다. 동정적으로 보는 사람도 있었지만 '뭐지?'라며 뜨악한 표정을 짓는 사람도 있었다.

완화군의 장례식이 거행된 지 나흘째 되는 날, 새벽 종소리가 울리고 시간이 한참 지났다. 대조전에 있어야 할 지밀상궁이 보이지 않았다.

민비가 분노의 기색을 드러냈다. 자리를 지켜야 할 지밀상궁이 어디에도 없는 것이다.

"도대체 어디로 갔단 말이냐. 당장 수소문해 보거라. 본가에 갔다면 간다고 이야기라도 했어야 할 것 아닌가. 어찌 이리 방자한 태도를 보인단 말이냐."

궁녀들이 당황한 채 여기저기 수소문했지만 끝내 찾지 못했다. 내관들도 대궐 안 구석구석을 샅샅이 뒤졌다. 내관들이 본가까지 가서 확인했으나 더 놀란 것은 상궁 강 씨의 모친이었다. 모친은 몇 번이나 같은 말을 되뇔 뿐이었다.

"그, 그럴 리가요."

민비는 시간이 흐를수록 더 크게 화를 냈다.

"지금 당장 지밀상궁을 교체하거라. 지밀상궁이 다시 나타나더라도 결코 용서하지 않을 것이다."

불호령에 모두 숨을 죽였다. 일각에서는 "완화군이 세상을 떠난 지 며칠이나 되었다고, 상궁마저 사라지다니…"라는 말이 돌았다. 추론은 추론을 낳게 마련이다. 한 명은 죽고 한 명은 사라졌다? 그 교차점에 관심을 표하는 사람도 있었다. 하지만 민비의 불같은 태도에 어느 하나 이런 불경한 표현들을 공개적으로 내놓지 못했다.

궁정 안이 시끄럽던 그날 새벽, 배 내관은 복심들을 시켜 한 여인의 시체를 양평 근처 숲속에 묻고 있었다. 시체는 가마니로 둘러쌌으나 헝겊 하나 걸치지 않은 알몸 그대로였다. 묻기를 끝낸 두 명의 사내가 내관의 부하로부터 봉투를 하나씩 받았다.

그들이 들은 거라고는 동대문 밖 장사꾼들 사이에 여인을 둘러싼 치정사건이 벌어졌고, 한쪽이 앙심을 품다가 자신을 배신한 여자를 살해했다는 내용이었다. 시장에 소문이 퍼지는 것을 두려워해 비밀리에 매장하는 것이라고 부하는 설명했다.

완화군의 기미상궁은 며칠 후 배 내관으로부터 전갈을 받았다. 오빠의 인사고과가 나쁜 것으로 이조에 올라 왔지만 민비가 고과를 깨끗이 지우게 한 후 다음 인사에서 고흥 군수로 영전시키도록 조처했다는 내용이다. 중전마마는 앞으로도 오빠를 계속 주시할 것이라고 내관은 전했다. 기미상궁은 몇 번이나 고개를 숙이며 감사의 뜻을 밝혔다. 그러면서 목숨을 바쳐 중전 곁을 지키겠다고 약속했다.

내 아들 세자 저하

　세자 선이 사망하자 자연히 민비의 둘째 아들 척에게 세자 자리가 돌아갔다. 세자 책봉식이 끝나고 조정은 온통 잔치판이었다. 민비는 하늘을 나는 기분이었다. 척을 아니, 세자 저하를 볼 때마다 미소가 절로 나왔다. 이 나라의 법통을 이어 나갈 분이셨다.

　얼마나 기다리고 기다리던 시간이었던가. 그러잖아도 세자가 탄생하면서 궁중에서는 복을 비는 제사가 연일 벌어졌었다. 첫째가 어처구니없이 세상을 떠난 만큼 척에게 더욱 정성을 쏟은 것이다. 제사도 팔도 명산을 두루 돌아다니며 지냈다. 백두산에서 묘향산 설악산 지리산 그리고 한라산까지 어느 하나 빼놓지 않았다.

　민중전은 첫째를 생각할수록 둘째에게는 어떤 불행도 가까이할 수 없다고 다짐했다. 어떤 귀신도 가까이 다가와 빈틈을 노려서는 안 된다. 무당들을 불러 안택경을 반복해 읽도록 했다.

　"불설명당신주경 / 안토지신명당경 / 여시아문일시불 / 천황대제수명장 / 지황대증복수 / 인황대제 액소멸… 천세천세천천세 / 만세만세만만세 / 부귀부귀증부귀 / 즉설주왈천라주 / 지라주 / 일월황라주 / 인체원가이아신 / 마하반야바라밀 / 옴 / 급급여울령사바하."

　무당들의 목소리는 청량했다. 그러나 궁내의 많은 이들이 그들의 무한반복 경 읽기에 고개를 절레절레 흔들었다.

　고종 역시 척을 몹시 사랑했다. 밥을 먹을 때마다 반찬을 골라 먹이고, 옷을 입을 때는 손수 소매를 벌려 팔을 넣어 주었다. 그나마 민비는 세자 척에게 엄격했다. 비록 공적인 자리에서는 세자라거나 저하라고 호칭했지만 단 둘이 있을 때는 추상같았다.

"네가 아무리 세자라지만 어찌 부모가 없겠느냐."라는 한마디에 세자는 두려워 떨었다.

그래도 세자를 향한 고종과 민비의 태도는 늘 파격적이었다. 탄신일을 맞이하면 궁궐에는 기생의 노래와 춤이 요란했다. 오백여 칸이나 되는 마당에 기름 먹인 장막을 치고 그 위에 나무판자를 깔았다. 판자 위에는 각자가 앉을 비단 담요가 배치됐다.

잔치 상에는 삶은 고기가 산처럼 쌓였고, 육포는 숲을 이룬다. 술은 샘처럼 흘러넘치고 임금이 먹는 수라상에 비해 반찬 가지가 열 배를 넘는다. 궁정 만조백관 모두가 빠짐없이 참가해 이들 각자에게 안주가 가득한 상이 제공됐다. 각자가 배를 채우는 판에, 다른 편에서는 구석에 처박혀 토하는 자들도 있었다. 그럼에도 도대체 조정이 어디로 가는지를 돌아앉아 탄식하는 자가 없었다.

세자의 탄생일이 아니더라도 고종 부부는 툭하면 잔치를 벌였다. 하사하는 상도 셀 수 없이 많았다. 임금과 중전이 하루에 천금을 썼으니 궁내 재정을 맡은 내수사로서는 감당할 수가 없었다.

결국 토지세를 걷는 호조나, 공납제를 없앤 후 대동미를 걷는 선혜청에서 공금을 빌려 써야 했다. 말이 빌리는 것이지 갚는 절차는 아예 존재하지 않았다. 그래도 이를 따지거나 말리는 조정 신료는 아무도 없었다.

결국 대원군이 십 년간 집권하면서 모은 재정이 일 년도 안 돼 모두 탕진됐다. 고종과 민비가 거리낌 없이 벼슬을 팔고 과거시험을 돈에 따라 합격시키는 말기적 증상이 자리를 잡아갔다.

남편인 고종은 무능했다. 판단력도 떨어졌다. 그럴수록 고종은 민비에게 의존했다. 민비의 판단이 고종의 지상 명령으로 내려졌다. 재정과 군사 문제는 민 씨 척족의 양산박이었고, 이조, 호조, 예조, 병조, 형조, 공조 등 육부 판서는 물론 조정 내 주요 관직의 대부분이 여흥 민 씨들의 돌려막기 판이었다.

이들도 고종과 민비의 뒷배를 믿고 벼슬을 팔고, 온갖 뇌물을 챙겼다. 전국에 민씨 집안 소유의 토지가 폭발적으로 늘어갔다. 이런 것들이 모두 민비의 권력을 탄탄히 받쳐 주는 기반이었다.

순조와 철종 시절, 안동 김 씨 집안이 세도정치로 비판을 받았지만 민씨 척족들과는 비교가 불가능할 정도였다. 조선 역사상 이처럼 더럽고 추악한 세도정치는 없었다.

3

족보 사기꾼

요염한 무당

　홍태산은 절망하지 않았다. 상대방과의 시합에서 진 것뿐이다. 무술 시합이라면 힘과 기술에서 상대방보다 못한 것이고, 상거래에서 진 것이라면 물건을 평가하는 심미안과 사람을 보는 능력에서 진 것이다.

　물론 두뇌 싸움에서 패한 것은 뼈아픈 일이다. 그러나 그건 지혜보다 기술이었다. 기술이란 연마해 나가면 되는 것이다.

　홍태산은 수소문 끝에 파락호 신세의 몰락한 지방 토박이 양반 즉, 토반 한 명을 만났다. 시장에서 주워들은 정보에 의하면 나름 족보에 대해 지식이 상세하다고 했다. 족보 거래에도 이따금 얼굴을 비친다는 소문이다. 집은 장호원 읍과 멀지 않았다.

　민씨 집안이라지만 방계 중의 방계라서인지 주류에는 한 자리도 끼지 못하는 신세인 듯했다. 숙종 때인가? 인현왕후 덕분인지 그저 먼 옛날 조상이 장호원 현감을 지냈다는 색 바랜 영광만 되새길 뿐이다.

　세월 앞에 무슨 약이 있겠는가. 제대로 돌보지 않았는지 지붕의 기와는 여기저기가 깨져 있고 그 위에는 이끼들이 덮여 있다. 집 앞 약간의 밭떼기에서는 오이, 고추, 가지 등이 제멋대로 자라고 있고, 아낙네가 쪼그리고 앉아 김을 매고 있었다. 어린 아이들도 꾀죄죄한 모양새다.

　방안은 더욱 가관이었다. 방바닥을 유지로 발랐다지만 여기저기 찢어지거나 들고 일어나 그런 곳마다 작은 돗자리로 덮어놓았다. 조그만 서안 위에 먹과 붓통이 놓여 있고, 사방탁자에 색 바랜 책 몇 권이 눈에 띈다. 이 집에 남은 몇 안 되는 유산인 듯하다. 구석에 있는 농짝은 열고 닫는 문의 경첩이 덜렁거렸다. 어느 구석을 보나 아버지의 왕십리 집보다 볼품이 없다.

홍태산은 애써 무관심한 표정을 지으며 가지고 온 선물 보따리를 풀었다. 과하주 한 병과 약과 한 뭉치 그리고 아이들 군것질 거리인 곶감 등이 들어 있었다. 그 옆에 따로 자그마한 보자기 덩어리를 놓았다. 스무 냥이 들어 있어 내려놓는데 자그락거리며 금속성 소리를 냈다.

"홍태산이라고 합니다."

"아 예, 민길주올시다. 집안 꼴이 변변치 못해 죄송합니다."

"별말씀을 다 하십니다. 제대로 된 선비라면 물욕과는 거리가 먼 법 아닙니까. 다 잘 알고 있습니다."

"그렇게 생각해 주신다니 고맙습니다, 하하하."

홍태산이 말을 이었다.

"제가 지금은 훈련도감에 있습니다. 변변치 않은 무관이나 그래도 우리 조정과 나라의 전통과 역사에 관심이 많습니다. 특히나 제가 요즘 양반 집안의 계통을 알려 주는 족보들에 새로이 흥미를 갖게 됐습니다. 많이 배워야겠다고 생각하고 있습니다. 그러던 차에 민 처사님에 대한 소문을 듣게 됐습니다. 족보의 진품과 가품에 관한 식견이 남다른 분이라는 이야기를 듣고 가르침을 받고자 이렇게 찾아뵙게 됐습니다."

이렇듯 수인사와 함께 자신의 전문 분야로 주제가 옮겨가자 민길주가 서서히 자신감 넘치는 표정을 지었다. 족보에 관한 한 누구에게도 지지 않는다는 자부심인 듯했다.

홍태산도 이야기를 들어가면서 민길주의 식견만은 부정하기 어렵다고 생각했다. 설명은 나름 탁월했다. 진품과 가품을 가르는 비결도 시장의 세인들과는 차원이 달랐다.

"우선 족보를 보는 가장 첫 대목은 족보 간행 연도와 편찬 참여자 명단이 제대로 기록돼 있느냐 여부입니다. 진짜 족보라면 반드시 빼놓지 않는 것이죠. 이런 기록 없이 집안에만 전해 내려오는 필사본은 당연히 신빙성이 떨어집니다. 오래된 종이인지도 중요하지만 사실 이 부분은 판가름하기가 쉽지 않아요. 요즘 기술이 좋아져서 교묘하게 색깔을 입혀 옛것처럼 보이게 하거든요. 목판본인지 아니면 어떤 한지를 썼느냐 역시 전문가 영역이라 쉽사리 알 수가 없습니다. 한지는 수명이 수백 년입니다. 아무리 세월이 지나도 책을 뱅 둘러 가장 자리만 조금씩 변색되고 안쪽은 색깔이 여전한 편이기 일쑤입니다. 그런데 가짜는 쪽지 전체를 변색시키는 어리석은 짓을 저지르기도 하죠. 가장자리만 변색 됐느냐도 잘 살펴야 합니다."

민길주가 잠시 말을 멈추더니 구석에 놓인 농 속을 뒤져 조심스레 자기 집안의 족보를 가지고 돌아왔다.

"다음으로 그 안의 내용을 살펴보는 것이 중요합니다."

민길주가 족보를 여기저기 뒤지더니 한 곳을 손가락으로 가리켰다. 글자 하나가 틀렸음을 홍태산에게 자세히 보여 주었다.

"놀랍게도 실제 족보에서는 누락이나 오기, 중복 기록이 흔히 나타납 니다. 사람마다 세세한 기록이 다르기 때문입니다. 그런데도 불구하고 지나치게 매끄럽고 완벽하게 기록되어 있다? 그러면 오히려 가짜일 확 률이 높습니다."

민길주가 "이거 대단히 중요한 부분입니다."라며 검지손가락으로 하 늘을 가리키는 흉내를 냈다.

"가짜 족보는 말이죠, 종종 왕족, 공신, 유명 학자와 억지로 연결하는 경우가 많습니다. 특히나 우리 집안은 누구누구 왕의 몇 대 손이라는 식으로 과장된 계보가 많은데 이것도 조심해야 합니다."

민길주가 이쯤 해서 한숨을 쉬었다.

"하지만 알기 어렵습니다. 굳이 알고자 한다면 해당 인물의 관직, 시호, 묘지명 등을 살펴봐야 하는데 주로 왕조실록이나 승정원일기 아니면 당사자의 비문 등에 기록이 남아 있는 경우가 많아서. 족보 내용이 실제 역사 기록과 맞느냐를 알아보기가 여간 어려운 것이 아니죠. 관에서 직접 나서지 않는 한, 개인적으로 추적해 들어간다는 것이 사실상 불가능에 가깝습니다."

홍태산이 크게 고개를 끄덕이며 수긍의 뜻을 보였다. 그가 조심스레 칭찬의 말을 꺼냈다.

"감탄했습니다."

홍태산이 민길주의 시선을 지긋이 살폈다. 그리고는 머리를 민길주 쪽으로 조심스레 숙였다.

"제가 조심스레 제안을 하나 드릴 테니 살펴보시겠습니까?"

"말씀하시죠."

"민 선생님처럼 꼿꼿한 선비께 이런 말씀 드려도 좋을까 아까부터 망설였지만 그래도 감히 말씀드리겠습니다. 제가 이 족보 문제로 사업을 하나 구상 중에 있습니다. 물론 나라의 족보 체계가 무너지는 것은 안타까운 일이나 그래도 세상의 변화 물결은 막을 수 없는 것입니다. 그래서 이럴 바에야 차라리 족보가 자유롭게 교환되는 것은 어떨까 하는 게 제 판단입니다. 뭐 쉽게 말씀드리자면 교환이 아니라 거래라고 할 수 있겠죠. 거래 쪽은 제가 전적으로 책임지겠습니다. 처사께서는 그저 제가 가지고 오는 족보의 진위를 가리는 일만 맡아 주시면 어떨까 하는 것입니다. 참으로 조심스럽습니다만 그래도 맡아 주신다면 여러 가지 면에서 큰 도움이 되실 겁니다.”

홍태산이 슬쩍 민길주의 표정을 살폈다. 말이 없었다. 때마침 부인네가 과하주와 집에서 장만했는지 두부조림이 올라온 밥상을 가지고 들어왔다. 민길주의 사양 몸짓에도 불구하고 홍태산이 무릎을 꿇은 채 술을 따랐다. 두 사람이 술잔을 마주쳤다. 홍태산이 다시 말을 이었다.

“저도 이해하고 있습니다. 처신에 고민이 많은 것을. 하지만 하실 일은 다른 게 아닙니다. 그저 진품과 가품을 가르는 식견만 활용하시면 됩니다. 그 나머지 것은 제가 다 알아서 하겠습니다. 몸 버린다는 생각은 추호도 하지 않으셔도 될 것입니다.”

그저 고개를 끄덕이며 듣기만 하던 민길주가 조심스레 입을 열었다.

“허허허, 세상 참 많이 변했습니다. 뭐 요즘은 세도가 집안들도 하인들을 시켜서 시장 장사를 활발히 한다니 그 뭐, 어떻게 부정하겠습니까. 내가 큰 지식은 없지만 홍 별감께서 하시는 일에 작은 도움이라도 된다면 하하하, 제가 거기까지 사양할 일이 있겠습니까.”

“예, 좋은 결단을 하신 겁니다. 걱정하지 마십시오. 제가 나머지는 다 알아서 해 드리겠습니다. 그런 의미에서 잔 하나 받으시죠.”

홍태산은 장호원 현청 아전들과도 깊이 사귀기 시작했다. 사귀면 사귈수록 그들로부터 흘러나오는 관의 정보가 탐스럽기 짝이 없었다. 아전들은 현에만 종사하는 것이 아니다. 경기감영의 아전들을 영리라고 부르는데 현의 아전들이 이들과 밀접한 관계를 유지하고 있다. 향리에서 뽑혀 영리로 옮겨 가는 경우가 많기 때문이다.

경아전과도 거미줄 같은 연락망을 갖고 있다. 경아전은 서울의 중앙 관아에 파견되어 근무하는 아전을 말한다. 이들은 임기 중 대체로 서소문 밖에서 한데 몰려 살아간다. 경아전이야말로 조정은 물론 전국의 정보가 드나드는 곳이다. 온갖 정보가 거주촌 안에서 활발히 교환된다.

그러니 결국 전국의 아전들이 경아전에서 영리로, 영리에서 향리로, 다시 향리에서 영리로, 영리에서 경아전으로 정보가 흘러 다닌다. 자기네들 나름의 전국적 규모의 신경망으로 사대부들조차 들여다보기 어려운 영역이다.

홍태산이 이들로부터 정보를 취합한 결과 첫 번째 거래 목표는 의생들로 집약됐다. 대동법이 실행되면서 공납제가 폐지돼 특산물로 세금을 걷는 제도는 사라졌지만 그래도 의약품 등은 의생들의 독점적 영역이었다.

의생들은 민간에서 자신의 의술을 풀어 치료비 명목으로 돈을 벌기도 하지만 약재 거래로 더 많은 돈을 번다. 중인계급이라고 하나 재산은 양반들 못지않았고 일부는 세도가들의 뺨을 때릴 정도였다.

그중 경기 감영에서 아전으로 의생 생활을 하다 퇴임한 남해성이 감시망에 걸려들었다. 퇴임했음에도 여전히 한약재 거래에 종사하면서 재산을 축적하고 있었다. 소문에 의하면 개성과 금산 인삼 거래에 도매상까지 겸하고 있다는 것이다. 시장 상인들 사이에서는 도대체 재산이 얼마인지 가늠할 수조차 없다는 이야기가 나돌았다.

그런 남해성이 경기 감영 시절 관찰사에게 제대로 상납을 하지 못한 탓에 관찰사로부터 엄청난 멸시와 천대를 받아야 했다. 틈만 나면 주변에 자신의 한탄을 늘어놓는다는 이야기도 들려왔다. 이런 기억이 평생을 가는 바람에 그는 어떤 일이 있어도 자식들에게는 관계 진출 길을 반드시 열어 주겠다고 각오를 다졌다고 한다.

홍태산은 노력 끝에 파평 윤 씨 집안의 귀한 족보를 손에 넣었고 이를 남해성에게 연결시켜 주었다. 다행히 윤 씨 집안에 대가 끊긴 곳이 있어 남해성은 자신의 할아버지 이름을 거기에 끼워 넣어 새로운 족보를 만들 수 있었다. 자신만 침묵을 지키면 자식 대에서는 당당히 양반임을 선언할 수 있게 된 것이다.

물론 상당한 지출을 감당해야 했다. 하지만 양반 신분을 획득했는데 그 정도가 문제인가. 홍태산이 거래를 성사시켜서 좋고, 족보를 팔아넘긴 양반도 큰돈을 벌어 좋았다. 무엇보다 남해성에게 기쁜 일이었다. 홍태산은 자잘한 족보 거래 끝에 마침내 대박을 쳤고 나름의 자금을 얻게 됐다. 민길주 역시 오랜만에 함박웃음을 지었다.

세상에 낮말은 새가 듣고 밤말은 쥐가 듣는 법이다. 알 만한 자들 사이에서는 남해성의 말년 끗발이 회자될 수밖에 없었다. 그 소식은 경기 거주 의생들 사이에 소문 아닌 소문이 됐고 자연히 홍태산에게는 비밀스러운 의뢰가 줄을 잇기 시작했다.

홍태산과 민길주가 바빠졌다. 두 사람은 민길주의 집에서 자주 식사를 하며 두런두런 이야기를 나누었다. 물론 민길주의 집은 새로 장만한 것이었다. 주안상에 오르는 음식의 모습도 그 옛날의 두부 간장조림과는 천양지차였다.

장호원은 서서히 홍태산의 세상이 되어 갔다. 아전들은 솔선해서 모든 정보를 선별하고 가공, 처리하여 홍태산의 밥상 위로 올려 보냈다. 그들이 돌아갈 때는 당연히 안주머니가 찰랑거렸다.

장호원 읍내의 기생집도 밤늦게까지 흥청거렸다. "홍 영감" 덕분이었다. 재화가 쌓이면 자연히 젊은 여자의 벗은 몸이 눈에 들어오게 마련인가. 기생집에서는 홍 영감의 방에 갓 기생 훈련을 마친 열일곱 꽃다운 나이를 들여보냈다. 이름이 추월이라고 했다.

주연이 끝나면 당연히 별채에 홍태산을 위해 고운 색깔 이불이 펼쳐진다. 홍태산은 늘 몸이라면 자신이 있었다. 평소 무예로 단련된 육체다. 이십대 팔팔한 나이니 역발산기개세라고 하지 않았나. 힘으로 산을 뽑고, 기운은 세상을 덮을 시절이다.

그날도 추월이 옆에 누웠다. 운우지정이 끝난 뒤 추월이 무명 수건으로 홍태산의 얼굴을 곱게 닦아 주었다.

"닦지 않아도 된다. 뭐 조금 후에 다시 땀이 날 테니."

"호호, 서방님 여전하서. 하지만 난 이제 지쳤어요."

"지쳐?" 하며 홍태산이 자신의 왼팔을 베고 있는 추월의 허리를 오른손으로 감아 돌렸다. 추월의 시선이 홍태산의 눈앞으로 다가왔다. 홍태산의 손길이 허리에서 천천히 엉덩이 쪽으로 옮겨 갔다. 부드럽다. 동산을 타고 내려가니 허벅지가 한 손에 감겼다. 홍태산이 힘을 주어 허벅지를 자신의 몸으로 당겼다. 추월이 몸을 더욱 밀착시켰다.

"가까이서 보니까 더 예쁘구나."

"멀리서도 예쁩니다."

"흐흐, 맞다, 네가 이 집에서 제일 예쁘다."

"뭐 그렇다고 할 수도 있겠네요."

“뭐 그렇다고라니?”

“엄마 두목님도 ‘네가 우리 집 제일’이라고 저에게 말한 적이 있어요.”

“두목님이 그렇다면 그런 거지.”

“하지만 ‘너도 잠자리는 배울 게 많다.’고 하더군요.”

“무슨 말이냐?”

“장호원 잠자리 제일은 따로 있다고 했습니다.”

“장호원 제일? 난 너라고 생각한다.”

“호호호, 농담도. 저는 그냥 어리고 예뻐서 제일이고, 잠자리 제일은 차원이 다르대요.”

“그러니까 잠자리 제일이 누구냐고.”

“왜 이래요? 알고 싶어요? 엉큼하네, 정말….”

“아니, 잠자리 제일이라는 말은 내가 꺼낸 게 아니다, 네가 꺼낸 이야기지.”

“불행히도 우리 집은 아녜요.”

“우리 집이 아니라면 이천 쪽 색주가 말하는 건가? 너희네가 제일 미워하는 그 집.”

“기생집이 아니고.”

“이 요망한 것, 자꾸만 말을 돌려서 사람 호기심을 자극하네.”

홍태산이 오른 손을 들어 추월의 뺨을 꼬집어 흔들었다. 추월이 “아야, 아퍼.” 하며 주먹을 쥐고 홍태산의 어깨를 때렸다. 홍태산이 다시 추월의 허리를 감쌌다.

“알고 싶어요? 알면 나한테서 도망가려고?”

“도망을 가기는. 잠자리하고 참 애정은 다른 거다. 난 네가 누구보다 좋아. 내가 단지 잠자리 때문에 너를 좋아하는 것이 아니잖니."

"놀라지 말아요. 무당이래요."

"뭐? 무당? 무당이 그런 짓을 해? 그리고 무당의 잠자리를 엄마 두목
님이 어떻게 알아."

"아전들한테 들은 이야기래요."

"아전들이 그 사람 그러니까 무당 집을 드나든다는 거야?"

"아니, 그게 아니고, 굉장히 까다로운 무당인데 얼마 전 현감이 불러
다 점을 본 적이 있는데 그 후로는 이상하게 현감이 그렇게 칭찬을 하
더래요. 우연한 기회에 술자리에 앉은 현감이 한탄하는 소리를 들었는
데 '장호원 제일'이라는 표현을 하더라는 거예요."

"흥, 장호원 제일은 무슨. 무당이 그냥 무당이지, 별것 있겠어? 그 현
감 좀 변태적이구먼."

추월이 재차 확인하듯 말했다.

"그렇죠?"

"그럼." 하면서 홍태산이 추월을 옆으로 뉘었다. 그리고 추월의 앞가
슴에 얼굴을 묻었다. 손은 이미 추월의 계곡을 더듬고 있었다. 추월이
"흐~ 음" 하면서 홍태산을 받아들였다.

구름이 비를 만들어 흠뻑 땅을 적셨다. 추월이 다시 얼굴을 닦아 주
었다. 홍태산의 몸은 한없이 늘어지는데 왠지 "장호원 제일"이라는 현
감의 말이 머릿속을 떠나지 않았다.

'현감 놈이 뭘 봤기에 그러지?'

평소 현감에 대해서는 홍태산도 별 관심을 기울이지 않았다. 동헌 일
은 내팽개친 채 그저 축재에만 온 정성을 쏟는 인간 말종이었다. 동헌

업무는 자연히 이방이 주도해서 처리하는 형편이다. 그런 마당이니 이방은 홍태산을 만날 때마다 현감에 대해 불평을 늘어놓기 일쑤였다. 자신을 이방에 취임시키면서 한 몫 단단히 챙기는 바람에 집안이 휘청거릴 정도였다고도 했다. 심지어 '씨부럴 놈'이라는 욕까지 내뱉었다.

홍태산은 행동에 빈틈이 없었다. 이따금 두둑이 챙겨 이방을 통해 현감에게 전했다. 그런데 고맙다는 인사는 들어 본 적이 없다. 이방도 그 인간은 고마워할 줄 모른다면서 현감 이야기만 나오면 고개를 흔들었다. 홍태산은 그러려니 했다. 어차피 행정은 아전들이 알아서 다 한다. 현감 놈은 돈 몇 푼으로 입만 틀어막으면 되는 것이다.

'그런 놈이 여자를 안다? 물론 알 수도 있겠지. 사람은 모르는 거다. 다른 능력은 없어도 그런 능력은 있을 수 있으니까.'

옆에 누워 있는 추월을 보며 홍태산은 속으로 중얼거렸다.

'에이, 제일은 무슨. 따지자면 추월이 제일이지, 나의 추월이 말이다.'

홍태산은 추월을 향해 옆으로 드러누웠다. 추월이 손가락 끝으로 홍태산의 눈꺼풀을 감겨 주었다. 추월의 손가락이 갑자기 온몸을 깊은 잠 속으로 이끌어간다.

홍태산은 은밀히 이방에게 부탁을 하나 넣었다. 그 무당의 개인 이력과 집을 알아봐 달라고 했다. 그거야 비밀도 아니었다. 사당은 장호원읍 동쪽에 있는 백화산에 자리 잡고 있다. 백화산이라면 충주와 경계를 이루는 큰 산이라 할 수 있다. 산 입구에 들어서면서 약간 올라가는 자리에 호젓이 자리 잡고 있는데 손님이 꽤 있다고 한다.

무당은 이십 대 후반으로 상당히 미인이라고 했다. 길흉 점을 잘 본다는 소문이다. 하지만 아무한테나 반말을 지껄여 정나미가 떨어진다는 남자들도 많다. 저녁 어스름할 때가 손님이 없다는 말에 하루 시간을 내어 찾아갔으나 비어 있었다. 집을 지키는 할머니가 대무 굿이 있어서 충주에 갔다고 했다. 물어보니 굿이 당분간은 없을 것이라는 설명이다.

이틀 후 다시 찾아갔다. 무예별감의 차림이었다. 붉은 색 웃옷에 청색의 도포를 입었다. 혁대는 붉은 색이었다. 오늘 환도를 차는 것은 사양했다. 분위기를 내기에 지나치다는 판단 때문이었다. 가죽으로 만든 초립 모자를 써서 은근히 무인다움을 과시하기로 했다. 초립에는 굵은 유리방울 갓끈을 길게 늘여 뜨려 나름 멋을 냈다. 이 초립과 갓끈은 별감인 분견대장이 쓰는 것이었으나 부대 내 사람들에게 손을 써 따로 구입한 것이다.

호남형 얼굴에 굵은 몸의 홍태산을 알아보던 할머니가 사당 안으로 들어갔다. 잠시 후 밖으로 나와 그를 방으로 안내했다. 무당은 낮은 탁자를 앞에 두고 조용히 앉아 염주를 굴리고 있었다. 들어가자 힐끗 올려다보더니 다시 염주를 굴린다. 홍태산은 무당의 눈동자가 잠깐 흔들리는 것을 눈여겨봤다.

홍태산이 탁자 앞에 턱하고 앉았다.

"내가 앉으라고 했나?"

홍태산은 알았다. 애써 권위 있는 목소리를 내려고 하지만 그 안에 미세한 떨림이 느껴졌다. 홍태산의 무인다운 풍채에 눌린 것이다. 평소에 접하기 어려운 굵직한 남자 특유의 모습이다. 게다가 무인의 화려한 옷차림에 자동적으로 무당의 시선이 끌려갔다.

그런 남자가 불쑥 이상한 말을 늘어놓는다.

"댁을 보자마자 미모에 놀라 나도 모르게 가까이 다가가려 한 것 같소이다."

자기가 턱하고 앉은 것은 자신의 의지가 아니었고, 앞에 앉아 있는 여인의 풍모 때문에 어쩔 수 없었다는 싸구려 작업 걸기였다. 무당집에서 흔히 나올 만한 말은 아니었다. 그래도 기분 나쁜 희롱은 아니다.

무당이 작게 머리를 흔들었다. 뜻하지 않은 상대의 발언에 몸이 먼저 반응했지만 애써 억누르는 의도가 엿보였다. 홍태산은 염주가 이전보다 빨리 움직이고 있음을 알아챘다. 홍태산이 한마디 더했다.

"솔직하게 말하겠소. 나는 점만 보러 온 게 아니오. 장호원 일대에서 길흉 점복에 탁월하면서도 미색까지 겸비했다는 이야기를 듣고 한번 살펴보러 온 게요. 과연 듣던 대로 미인이시오."

과연 미인이라니. 점복을 칭찬하는 말은 쏙 들어가고 미인으로 결론을 내 버린다. 무당이 되물었다.

"장호원서 이야기를 듣고? 그럼 그대는 장호원 사람이 아니라는 이야기인가?"

"나로 말할 것 같으면 훈련도감에서 광주 분견대로 나와 있는 사람이오. 그러나 장호원은 자주 드나들고 있소이다. 어쨌든 이렇게 좋은 인연을 만났으니 점이라도 보면서 잠시라도 더 대화를 나누고 싶구려. 내가 정축년 소띠 해니 올해 스물여섯이외다. 태어난 달은 유월이고 날은 보름이요, 시는 새벽이라고 알고 있소. 막 해가 뜰 때라고 들었던 것 같소."

"좀 무례한 듯하오."

무당의 입에서 무심코 존댓말이 튀어나왔다. 저항하려다 뜻대로 되지 않은 말투다. 조금 더 밀어붙이면 될 듯싶었다. 홍태산이 "날이 덥네."

하며 철릭을 벗어 옆으로 내려놓았다. 떡 벌어진 어깨가 그대로 옷감을 뚫고 튀어나오려 했다.

"아니, 여기가 어디라고 함부로 옷을 벗고….”

하지만 말투는 이미 자신을 잃은 듯했다. 무당은 애써 당황함을 감추면서 손에 든 방울을 흔들었다. 잠시 바닥을 노려보더니 조용히 머리를 들었다. 그리고 머리를 좌우로 흔들었다.

"오늘은 신이 반응을 하지 않는 것 같소. 더 이상은 점괘를 받기 힘들 것 같으니 돌아가시기 바라오.”

"허어 그거 참, 어렵게 이야기 물꼬가 터졌는데 안타까운 일이오. 뭐 그렇게 신이 내려 주지 않는다면 어쩔 수 없겠구먼. 그럼 이렇게 합시다. 내가 다음에 꼭 다시 올 터이니 그때는 제대로 점괘를 받아 주시구려.”

홍태산은 천천히 철릭을 입었다. 그리고 나서 주머니에서 꾸러미를 내밀었다. 두툼했다. 백 냥이니 두툼한 것은 당연한 일이다. 무당이 놀란 표정을 지었다.

"받아 두시오. 좋은 괘가 나오리라 확신하고 미리 준비한 정성이올시다. 그 대신 다음에는 반드시 점괘를 받겠소. 그날에 점괘가 나쁘면 좋게 나올 때까지 이 자리에 앉아 있을 생각이오.”

엉뚱한 발언에 무당의 눈빛이 흔들렸다. 뭐라고 답변해야 좋을지 갈피를 잡을 수 없는 몸짓으로 이어졌다. 그것이 얼굴에 약간의 홍조로 나타났다. 평소에 흔히 볼 수 없는 남자임에 틀림이 없다.

홍태산이 불쑥 일어섰음에도 무당은 탁자만을 쳐다보고 있었다. 홍태산이 굵은 목소리로 다짐을 주었다.

"이삼 일 후에 다시 오겠소.”

언제 오라는 말도 하지 않았는데 제멋대로 날짜를 정해 오겠단다. 그냥 처음부터 지금까지 일방적이었다. 그렇다고 기분이 나쁜 것도 아니다. 그저 뭔가에 휘둘리는 느낌이었다. 미인이라고 떠들더니, 여자를 보려고 온 것인지 아니면 점괘를 얻으러 온 것인지 도통 파악하기 힘들었다. 무당은 이 남자 앞에서 혼란스러웠다.

이삼 일이 지났다. 그러나 온다던 홍태산이라는 인물은 오지 않았다. 묵직한 선금을 내밀었음에도 사람을 시켜 연락도 하지 않는다. 사흘이 지나고 나흘이 되고 닷새가 지나도 아무런 소식이 없다. 잊어먹었나? 그럴 리가 없다. 백 냥이면 큰돈 아닌가.

그냥 잊어버리려 해도 문득문득 날짜 지나는 것을 세고 있는 자신의 모습에 무당은 놀랐다. 우습기도 하고, 점점 짜증이 일기도 했다. '뭐 이런 작자가 다 있어.'라는 생각이 들기 시작했다.

사실 무당에게는 과거 여러 명의 남자가 스쳐 지나간 적이 있다. 어떤 때는 굿판에서 큰돈을 내미는 양반에게, 어떤 때는 나름 맘에 드는 잘생긴 남자에게, 어떤 때는 나랏일을 한다는 자들에게 몸을 맡긴 적이 있다. 그러나 그들은 그저 한때의 여자를 찾는 남자들이었다.

그런데 홍태산이라는 자는 다르다. 뭔가 달랐다. 앉자마자 훅 들어오는 굵직한 남자의 얼굴, 잠시 후는 곧 무관심해 하는 듯한 표정, 그리고는 다시 찾아오겠다며 훌쩍 떠나는 그 몸짓, 정작 약속도 무시한 채 나타나지도 않는다. 철릭을 벗어 놓은 장소에 그 남자의 자취가 남아 있는 듯 무당은 자신도 모르게 손바닥으로 쓸어 보았다. 그 남자의 향기가 배어 있는 듯했다.

홍태산이 다시 나타난 것은 무려 이십여 일이 지난 뒤였다. 이번에는 가벼운 옷차림이었다. 그가 두루마기를 벗은 뒤 지난번처럼 털썩 주저앉았다. 오랜만이라는 인사조차 없었다. 무당은 화부터 났다.

"약속을 지키지 않는다면 신도 마찬가지입니다. 마냥 부른다고 찾아오는 것이 아닙니다."

무당은 이미 경어체를 쓰고 있었다. 자신도 모르게 그렇게 됐다. 홍태산이 무표정하게 말했다.

"아! 그렇소? 그렇다면 할 수 없겠지. 사실 내가 여기 온 것은 하루 묵으려고 결심을 했기 때문이오. 애초에는 나도 이삼일 후에 다시 오려고 했소. 그러다가 다시 생각했지. 내가 댁에 마음이 끌린 것은 사실이오. 하지만 남자가 그렇게 가볍게 행동할 수 없다고 판단했던 거요. 그래서 하루를 생각하고, 또 하루를 생각하고 그렇게 밤마다 고민을 했소이다. 내가 이 여자를 품에 안으면 그럼 그다음에는 어떻게 할 것인가를."

무당이 경색을 했다.

"참으로 무례하군요. 어떻게 그런 말을…."

그러나 "그런 말을…."의 뒤를 잇지는 못했다. 정작 뭐라고 해야 할지조차 알 수 없었다. 무당은 자기 자신에게 화가 났다.

"놀라지 말아요. 나도 몇 날 며칠 밤 전전반측 고민을 한 끝에 결단을 내린 것이오. 결단을 내렸기에 이렇게 찾아왔고 또 지금의 감정을 솔직히 털어놓을 수 있는 것 아니겠소."

홍태산이 말이 끝나기도 전에 앞에 놓인 탁자를 치웠다. 그리고 우악스러운 손으로 무당의 손을 잡았다. 무당이 손을 피하기 위해 반대편으로 몸을 기울였다. 몸의 움직임과 달리 여자의 입에서는 더 이상 아무런 말이 나오지 않았다. 허락을 의미하는 거부였다.

홍태산이 다른 손으로 기울어지는 여자의 허리를 감싸안은 채 몸을 당겼다. 상체가 그대로 홍태산의 품에 안겼다. 여자는 두 손으로 홍태산의 가슴을 밀어내려 했지만 이미 그 손에는 힘이 들어 있지 않았다. 품 안에서 여자는 미세하게 떨고 있었다. 놀랍게도 그녀의 몸은 홍태산의 가슴 안에 가득했다. 무당의 두루마리에 가려진 농염한 육체였다.

여자는 무너지기가 어렵다. 그러나 무너지고 나면 그다음은 더욱더 남자의 육체를 잡아당기는 법이다. 잠시 숨소리가 잦아지더니 여인은 홍태산의 가슴에 얼굴을 얹었다.

홍태산이 여인의 어깨를 감싸고 자신의 가슴 속으로 더 끌어당겼다. 여인은 이제 탄탄한 남자의 가슴을 찾아 더욱 밀착하려 애썼다. 홍태산은 놀라움을 감추지 못했다. 이 여인은 이토록 놀라운 육체를 왜 그렇게 감추고 있었을까. 풍만한 가슴과 잘록한 허리, 놀랍도록 탄력 있는 둔부와 허벅지가 홍태산의 허벅지를 감싸고 압박해 들어왔다.

바람과 비가 몰아치는 순간순간, 여인은 그대로 백년 여우였다. 남자를 홀린다고 했나. 장호원 제일이라는 현감의 감탄이 틀린 말이 아니었다.

무당의 이름은 최아지였다. 홍태산이 최아지의 머리카락을 어루만지며 말했다.

"그대는 이제 어느 누구도 손댈 수 없는 내 여인이요."

"진정으로 그런 말을 하고자 한다면, 이제 다시는 멀리 가면 안 됩니다."

"가긴 어딜 간다는 거요. 나는 멀리 가봤자 광주일 뿐, 아니 장호원이 내 삶의 터요. 매일이라도 여기에 올 수 있소. 걱정하지 마시오."

"선원보략 사시오"

홍태산의 점괘는 따로 볼 것도 없었다. 모든 일이 순조롭게 풀려나갔다. 족보 사업은 사업대로 순풍을 타고 있었다. 그때 이방이 새로운 소식을 전했다.

"들으셨는지 모르겠습니다만 거 이용익이라는 보부상이 있었는데 그 자가 평안도에서 은광을 발견했다더군요. 엄청난 발견이지요. 아마 떼부자가 된 모양입니다. 그 이용익이 서울 진출을 꾀한다고 합니다. 경아전에서도 사람들마다 벼락부자 이용익의 이야기를 한답니다."

홍태산이 관심을 보이자 이방이 경아전 사람들과 나눈 대화를 더 들려주었다.

"관계자들 말에 의하면 은광은 찾기만 하면 떼부자가 되는 것은 순식간이라고 합니다. 원래 송, 명대의 채광법이 들어와 그 방법을 썼는데 성공 확률이 낮았답니다. 그런데 얼마 전에 일본식 기술이 들어오면서 성공률이 높아졌다는 거예요. 평안도 지역에 은광이 꽤 숨겨져 있는 것 같다는 이야기도 있어요."

홍태산은 그 말에 구미가 당겼다.

"개발하면 나라에서는 어떻게 합니까?"

"민간이 알아서 개발하면 광산세납제를 적용하는가 봐요. 수입은 절반 절반이라고 하더군요. 그래도 워낙 수익 규모가 크니까 개발자 손에 들어오는 것 자체가 장난이 아니라고 합디다."

은광 개발이라. 물론 개발 자체는 모험일 것이다. 하지만 굳이 내가 나서서 찾지 않더라도 기존 광산에 투자를 할 수도 있지 않겠는가. 아니면 은광 개발자들에게 선투자 할 수도 있고. 그렇다면 이렇게 매번 족보 팔 사람을 찾아 나서고 또 살 사람을 연결해야 하는 궂은일 하지 않아도 된다. 그렇게 할 수 있다면 앉아서 세상 떵떵거리며 살 수도 있다. 이방의 설명에 따르면 은광 개발이 어렵더라도 이만 냥만 있으면 투자가 가능하다고 한다.

이만 냥이라. 홍태산은 은광 개발에 관심을 갖게 되면서 이만 금이라는 말이 뇌리를 떠나지 않았다. 젠장. 이만 금을 언제나 벌 수 있단 말인가.

머리를 이리 굴리고 저리 굴려 보았다. 심지어 무당과의 잠자리에서조차 이만 금이라는 단어가 천정을 장식할 정도였다. 그러는 어느 날 뜻하지 않게 이해주가 떠올랐다. 선원보략 사기꾼 자식 말이다. 그렇다. 선원보략 몇 권만 처리하면 이만 냥은 충분히 만질 수 있을 것이다.

홍태산이 두 손을 들어 박수를 쳤다. 그래 그거다! 김국언이나 이해주 나부랭이가 하는데 나라고 못 할 것 없지 않은가.

홍태산은 다음 날부터 행동을 개시했다. 정보망도 완전 가동했다. 끈 떨어진 종친 사람들을 수소문하다 선원보략이 한 권 나왔다. 구매보다는 일정 기간 빌리자는데 합의했다. 돈을 쥐어 주자 별말 없이 동의했다.

지휘소는 무당 최아지의 사당 가까이에 있는 살림집에 차려졌다. 이런 분야에는 파락호 선비들이 안성맞춤이다. 평생을 과거에 매달렸지만 결코 합격할 수 없는 유생 출신들. 그들 몇이 한자리에 모여 족보를 베끼고 책을 만들었다. 한 질, 한 질이 완성됐다. 열 질이 만들어졌다.

책이 만들어질 때마다 민길주가 일부러 오자, 탈자를 집어넣거나 뺐다. 종이를 반으로 접은 장들을 모아, 실로 꿰맨 다음 묶고 표지는 다른 종이쪽지에 제목을 써서 붙였다. 책의 외관도 그럴싸하게 역사를 입혀 나갔다. 참여자들에게는 철저히 입막음 돈이 지급됐다. 만일의 고변을 막기 위한 수단도 동원됐다. 책이 팔릴 때마다 성공 보수가 지급되도록 장치를 만든 것이다.

대충 책들이 제본을 마치자 수하들이 고객 찾기에 나섰다. 수배망에 처음 걸린 사람은 광주와 가까운 송파에서 삼남으로부터 올라오는 건어물을 다루는 상인이었다.

이름은 김처원이었다. 자본 규모가 어마어마했다. 남대문 밖 칠패시장의 어물전 큰 손들, 그리고 원산 앞바다에서 잡히는 생선들이 모이는 도봉산 근처의 누원점 큰 손들과 연락하며 한양의 유통 체계를 지배하는 몇몇 거상 중 하나였다.

이들 때문에 종로 운종가 근처의 금난전권 시장인 시전은 사실상 무너지기 직전이었다. 아무리 관의 허락을 받았다 한들 자본 앞에서는 새 발의 피에 불과했기 때문이다.

김처원 역시 양반이라면 이를 갈았다. 같지도 않은 것들이 자신의 딸 중매에 나선 매파에게 창피와 모욕을 안겨 주었다. 심지어는 딸의 옷에서 생선 비린내가 날 것이라는 놈도 있었다. 매파의 이야기를 듣자 딸이 흐느껴 울었다. 겉으로는 크게 꾸짖었으나 속으로 열불이 터졌다.

'영광 굴비 하나 제대로 구워 먹지도 못할 불쌍한 개자식들이 참으로 입만 살아 있구나.'

그 김처원이 홍태산의 설득에 넘어갔다. 액수는 불문이었다. 그저 진품 여부만 따지고 들었다. 홍태산이 나서서 민길주에게 교육받은 대로 기초적인 설을 풀었다. 그것도 모자라자 민길주가 나섰다. 진품과 가품의 식별 방법을 강의까지 했다. 그러면서 안타깝다는 듯이 조건을 달았다.

"사실 딸에게는 족보가 소용이 없습니다. 손주 대나 되어서 가족을 멀리 이사 보내야 합니다. 그렇게 하면 새로운 환경에서 자란 손주에게 족보가 효력을 발휘할 것이오."

김처원도 "그쯤은 각오하고 있소."라고 털어놓았다.

홍태산이 김처원으로부터 받은 금액은 삼천 냥이었다. 출발이 좋았다. 이렇게 해서 조선 땅에 전주 이씨 왕족 한 가족이 더 늘었다.

수익 분배가 끝난 뒤 홍태산은 제일 먼저 무당 최아지에게 찾아갔다. 백 냥이 든 보자기를 받아 든 최아지가 푸념을 늘어놓았다.

"돈보다 당신이 집에 붙어 있는 것이 더 낫소."

홍태산은 "그날을 준비하기 위해 이렇게 뛰고 있다."며 최아지의 투정을 받아넘겼다.

최아지가 왜국에서 들여온 것이라며 붉은 색깔 투명 옥 뚜껑을 초 위에 덮었다. 방 안이 온통 분홍빛으로 물들었다. 문득 색주가 손님들끼리 나눈 농담이 떠올랐다.

"여자란 담장 너머에 있을 때 풋풋해 보이고 / 누대 위에 있을 때 신선해 보이고 / 술에 취해 있을 때 예뻐 보이고 / 달빛 아래 있을 때 요염해 보이고 / 촛불 아래 있을 때 품어 보고 싶은 것 아닌가."

속치마만 입은 최아지가 초에 불을 당기는 바람에 뒤태가 주변의 분홍빛과 대비되면서 입체적으로 다가왔다. 요염했다. 홍태산이 뒤에서 그대로 안았다. 최아지가 흘겨보면서 뒤로 돌아 안겼다. 최아지는 오랜만에 님을 만났는지 그날따라 홍태산의 몸 곳곳을 탐했다.

무당은 굿을 치르고 나면 신열이 올라 몸살을 앓는 경우가 많다. 접신 상태에서 춤추는 무녀의 몸은 신의 열기와 무녀의 열기가 겹쳐 용광로처럼 끓게 마련이다.

최아지의 신음소리가 유달리 컸다. 홍태산이 바로 눕자 최아지가 자신의 머리를 남자의 두꺼운 팔 위에 올렸다. 홍태산이 농담을 걸었다.

"그대가 낸 소리가 신의 소리인가 아니면 인간의 소리인가?"

최아지가 깔깔 웃으며 홍태산의 가슴을 꼬집었다.

"접신 상태이니까 신의 소리로 받아들여야 옳겠죠?"

"허허, 그래서 더 요란하고 격렬한가 보구먼."

"아니, 오늘은 내가 내는 소리가 더 컸나 보네요."

"아마 신도 즐거워했을 거요."

최아지가 더 세게 꼬집었다.

선원보략에 대한 수요는 예상 밖으로 컸다. 구매자가 세 명이나 더 늘었다. 순풍에 돛단배다. 아니, 물 들어올 때 저어라가 더 맞을 것이다. 홍태산은 곧바로 새 구매자를 찾아 접촉했다. 금산에서 인삼 재배를 크게 하는 데다 직접 도매까지 하는 사람이었다. 금산과 한양 배오개에 커다란 창고를 두고 개성까지 물건을 주고받는 거물이었다.

그뿐이 아니다. 사절단이 청국을 방문할 때마다 얼굴을 드러내는 수완도 발휘했다. 조정에 끄나풀들이 많아 사절단 명단에 때맞춰 이름을 집어넣어 주는 관리들이 있었다. 이래저래 북경 상인들과도 인삼 거래를 터 거만의 부를 축적한 경력의 소유자였다.

청국을 자주 다니는 덕에 한문 실력이 보통이 아니었다. 그는 평소

여행을 잘 다녀서인지 장호원까지 방문하는 것은 일도 아니라고 했다. 성격조차 김처원처럼 꼬장꼬장하지도 않았다. 그가 청지기 한 명과 건장한 노비 두 명을 대동하고 장호원을 방문했다. 선원보략을 직접 보고 대화하자는 취지였다.

홍태산 쪽도 준비를 철저히 했다. 만남의 장소는 추월이 있는 색주가로 잡았다. 미리 연락해 별채를 비워 두도록 했다.

방안에는 홍태산과 민길주 그리고 상인 이렇게 세 명이 푸짐한 안주상을 사이에 두고 마주 앉았다. 청지기와 노비들에게는 따로 밥상이 차려졌다. 수인사가 끝나자 홍태산이 상인에게 먼저 잔을 올렸다.

"먼 길 오시느라 고생이 많으셨습니다. 오늘은 중요한 일을 함께 논의해야 하니 술은 표시로만 올리겠습니다."

상인이 웃는 낯으로 말을 받았다.

"물론이요. 이거 서로 세상에 드러낼 일도 아니니 이해합니다."

민길주가 잠시 주위를 살피더니 조용히 보따리를 풀었다. 그 안에는 선원보략 여덟 권이 곱게 몸단장을 하고 면접을 기다리고 있었다. 물론 권마다 약간씩 색이 바랬고 가장자리에는 접히거나 닳은 표식들이 역력했다.

홍태산이 상인을 바라보며 한숨을 쉬었다.

"이거 구하느라 애 좀 먹었습니다. 가평에 사는 종친인데 얼마나 자존심이 센지 끝까지 망설이더군요. 집안의 마지막 얼굴이라며 몇 번이나 거부하다가 끝내 저희의 제안을 받아들였습니다. 저희가 이것을 구한 후 몇 군데 연락했더니 모두가 관심을 보이더군요. 그런데 가격에 조금 문제가 있어서 저희도 여태껏 망설여 왔습니다. 그동안 투자한 돈이 만만치 않았거든요."

상인이 책들을 이리저리 둘러보며 고개를 끄덕였다.

"그럴 만합니다. 좋은 책이군요."

상인의 인정과 별도로 민길주가 다시 선원보략을 보는 방법을 간략히 설명했다. 탈자 오자도 빼놓지 않고 과시했다.

"여기 이 부분을 보십시오. 충렬군의 이십이 대 손에서 대가 끊긴 것임을 알 수 있습니다. 만일 처사님께서 이것을 얻으시면 바로 이 부분에 성 씨를 이 씨로 해서 부친이나 조부님의 성함을 넣으시면 됩니다. 감쪽같을 것입니다."

민길주는 일부러 처사라는 호칭을 사용했다. 처사는 벼슬을 하지 않고 초야에 묻혀 사는 선비를 지칭한다. 상인을 예비 선비로 띄워 주면서 가슴 속 욕망을 부채질하는 방식이었다. 입도선매나 마찬가지다.

상인은 연신 고개를 끄덕였다. 이쯤 되자 홍태산이 줄의 끝자락을 살짝 더 잡아당겼다.

"아까 말씀 드렸다시피 저희도 고생한 탓이 있어 낮은 값으로는 할 수가 없습니다. 삼천오백 냥 이하로는 불가능합니다. 다만 이거 하나는 분명히 해 드리죠. 안심하시라는 차원에서 일단 천 냥을 받겠습니다. 그리고 세 권을 미리 드리겠습니다. 그런 후 처사께서 나름의 조사 과정을 거쳐 진품 여부를 확인하셔도 좋습니다. 나중에 확신이 서시면 다시 만나 나머지를 교환하면 될 것 같습니다."

"아이고, 믿지 않는다는 것이 아니오. 그렇게 말씀하시면 오해입니다. 그럼 이렇게 하죠. 일단 제가 신뢰의 표시로 천오백 냥을 내놓겠습니다. 대신 조건이 있습니다. 물건을 옮기는데 홍 선생이나 민 선생 중

한 분이 저희 집까지 대동하면 어떨까 싶네요. 집에 도착하는 대로 나머지 액수를 드리겠습니다."

이럴 때 머뭇거리면 안 된다. 그동안 나름의 경험을 쌓은 민길주가 잠시의 틈도 주지 않고 고개를 끄덕였다.

"그 방법도 괜찮을 듯합니다. 제가 가도록 하겠습니다."

상인이 호탕하게 웃었다.

"하하하, 이거 거래가 이렇게 이뤄지는 것도 쉽지 않습니다. 오늘 제가 아주 기분이 좋습니다그려."

홍태산과 민길주도 환하게 미소를 지었다. 셋이 잔을 들어 거래 성사를 기념했다. 잔을 내려놓은 상인이 가지고 온 보따리를 풀었다. 은화가 가득했다.

그때였다. 상인이 은화를 세려는 데 밖에서 시끄러운 소리가 들려왔다. 민길주가 홍태산과 상인을 번갈아 바라보더니 일어섰다. 밖의 소음을 확인하려고 문을 열었다.

깃발이 시야에 들어왔다. 아무리 봐도 포졸들이 들고 다니는 깃발인 영기(營旗)가 틀림없었다. 영기를 든 포졸 외에 네다섯 명의 포졸이 문밖을 둘러싸고 있었다. 각자가 쇠사슬과 곤장, 육각 몽둥이를 휴대하고 있다. 심지어 창까지 보였다. 오른손에 패찰을 쥐고 있는 포교가 문 안으로 불쑥 발을 들였다. 험상궂은 얼굴이 마치 얼굴에 피가 튄 망나니를 연상케 했다.

"모두들 꼼짝 마라! 움직이면 몽둥이로 가차 없이 패 죽일 것이다."

상인이 가장 먼저 방바닥으로 몸을 던졌다. 팔을 양쪽으로 활짝 벌렸다. 홍태산도 엉거주춤 몸을 뉘었다. 이런 일을 당해본 일이 없는 민길주가 마지막으로 뒤따랐다. 뭐가 뭔지 혼란스러웠지만 사유를 물어볼 틈도 없었다.

은화가 흩어져 있는 보따리를 보며 포교가 다가와 상인의 옆구리를 발로 걷어찼다. 상인이 신음을 터뜨렸다.

"어이쿠~ 살려 주십시오. 다 말씀드릴 수 있습니다."

"내 다 알고 왔다. 너희들이 나라의 귀중한 문서를 위조해서 암거래 한다는 정보가 우리 형방님한테 발각됐고 이제 너희들을 감옥에 처넣 기 위해 이미 절차가 진행 중이다."

도둑놈의 상전 포도군관

형방이라는 단어에 홍태산은 아차 싶었다. 형방! 이방의 숙적이었다. 이방 직책을 얻기 위해 뇌물을 쓰는 것은 물론이고 경기감영에까지 손 을 썼음에도 이방의 노련한 암거래 솜씨에 무릎을 꿇었다는 형방이다. 그렇다, 현청을 꽉 잡고 있다는 이방에게만 너무 정성을 쏟은 것이다.

'형방이 나와 이방의 관계를 모를 리 없다. 내 불찰이다.'라는 생각이 홍태산의 머리를 스쳐 지나갔다.

옆을 보니 민길주는 벌벌 떨고 있었다. 상인은 의외로 침착했다. 짐 작이 갔다. 조정에도 손길이 닿는다고 하지 않았던가. 상인은 이미 어 떻게 뒤처리를 해야 할까 머리를 굴리고 있을 것이다. 문제는 홍태산 자신이었다. 지금 발각된 범죄 행각으로 봐서는 이방도 손을 댈 성질의 것이 아니다. 아무리 봐도 쪽박을 쓰게 생겼다.

이방을 통해 수령을 구워 삶아 볼까 하고 잠깐 생각이 스쳤지만 수령이라는 작자는 이미 고을 행정에 아무런 관심도 없는 인간이다. 나라의 인사 부패가 너무 심해 원래 이삼 년에 정기 인사가 이뤄져야 함에도 요즘의 수령 임기는 일 년을 넘기기 힘들다. 그러니 그 안에 자기가 뇌물로 바친 액수를 환수하는 것도 빠듯하기만 하다. 현청의 일은 이제 거의 아전들의 독무대가 되고 만 상태다. 이런 상황 속에 담당 아전들을 적으로 돌린다? 안 하니만 못하다.

홍태산에게 갑자기 후회가 밀려 왔다. 현청의 권력만 믿고 포교들마저 너무 등한시했다.

포교와 포졸의 근무처인 포작청의 세계야말로 사실상 도둑놈들의 진짜 사령부였다. 토포 군관을 끼지 않고 도적질을 한다는 것은 애초 상상 불가능한 일이다. 이들은 길거리와 큰 저자에 도적들을 투입시켜 안과 밖이 서로 호응하며 뺏고 훔치는데, 도적 혼자서는 그런 짓을 해낼 방도가 없다. 부잣집과 세도 있는 집의 의복과 그릇을 훔쳐 내와도 그것들을 팔 방법을 찾기 어렵다. 장물로 처리할 수 있는 것은 포도군관뿐이다.

도둑질한 물건의 값이 열 냥이라면 세 냥은 훔쳐 낸 도둑이 먹고, 나머지 일곱 냥은 포도군관의 몫이 된다. 포도군관이 칠 할을 갈취한 후 제 부하들과 형방의 몫을 분배해 주는 것이다.

새로운 도둑이 처음으로 그 패거리에 들어오게 되면 으레 신고식이 뒤따른다. 세 번쯤 다 장물로 바치고 나서야 정식으로 입문하게 된다. 철칙이다. 한 번이라도 눈속임을 하다 걸리면 즉시 관청의 구류소 행을 각오해야 한다.

도둑놈이 아니라도 마찬가지다. 민간에서 설령 모함을 받고 포도청에 끌려왔다고 치자. 그들조차 첫 문초에서 허위임이 밝혀져도 형방과 포교들에게 뇌물을 바치지 않을 수 없다. 평민이 관부에 잡혀 들어오면 억울한 누명을 벗고 나가더라도 논배미가 저당 잡히거나 팔려 나가기 일쑤다.

형방이 이렇게 포도군관들을 활용해 해 먹으면, 군역을 다루는 병방은 번상이라는 징집 제도를 활용해 마구잡이로 해 먹는다. 번상 제도에 따르면 큰 고을에서는 육십여 명이 징집되고 작은 고을에서는 삼사십 명이 모집된다. 이 과정이 평민들에게는 지옥이다.

한 명의 장병 자리로 인해 백 집이 들썩이게 되고, 마치 온 고을이 징병을 피하기 위해 난리를 치르게 된다. 수령들도 이 일로 뇌물을 챙긴다. 수령이 열을 해 먹으면 아전들은 백을 회 쳐서 먹는다. 조금이라도 문제가 되면 아전들은 힘을 모아 모든 허물을 수령의 뇌물 탓으로 돌려 버린다.

조선의 아전들 가운데서도 전주 아전이 제일 악명이 높다. 사대부를 욕보이고 도의 관찰사를 업신여기는 데까지 이르렀다는 말이 조정 내에서 공공연히 나올 정도였다.

홍태산은 장호원 형방에게 밉보이고 걸려들어 한양의 좌포도청 구류소까지 끌려왔다. 이곳에서 홍태산에게 실컷 두들겨 맞은 것이 바로 김판수다. 얻어터진 날부터 홍태산을 두목님처럼 모시게 된 김판수가 바로 전주 감영의 관노 출신이었다. 그는 자신의 과거를 들려주는 내내 아전들만 보면 이가 갈린다는 말을 빼놓지 않았다.

홍태산이 물었다.

"전주가 고향이구먼?"

"저 같은 놈이 고향이 어디면 뭘 하겠습니까요. 사실 출생도 모르고 기억이 남아 있는 어렸을 때부터 전주 남쪽의 남천교 마을에서 빌어먹다가 그냥 자연스레 감영의 관노로 들어가게 됐습니다."

"그런데 왜 서울까지 왔나."

"에고, 전주 감영에서 엄청난 일이 있었습니다. 거기서 몸을 피해 이곳저곳 방황하다가 한양까지 왔다가 사건이 벌어졌습니다요."

"사건?"

"예. 하도 배고파서 운종가의 밥집에서 밥을 훔쳐 먹다가 주인장한테 걸려서 도망치려다 폭행을 저지르고 포도청까지 왔습니다."

"별것도 아닌 일에 고생을 하고 있구먼. 근데 전주에서 엄청난 일이라니 그것도 자네가 관련된 일이었나?"

"뭐 그렇다면 그렇고, 아니라면 또 아니고…."

옆에서 이야기를 듣고 있던 이삼봉이 끼어들었다.

"아니긴 뭘 아닙니까. 판수 형님은 잘못도 없이 폭력 사태에 휩쓸려 들어가 아전놈들에게 쫓기는 신세가 된 겁니다."

홍태산이 물었다.

"무슨 일인데? 전주 감영에서?"

김판수가 허허 웃었다.

"참 나, 일이 터진 것은 저하고는 아무런 관련도 없었습니다. 하지만 당하신 분이 저를 잘 돌봐 주시던 어르신이었습니다."

"이야기나 들어 봄세. 아니면 달리 할 일도 없지 않는가."

홍태산의 말에 김판수가 "그렇습죠."라고 동의를 표시했다.

"원래 아전의 자식인데 전주 감영에서 수령님의 잔심부름을 하던 어린놈이 있었습니다."

"통인(通引)을 말하는 건가?"

"예, 통인입니다. 총각머리를 딴 아주 어린놈이죠. 근데 그놈이 아까 제가 말한 늙으신 관노와 몸을 부딪치자 갑자기 화를 냈습니다. 그러면서 '몸가짐과 행동이 조심성이 없다.'면서 많은 사람들이 지켜보는 가운데 어르신을 발로 차 넘어뜨린 겁니다."

아전은 사실 관노나 사령들보다 사회적 지위가 겨우 한 단계 높을 뿐이다. 그런데도 위세로 제압하는 것이 마치 주인과 종의 관계와 흡사할 정도다.

"저런, 망할 자식이 있나."

"그렇습죠? 이를 본 많은 사람들이 화를 냈습니다. 그렇게 해서 사건이 벌어진 것입니다. 이야기를 듣게 된 관노와 사령들이 분을 참지 못할 정도로 분위기가 험악해졌습니다. 저도 마찬가지였죠. 그러잖아도 제가 좋아하는 어르신이었으니까요."

"그래. 어떻게 됐나."

"우리들이 모인 자리에서 전부 다들 더 이상 못 참겠다고 난리가 났습니다. 나하고 몇몇이 그 자식을 죽여 버리겠다고 하면서 그 통인의 집으로 몰려갔고 다른 사람들도 우리 뒤를 따라왔습니다. 그 자식을 찾았는데 없어서 분을 참지 못한 우리들이 그놈 집에 불을 질러 버렸습니다."

"큰일 났구면."

"그걸 본 아전들은 전에 없던 일이 벌어졌으니 겁을 집어먹은 것도 당연하겠죠. 그러자 감영으로 달려간 아전들이 감사에게 무기를 꺼내 관노와 사령을 때려잡아야 한다고 요구를 했습니다."

"감사에게? 그때 감사가 누구였는데."

"그때 전라관찰사가 강헌직이었습니다. 근데 그 관찰사가 원래 심성이 나약한 사람이었어요. 아전들의 행위를 막지를 못했습니다. 하긴 감영 전체를 휘어잡고 흔드는 것은 사실 감사가 아니라 아전들이었습니다. 감사가 아무 말도 못하고 떨기만 하자 아전들이 스스로 무기고를 열어 무기를 든 채 반석리로 찾아와 집, 집마다 불을 질렀습니다."

"반석리가 어디인데?"

"아, 반석리는 제가 살고 있는 곳이었습니다. 관노와 사령들 약 백여 가구가 모여 살고 있는 곳이죠. 마을 전체가 잿더미로 변했고 그때 죽은 사람들이 여러 명에 이르렀습니다. 나머지는 사방으로 흩어져 버렸죠."

김판수의 눈가에 눈물이 약간 고였다.

"이렇게 되자 아전들이 당황하기 시작했습니다. 마을 전체가 불타버렸고 사람도 많이 죽었으니까요. 아전들이 갑자기 감사를 위협하기 시작했어요. 관노와 사령들이 민란을 일으켰다는 식으로 조정에 장계를 올려야 한다고요. 나중에는 조정에서도 사건이 왜 일어났는지를 알게 된 모양이에요. 근데 어쩌겠어요. 당연히 아전들에게 죄를 물어야 마땅한데 혹여라도 아전들이 난을 일으킬까 겁을 먹은 모양입니다. 게다가 조정의 힘 있는 자들이 아전들을 비호하기도 했습니다. 그래서 아전들 중 주동자 몇 명만 유배를 보내는 것으로 마무리하고 대부분 다 무죄로 풀려났습니다."

이삼봉이 분노의 표정을 지었다.

"전부 다 죽일 놈들입니다요. 세상이 원 어떻게 돌아가는 건지."

그러면서 너무 과했나 싶어 슬쩍 홍태산의 눈치를 살폈다.

홍태산이 고개를 끄덕였다.

"죽일 놈들이고말고. 그래 그 다음에는 어떻게 됐나."

"관노와 사령들이 없으면 관청 일은 그대로 멈출 수밖에 없습니다. 그러자 아전들이 모두를 용서한다고 나서더군요. 그 후에 흩어져 고생하던 관노와 사령들이 하나둘 돌아왔죠. 저 역시 마을로 돌아왔습니다. 하지만 저희들 역시 분노가 가라앉지 않았습니다. 그래 젊은이들 몇몇이 몰래 모여 그해 겨울에 날을 잡아 다시 저들을 처단하겠다고 모의를 했죠. 그놈들 집도 똑같이 해 주겠다는 생각이었습니다. 하지만 누가 고자질했는지 모의가 발각되고 아전들이 다시 가족들을 데리고 일제히 도망갔습니다. 얼마 지나 그자들이 돌아왔는데 우리가 언제 다시 거사를 할지 모른다면서 원래 있던 관노와 사령들을 모조리 쫓아낸 뒤 다른 사람들로 교체해 버렸습니다. 쫓겨난 관노와 사령들은 전부 뿔뿔이 흩어졌고 저 역시 여기까지 오게 된 것입니다."

"그렇구먼, 그래 여기서 풀려나면 어찌할 셈인가. 집도 없으니."

"모르겠습니다. 갈 곳도 없습니다. 혹시 홍 별감님은 저 같은 사람 필요 없을까요? 그저 밥이나 먹을 수 있으면 더 바랄 것도 없는데요."

"허허, 낸들 뭐 뾰족한 수가 있나? 그래 함께 고민해 보자고. 그럼 삼봉이는 어떻게 할 작정인가."

삼봉이가 깜짝 놀란 얼굴로 두 사람을 쳐다보았다.

"저요? 저야 뭐 칠패시장으로나 다시 돌아갈까요? 거기 가면 밥걱정은 하지 않을 수 있을 테니까요. 뭐 친구들도 거기 있고요. 별감님은 어떻게 하실는지요."

"나? 나야 지금 당장 여기서 어떻게 나갈 것인가가 제일 큰 문제겠지. 나가면 글쎄 하던 일을 계속해야 되는 것 아닐까."

그렇다. 나가는 것이 우선이다. 홍태산도 자신의 처지가 한심했다. 어쩌다 서울 그것도 종로 바닥의 포도청까지 끌려왔단 말인가.

포졸의 포승줄에 묶인 홍태산은 장호원 현청에서 잠시 머물다가 형조 이관을 위해 한양의 좌포도청 구류소로 이송됐다. 죄목도 거창했다. 서류를 위조한 범죄라는 것이다.

너무 빠른 속도로 구속 조치가 이뤄지는 바람에 속신(贖身)을 도모할 기회조차 없었다. 다행히 돈의 힘은 남아 있어 좌포도청 구류소 담당 포도군관을 내 사람으로 꾀일 수 있었다.

포도군관은 겁이 많아 자주 눈치를 살피는 편이지만 그래도 성격은 유순했다. 죄수들에게도 강퍅하게 굴지 않았다. 그만큼 생기는 것도 줄어들 수밖에 없을 것이다. 요즘 세상에는 잘 어울리지 않는 친구라는 생각이 들었다.

그렇다. 세상에는 악한 자만 있는 것이 아니다. 어려운 환경에서도 끝내 정의롭게 행동하려는 자도 있게 마련이다. 고종이 즉위한 직후 포도대장에 임명된 신명순이 좋은 예였다.

서울에는 남산과 북한산의 골짜기에 절들이 많다. 이곳 절의 승려들이 탁발을 빙자하여 무리를 거느리고 토색질을 심하게 해 민간의 원성이 높았다. 절을 찾은 부녀자들을 상대로 나쁜 짓을 저지르는 자도 많았다.

신명순 대장이 이런 자들을 무려 열세 명이나 체포해 처형하려 했다.

무슨 일인지 고종이 그들을 석방하라는 명령을 내렸다. 신명순은 혐의가 충분하다며 명령을 거부했다. 그리고 이들을 일시에 즉결 처분해 버렸다. 그런 일이 있고 나서 분노한 고종이 그를 해임했다는 소식이 퍼졌다.

사실은 고종보다 민비가 더 화를 냈다는 이야기가 들렸다. 해임당한 신명순은 누군가에 의해 자택에서 살해당했다. 그 신명순이 구류소 포도군관의 상관이었다고 한다. 포도군관이 홍태산에게 들려준 이야기다.

4

내가 조선의 국모다

환락의 나날

고종과 민비는 어제 저녁에도 밤늦게까지 연회를 즐겼다. 양 오빠 민 승호가 다시 승진한 것을 축하하기 위한 자리였다. 드디어 군권을 손에 쥐는 병조판서가 된 것이다. 고종은 늘 그렇듯 술이 들어가면 적당히가 없었다. 연회에 참석한 많은 신료들이 술을 이기지 못해 쭈그린 채로 조는 모습을 보면 일부러 깨워서까지 잔을 들도록 했다.

민비 역시 하루하루가 즐겁고 행복했다. 민 씨 족척은 하나둘 조정을 점령해 나갔다. 게다가 민승호라면 가장 의지할 수 있는 오빠 아닌가. 축하연에는 묄렌도르프도 자리를 함께했다. 묄렌도르프는 원래 청국의 리훙장 수하였다. 조선이 청국에 해관사무소 개설을 위해 전문가를 요 청하자 리훙장이 묄렌도르프를 파견했다. 리훙장의 개인 첩보원 노릇 도 겸하고 있었다.

출국 인사를 드리러 온 묄렌도르프에게 리훙장이 농담조로 물었다.

"조선에 가면 국왕인 고종에게 무릎을 꿇겠느냐."

묄렌도르프가 자신 있게 고개를 좌우로 흔들었다.

"네? 당치도 않습니다. 리 대인 앞도 아닌데 어떻게 그렇게 하겠습니까."

묄렌도르프는 아첨의 가치를 아는 자였다. 고종을 알현하는 자리에 서 바로 무릎을 꿇었다. 허리를 기역 자로 굽히면서 절을 올리는 묄렌 도르프를 고종은 예쁘게 받아들였다. 기꺼이 각종 특권을 부여하는 외에 외교와 통상을 전담하는 통리아문의 차관보 겸, 조선해관 총세무 사 등에 임명했다. 조정에서는 목인덕(穆麟德)이란 이름까지 붙여 주 었다.

목인덕은 연회에 참석한 민비 가까이 접근하면서 곰살맞은 미소를 아끼지 않았다.

"신료들이 다들 이렇게 즐거워하니 이게 다 전하와 중전마마의 은덕이 아니고 무엇이겠습니까. 저 역시 이렇게 즐긴 적이 언제쯤이었는지 가물가물합니다. 하하하."

민비도 맞받았다.

"오랫동안 앉아 있으면서도 조금도 피곤한 기색을 보이지 않는군. 서양 사람들은 다 참의처럼 술이 강한가 보오."

"그것도 다 경우에 따라 다릅니다. 오늘처럼 즐거우면 술에 취하는지도 모르는 거죠."

목인덕이 주위를 한 번 둘러보더니 갑자기 목소리를 낮췄다. 하긴 두 사람을 주목하는 시선은 어디에도 없었다. 다들 술에 취해 있었고, 고종의 술잔 돌리기를 주시하느라 정신이 없었다.

목인덕이 입을 가린 채 말했다.

"이런 말씀 드릴 곳이 아니나 이왕 이렇게 된 거, 말씀 올리겠습니다. 요즘 정부의 관세 수입이 주상전하와 중전마마의 선정 덕분에 조금씩 늘어나고 있습니다. 그래서 제가 관세 수입 중 일부를 중전마마를 위해 따로 관리하고 있습니다. 조만간 교태전으로 보내도록 하겠습니다. 그러잖아도 여러 가지로 내수사 씀씀이에 도움이 되고자 하는 마음뿐입니다."

민비가 목인덕을 바라보며 환히 웃었다.

"관세 수입이 늘고 있다니 다행이요. 이게 다 해관총세무사의 탁월한 관리 덕분 아니겠소. 고맙게 쓸 생각이오. 관련 업무에 문제가 생기면 언제라도 좋으니 전하께 상언하시기 바라오. 나도 전하께는 취지를 잘 말씀드리겠소."

"저야 진충보국을 다할 뿐입니다."

"잘 알고 있소."

연회는 거의 새벽이 돼서야 파했다. 다음 날 잠자리에서 일어난 시간은 정오쯤이다. 어느 하루만 그런 것이 아니다. 연회가 줄을 잇거나 그러면 고종은 정오에나 기상을 알리는 기침 소리를 냈다.

고종과 민비가 일어나자 침방상궁이 겹겹이 닫힌 문을 열고 들어와 관보인 조보를 올렸다. 고종이 조보를 천천히 읽었다. 조보에는 신료들이 임금에게 올리는 간이 상소문이나 빈청에서의 결정 사항, 관리의 임면 소식, 지방관들이 올리는 장계 등의 내용이 수록돼 있다.

특히 관리 임면은 한 명도 놓치지 않고 들여다봤다. 인사는 하나하나가 돈으로 연결돼 있기 때문이다. 고종이 보기를 마치면 민비도 관리 임면란을 유심히 들여다봤다. 인사가 만사임을 민비는 잘 알고 있었다. 고종은 돈의 많고 적음에 관심을 기울였지만 민비는 달랐다. 인사를 통한 권력 구조의 변화를 읽었다. 그래서 한 명 한 명의 임명과 이동, 파면에 예민했다.

정오쯤이 되어서야 고종과 민비가 아침 수라상 앞에 앉았다. 아침이라고는 하지만 사실 점심이나 다름없다. 대략 일어나는 시간이 정오쯤이니 어쩔 수가 없는 일이다.

수라상의 반찬 가지 수는 열두 첩으로 정해져 있다. 은과 유기로 만든 반찬 그릇들이 주르륵 나열돼 있고 약간의 반찬은 한 척 가까이 높은 반 위에 놓여 있다. 해물 요리는 사이사이에 섞어 두었다.

수라상 옆에는 바다거북의 등으로 만든 대모갑 상이 있는데 상 위에는 언제나 팥밥이 따로 차려져 있다. 고종이 특히 좋아했다. 각종 계절 과일도 나란히 배열돼 있다. 오늘은 호두를 속에 담고 납작하게 눌러 잘게 자른 곶감이 새로 눈에 띄었다.

수라상은 대궐의 주방에서 마련된다. 주방상궁이 책임지고 수라상을 준비한다. 수라상 외에도 상은 늘 셋이다. 즉 대원반, 곁반 그리고 책상반이다. 수라상에는 기본 음식인 밥과 국, 김치, 장, 찜, 전골이 기본이고 나머지 반찬이 매일 내용을 바꾼다. 오늘은 황태국이 올라왔다.

고종이 수라를 들기 전에 기미상궁이 먼저 냄새와 맛을 보았다. 고종이 숟갈을 들자마자 황태국을 휘저었다. 황태국은 오래 끓이면 국물 색깔이 뽀얗게 변한다. 뽀얀 국물 사이사이로 황태 살이 드러난다. 고종이 수저로 국물을 열심히 떠먹었다. 고개를 들지도 않고 한마디 한다.

"국물이 참으로 일품이네."

밤새 심히 과음했다는 증거다. 기미상궁이 바로 뒤에서 두 손을 잡고 서 있는 상궁들에게 눈짓을 했다. 어린 상궁이 황태국을 가져오기 위해 조용히 걸음을 옮겼다.

오후에 고종은 편전으로 자리를 옮겼다. 오늘은 과거 시험 합격자 수를 정하는 날이다. 민비는 고종 자리 뒤편의 수렴이 처져 있는 곳에 자리를 잡았다. 사실상의 수렴청정이었다.

수렴을 멀리서 보면 그 뒤가 거의 보이지 않는다. 하지만 가까이 앉으면 수렴 너머가 뚜렷하게 보인다. 신료들의 얼굴 표정까지 읽을 수 있다. 수렴 뒤라고 하지만 청정(聽政), 즉 편전에서 논의하는 정사를 듣기만 하는 것이 아니다. 보고, 듣고 그리고 뒤에서 고종에게 속삭이는 것이다. 그것이 민비가 수행하는 수렴청정의 본질이다. 고종은 언제나 민비의 속삭임을 듣고 나서야 결정을 내린다.

오늘은 과거시험의 합격자 수를 정한다. 물론 가는 방향은 이미 정해져 있다. 정해져 있다는 사실은 고종도 민비도 안다. 그리고 조정의 신료들도 다 알고 있다.

고종이 운을 뗐다.

"나라 재정이 갈수록 어려워지고 있소. 타개책이 시급함을 여러분도 잘 알고 있을 것이오. 그래서 과거시험 합격자 수를 더 늘려 보는 것이 어떨까 생각하는 중이요. 기탄없이 의견을 진술해 주기 바라오."

선뜻 나서는 자가 없었다. 보다 못해 영의정이 고개를 들었다. 그리고 고종을 바라보았다. 그는 자기가 왜 그 자리에 임명되었는지를 잘 알고 있었다. 고종은 더 잘 알고 있었다.

고종은 놀기를 좋아했다. 과거시험도 유희의 일종으로 생각하고 있었다. 과거시험은 이미 매달 열릴 정도로 횟수가 늘어났다. 그것으로도 부족한 듯했다. 영의정이 대답했다.

"시험 횟수를 늘리는 것은 이제 더 이상 불가능합니다. 따라서 매 시험 때 합격자 수를 늘린다면 시험 횟수를 늘리는 것과 동일한 효과를 낼 수 있을 것으로 사료됩니다."

영의정이 발언이 끝나자 모두 고개를 끄덕였다. "지당한 말씀입니다."라는 목소리가 여기저기서 동시다발적으로 나왔다. 잠시 편전을 둘러보던 고종이 결론은 내려졌다는 듯이 말했다.

"그렇소, 맞는 이야기요, 그럼 올해부터 식년과의 생원시, 진사시 회시를 치를 때 백 명씩을 더 선발하기로 합시다. 어떻소?"

답은 정해져 있다고 했다. "지당한 말씀이십니다."라는 지당한 반응이 나왔다. 그러나 본론은 이제부터다.

단지 백 명을 더 뽑는 것이 중요한 것이 아니다. 합격자 명단이 내걸린 후 수험생은 합격증을 받기 위해 각각 이백에서 삼백 냥을 내야 한다. 생원시와 진사시가 그렇다는 이야기이고, 회시는 가격이 껑충 뛴다. 일천 냥이 정해진 값이다.

고종과 민비의 유흥비는 천문학적이었다. 그러나 왕실의 재정을 담당하는 내수사 예산으로는 턱도 없었다. 호조와 선혜청의 돈을 빌리는 형식으로 뜯어먹는 것도 한계가 있다. 그다음에 두 높으신 분이 손을 댄 것은 무제한적인 매관매직이었다.

이마저도 곧 한계를 드러냈다. 전국의 수령 방백 중 삼분의 이가 벼슬을 돈으로 산 관리들이었다. 매관매직의 기회를 더 늘리려면 방법은 하나밖에 없다. 임기를 단축시키는 것이다. 애초 수령이든 방백이든 삼 년이 평균이었다. 그런데 고종 대에 들어와 일 년까지 단축되었다. 회전율을 높여 수입을 확대하자는 탁견이다.

일 년을 더 단축하기는 어렵다. 벼슬을 돈으로 산 관리들도 투자한 돈을 회수할 기간이 필요하기 때문이다. 무턱대고 기간을 줄이면 반발을 살 수밖에 없다. 다른 수단이 필요했다.

소나무는 환경이 열악해지면 솔방울을 많이 맺는다고 했다. 옛 선현들은 이를 궁즉통(窮卽通)이라고 했다. 궁하면 통하게 돼 있는 것이다. 고종과 민비는 이런 이치를 과거시험을 통해 돈으로 합격을 팔고 또 합격자를 늘리자는 복안으로 풀이했다.

생원, 진사, 회시는 문과와 무과 중 문과를 말한다. 나라의 문과 벼슬

자리는 통틀어 오백여 개밖에 없다. 원래는 식년시라 해서 삼 년마다 한 번씩 열렸다. 이 식년시에서 문과 삼십삼 명, 생원 일백 명, 진사 일백 명 등을 합쳐 이백삼십삼 명을 뽑는다.

그런데 과거에 합격하면 한 사람이 조정 관리로 들어와 그만두기까지의 기간이 약 삼십 년이다. 삼 년에 이백삼십삼 명으로 삼십 년 동안을 계산하면 이천삼백삼십 명이 된다. 그런데 자리는 오백 개다. 나머지 일천팔백삼십 명은 자연히 벼슬 없는 벼슬아치가 된다. 게다가 비상설 과거가 수시로 시행되어 합격자 수는 이루 말할 수 없을 정도였다.

고종은 지금 매달 시행되는 과거시험의 합격자 수를 한 번에 백여 명씩 더 늘리자는 것이다. 그런데도 신료들 중 누구하나 문제점을 지적하는 사람이 없었다. 민비도 오늘은 수렴 뒤에서 속삭이지 않았다. 어차피 이런 방안을 강구해 낸 것이 민비였기 때문이다.

조선의 석학인 정약용은 목민심서라는 저서에서 관리들의 부패상에 대해 다음과 같이 적었다.

"늙은 아전이 대궐에서 돌아와 처와 자식에게 '요즘 이름 있는 관리들이 모여서 하루 종일 이야기를 하여도 나랏일에 대한 계획이나 백성을 위한 걱정은 전혀 하지 않는다. 오로지 각 고을에서 보내오는 뇌물의 많고 적음과 좋고 나쁨에만 관심을 갖고 있다. 어느 고을의 수령이 보낸 물건은 극히 정묘하고 또 어느 수령이 보낸 물건은 매우 넉넉하다.'고 말한다. '나라가 어찌 망하지 않겠는가.'라고 한탄하면서 눈물을 흘렸다."

그런데 정약용이 이 글을 쓰며 세상을 비판한 것은 고종의 훨씬 선대인 정조 때였다. 명군이라는 평을 듣는 정조 때 이미 조선은 이렇게 안으로 썩어 들어가고 있었다.

그 후로 조선에서는 자신의 고질병을 치유하는 어떤 노력도 이뤄지지 않았다. 오히려 세도정치가 굳건히 자리 잡으면서 쇠락의 속도는 갈수록 빨라지고 있었다. 정조에 이어 순조, 헌종, 철종으로 임금의 얼굴만 바뀔 뿐이었다.

조정과 수령 방백은 백성을 그저 수탈의 대상으로 여겼다. 이렇게 해서 조정의 환락과 이를 뒷받침하려는 매관매직의 술수를 몸으로 익힌 고종에까지 이어졌다.

고종과 민비에게 있어 권력은 개인적 욕망의 충족과 동의어였다. 욕망이 충족되는 한 고종과 민비 특히 민비로서는 모든 것이 잘 돌아가고 있었다. 그에게 권력은 꿈꾸는 모든 것을 현실로 만들어 주는 극락문이었다.

고아 민자영

민비 그러니까 민자영은 철종 이 년에 민치록을 아버지로 세상에 태어났다. 민치록에게는 때늦게 얻은 무남독녀였다. 민 씨 가문은 많은 왕비를 배출한 명문가였으나 오랫동안 권력의 자리에서 멀어지면서 민치록은 궁핍한 생활을 영위하고 있었다. 민자영의 어머니는 하루 세 끼를 위해 이곳저곳 돈 있는 다른 민 씨 가문에 품팔이를 다녀야 할 정도였다.

그나마 이 씨 종친과 유일한 끈이 있다면 나중에 대원군이 되는 홍선군 이하응의 부인 민 씨와 먼 친척이었다는 점. 그 흥선군 이하응조차 종친이라는 이름뿐 노름판에서 개평을 뜯거나, 당시 세도가인 안동 김 씨들의 집에서 열리는 연회 자리에 억지로 끼어들어 술 한 잔 얻어 마시는 파락호에 지나지 않았다. 안동 김 씨들 사이에서 흥선군을 지칭하는 명칭이 '상갓집 개'였다.

어린 시절 민자영의 불운은 단순히 가난에만 머물지 않았다. 일곱 살 때 갑자기 아버지와 생이별을 했다. 어머니는 장례를 치를 돈이 없어 대동미를 수납하는 선혜청에 환곡을 신청, 곡식 두 가마로 남편의 장례비를 충당해야 했다. 모친은 이자까지 붙은 환곡을 갚기 위해 무진 고생을 했다.

민자영에게 운명의 바퀴가 거꾸로 돌기 시작한 것은 이하응의 적자이며, 둘째 아들인 이재황이 돌연 철종의 뒤를 이어 조선 이십육 대 임금으로 등극한 때부터다.

이하응은 파락호 시절, 철종이 오래가지 못할 것이라는 정세 판단 하에 조정의 가장 큰 어른인 신정왕후 조 대비를 극진히 모시면서 차후를 도모했다.

마침내 철종이 승하하자 조 대비는 전광석화처럼 하교를 내렸다.

"이하응의 아들 이재황으로 하여금 익종의 대통을 계승키로 정한다."

익종은 조 대비의 남편이다. 순조의 세자였던 시절, 병을 얻어 요절했다. 익종이라는 이름은 그의 아들 헌종이 추존한 것이었다. 그러니까 조대비는 헌종의 어머니가 된다.

헌종을 이어 등극한 철종에게는 아들이 없었다. 그럼에도 조 대비가 흥선군 이하응의 아들 이재황을 철종의 양자가 아니라, 익종의 양자로 삼아 후사로 내세운 이유는 간단했다. 이하응의 치밀한 음모였다. 이하응은 조대비를 이렇게 설득했다.

"대비마마는 헌종의 모친이자 익종의 부인이십니다. 만일 제 아이를 철종의 양자로 삼으신다면 대비마마가 아니라 철종의 부인인 철인왕후가 수렴청정을 맡게 됩니다."

조 대비가 수긍의 의미로 고개를 크게 끄덕였다. 홍선군이 계속했다.

"그러면 어떻게 되겠습니까. 안동 김 씨가 내세운 철인왕후가 권력을 잡는 것이고 이는 결국 안동 김 씨의 세도정치가 그대로 온존한다는 것과 같지 않습니까."

그렇다, 조 대비도 그것을 모를 리가 없다. 안동 김 씨는 철종을 순조의 아들로 입양시켜 수렴청정을 계속했다. 철종의 왕후 또한 안동 김 씨 쪽에서 맞이하게 하여 가문의 영광을 지키는 데 성공했다. 삼척동자도 다 아는 정치 술수였다.

조 대비 개인으로서도 철인왕후에게 차후 권력을 빼앗기는 것은 용납할 수 없는 일이다. 홍선군은 그럴 가능성을 차단하기 위해 노력하고 있다. 홍선군의 책략은 당연히 조 대비의 책략이 되었다. 의기투합은 완성됐다. 아니, 의기투합이 아니라 의기두합이었다.

안동 김 씨 세력은 '아차' 싶었다. 손쓸 틈도 없었다. 그들은 그들대로 철종의 양 아들로 하여금 뒤를 잇게 하면서 그 아들의 왕비를 안동 김 씨 집안에서 누구로 정할까 고민하고 있었을 뿐이다. 김 씨 집안은 이로써 철저히 뒤통수를 맞은 셈이다. 홍선군 이하응의 깨끗한 한판 승부였다.

고종을 임금으로 즉위시킨 홍선군은 곧바로 섭정 대원군이 되면서 모든 권력을 장악했다. 이로써 세도가였던 안동 김 씨 집안의 둑에 커다란 금이 가기 시작했다. 대원군은 안동 김씨 집안이 왕비 간택을 통해 권력을 장악해 왔다는 점을 의식해, 고종의 왕비 간택에서는 어떤 일이 있어도 특정 가문을 배제해야 한다고 결심했다.

대원군은 백방으로 고종의 왕비 후보를 물색했다. 그렇게 해서 어렵사리 찾아낸 것이 열여섯 살 민자영이었다. 대원군의 부대부인 민 씨와는 십이 촌 사이였다. 민치록은 숙종 당시 인현왕후 민 씨의 부친인 민유중의 후손이다. 비록 먼 과거일망정 집안의 내력은 나름대로 갖추고 있는 셈이다.

그와 상관없이 민자영은 대원군이 바라는 모든 조건을 충족시키고 있었다. 대원군은 자신의 권력 행사에 종친이든 처가 쪽 인척이든 권력에 끼어들려는 자들을 철저히 배제하겠다고 결심했다.

민자영은 고아이니만큼, 혹시라도 고종의 장인이 권력에 발을 들여놓을 일은 없다. 고아이니만큼 척족 세력이 빌붙어 먹을 가능성은 영에 가깝다고 판단했다. 고종 일생일대의 패착이었다. 똑똑한 자일수록 늘 자신만의 셈법이 만들어 낸 함정에 빠지는 법이다.

고종의 즉위식이 거행된 후 조대비의 수렴청정이 시작됐다. 조대비의 첫 하교는 의정부와 비변사의 조직 개편이었다. 당연히 대원군의 머리에서 나온 국정 개혁론이다.

"비변사는 모두 의정부와 역할이 겹치는 묘당일 뿐이다. 그런데도 국가의 중추 업무는 오로지 비변사에서만 이뤄지고 있으니 이상하지 않은가. 이제부터는 업무를 나누도록 하라."

비변사는 원래 임시기구였다. 임진왜란을 거치며 효율적인 정책 논의를 위해 군사와 인사 문제를 주로 담당하는 최고 정책결정 기구로 기능을 시작했다. 그러나 갈수록 기존의 의정부는 물론 육조의 기능을 흡수하고, 정무, 군무, 외교, 경제 심지어 왕실 문제에까지 손길을 뻗쳤다. 왕실의 권한 약화 현상까지 나타날 정도였다.

물론 의정부와의 기능 중복 등 행정 문란의 문제를 거론한 것이지만 조 대비의 지시에는 다른 뜻도 포함돼 있었다.

비변사는 그러지 않아도 안동 김씨 세도정권의 핵심으로 작동해 온 권력기구였다. 이 비변사를 견제함으로써 안동 김씨를 배제하려는 포석이었다.

안동 김씨의 좌장인 김좌근이 발끈했다. 수렴 뒤에 앉아 있는 조 대비를 향해 조심스레 불만을 드러냈다.

"비변사는 이미 오랜 역사를 통해 검증되어 온 제도입니다. 그런 비변사를 이렇게 갑자기 바꾸는 것은 조선의 법통을 훼손할 뿐 아니라 반드시 여러 가지 부작용을 불러올 것이라고 여겨집니다."

하지만 옆에 있던 좌의정 조두순이 비변사 개혁에 적극 찬성의 의사를 표시했다. 조두순은 조 대비의 조카이며, 심복이었던 조성하의 부친이다. 당시만 해도 풍양 조씨의 대표주자나 다름없었다. 그가 의견을 꺼냈다.

"조선의 조정은 애초부터 의정부와 육조를 근간으로 이뤄졌습니다. 그것이 태조를 도와 조선을 건국한 정도전이 완성한 제도이기도 합니다. 비변사는 단지 임진왜란이라는 비상시국에 맞춰 도입한 임시기구일 뿐입니다. 원래의 제도로 돌아가는 것이 마땅합니다."

맞는 말이었다. 김좌근으로서도 더 이상 반박하기 어려웠다. 다음 달 외교 국방 업무를 제외한 비변사의 업무 일체가 의정부로 이관되었다. 그리고 일 년 후 정식으로 폐지됐다. 폐지와 동시에 조두순이 영의정으로 올라섰다.

안동 김씨의 조정 내 기반이 무너지는 소리가 들리기 시작했다. 오랜 세월 조정을 주물러 왔던 김좌근은 조선왕조실록을 담당하는 실록총재관으로 인사 발령 났다. 직책을 수용하든가, 아니면 사직하든가. 김좌근은 수용을 택했다.

그렇다고 조두순을 비롯한 조 대비의 인척이 완전히 권력을 장악한 것은 아니다. 특히 안동 김 씨들에게 외교, 국방 분야에서만큼은 저 밑바닥에서 맨 위까지 구축해 온 주춧돌들이 탄탄했다. 전국에 깔아 놓은 지방관들의 힘도 만만치 않았다. 풍양 조 씨가 조 대비의 수렴청정이 끝날 때까지 단 한 명의 병조판서를 배출하지 못한 것은 이런 배경에서였다.

풍양 조씨는 결국 의정부와 이조, 그리고 사헌부 사간원 홍문관 등 삼사를 장악한 상태에서 국방 권력을 안동 김씨와 분점하는 데 만족해야 했다.

풍양 조씨와 손을 잡은 대원군은 안동 김씨 세력을 서서히 내쫓으면서 고종의 왕비 간택을 착착 진행해 나갔다. 왕비 간택이야말로 다른 곳도 아닌 왕실에서 안동 김씨 척족 세력의 축출을 상징하는 사건이기도 했다.

중전 간택을 위한 조정의 중신회의가 열렸다. 곧바로 승정원에서 중전을 간택한다는 사실을 세상에 공포했다. 중전 간택이 결정될 때까지 조정 신료나 양반가 사족의 처자들에게는 금혼령이 발동된다. 이 금혼령은 대비마마에 의해 최종 간택이 이뤄질 때까지 지속된다. 그 절차가 끝난 다음에야 비로소 허혼령이 내려진다.

첫 간택을 위해 전국 양반가에서 중전 후보자의 명단과 사주를 담은 단자를 조정에 올렸다. 안동 김씨 집안에서도 적령기의 처자가 있는 집은 단자를 올려야 했다. 올리지 않는다는 사실 자체가 반역 의사의 징표이다. 조심스러운 일이 아닐 수 없다.

승정원에서 초간택이 발표됐고 간택된 처자는 모두 궁정으로 소집됐다. 이 가운데서 재간택 행사가 진행된다. 다시 적정한 숫자의 단자가 선발됐다. 놀라운 사실은 삼간택 후보 명단에 안동 김씨 집안의 처자가 포함된 것이다.

물론 모든 절차는 형식이었을 뿐이다. 이미 대원군의 뜻이 민자영으로 정해져 있음을 안동 김 씨들은 알고 있었다. 김씨 집안은 굴욕을 참은 채 집 안의 처자를 삼간택 행사에 올려 보냈고, 그리고 최종 간택에서 탈락했다는 소식을 들어야 했다. 공개적인 조롱이었다.

김좌근의 사랑방에 모여 앉아 있던 김씨 집안사람들은 모두 고개를 숙이고 있었다. 누군가가 한숨을 깊이 내뱉었다.

"상갓집 개가 끝까지 개 노릇을 마다하지 않는군요. 진짜로⋯."

김좌근이 무겁게 말을 꺼냈다.

"권불십년, 화무십일홍이라고 했다. 그 가장 큰 잘못은 물론 나에게 있겠지. 하지만 어차피 세상은 돌고 도는 것이다. 지금은 이하응의 세상이지만 그놈 역시 끝이 있을 것이다. 기다리고 기다려야 한다. 지금은 인내할 때다. 역으로 생각해 보라. 이하응도 여태껏 참고 참아왔을 것 아니냐. 그리고 민치록 집안도 그렇게 인내하고 인내했던 것이 왕비라는 선물로 돌아온 거겠지."

중전 간택을 통과한 민자영은 그 자리에서 민 규수로 호칭이 바뀌었다. 귀가 길 행차는 상전벽해였다. 스물네 명이 모시는 붉은 가마에 민 규수가 올라앉자 선전관이 선두에 섰다. 그의 바로 뒤에 승지가 따라붙었다.

창덕궁 돈화문을 나서자마자 궁문을 지키거나 임금의 거동 시 경호를 맡는 무예별감들이 전후좌우를 호위했다. 이로써 민자영의 집 감고당은 별궁으로 승격됐다.

민자영의 아버지 민치록이 조상들로부터 물려받은 감고당은 다 쓰러져 갈망정 그래도 기와집이었다. 방도 많고 마당도 번듯했다. 하루 세 끼 밥벌이조차 힘들었음에도 감고당은 한때 세상을 호령하던 조상들의 거처였고, 그럴수록 민치록에게는 마지막 자존심이었다. 결국 한두 푼의 돈을 위해 팔아 치우지 않은 것은 지금의 영광을 드러내기 위한 인고의 과정이었던 셈이다.

감고당의 대문에는 수문장이 긴 창을 든 채 우뚝 섰다. 중문에는 무예별감이 자리 잡았다. 안방의 건넌방은 궁중 법도를 가르치는 부모상궁이, 뒷방은 중전을 보호하는 보모상궁이 거처하게 됐다.

민자영은 간택 전 이미 대원군으로부터 부름을 받았다. 부대부인은 먼 인척 관계라 오래전 만난 적이 있지만 대원군과는 첫 대면이었다. 혼례 전에 직접 얼굴을 보고 일종의 면접을 보고자 하는 모양이었다.

운현궁의 내실에는 대원군과 부대부인 민 씨가 함께 앉아 있었다. 민 규수가 절로 인사를 올리자 대원군이 조용히 살펴보면서 입을 열었다.

"내 이미 여러 가지로 부대부인한테 이야기는 들었지만 처음 보는 자리이니 몇 가지 물어보고 싶은 것이 있구나."

대원군은 집안 내력이나 성장 과정에 관심을 표시했다. 물론 부대부인에 의해 어느 정도 예비지식을 갖추었겠지만 직접 본인의 입으로 설명하는 것을 듣고 싶은 눈치였다.

민 규수가 고개를 숙인 채 또박또박 설명을 이어 갔다. 대원군이 고개를 끄덕끄덕했다.

"응 말이 조리가 있고 이해하기 쉽구나. 공부를 많이 한 흔적이 드러난다."

"과찬의 말씀이십니다. 그저 이따금 책을 손에 잡고 있을 뿐입니다."

"책 읽기를 좋아한다는 이야기는 들었다. 평소 어떤 책들을 접했느냐."

"주로 소학을 읽었사옵니다. 성종의 어머니인 소혜왕후가 직접 썼다는 내훈(內訓)도 보기는 했습니다. 그러나 자주 읽은 것은 열녀전이라고 할 수 있습니다."

대원군이 연신 고개를 끄덕였다.

"그렇구나. 그렇다면 열녀전의 어떤 대목이 가장 흥미로웠더냐."

"사리에 밝고 언변이 뛰어난 여자들의 이야기를 담은 변통전(辨通傳)이 가장 마음에 들었습니다."

"그래? 하하하, 솔직하구나. 그럴 테지. 훌륭한 어머니나 아내의 일대기 등을 예로 들 것이라고 지레짐작을 했는데…. 으응, 그런 당돌한 면이 마음에 드는구나."

대원군은 소반 위에 올라 있는 다과와 식혜를 "맛이라도 보거라."하며 손으로 가르켰다.

민자영은 "먼저 드신 후에 집겠습니다."라며 사양했다. 대원군이 다과를 집어 직접 민 규수에게 주었다. 사전 심사가 후한 점수를 받았다는 징표였다.

권력의 본질

민자영은 이날 많은 것을 솔직하게 답변했다. 하지만 한 가지 숨긴 것이 있었다. 춘추좌씨전이 가장 좋아하는 역사책이라는 점은 끝내 밝히지 않았다. 사실 민자영은 춘추좌씨전을 책을 덮고도 술술 이야기할 수 있을 정도로 수없이 읽어 왔다.

물론 자신이 궁궐 생활을 하리라고는 미처 생각지 못했다. 하지만 궁궐 안에서 벌어지는 피 튀기는 권력투쟁은 늘 민자영을 흥분케 했다. 사내들은 권력을 쟁취하기 위해 투쟁을 벌인다. 도대체 권력이 뭐기에 이렇듯 목숨까지 거는 것일까가 항상 궁금했다. 차마 이런 궁금증을 미래의 시아버지인 대원군한테 드러낼 수는 없는 노릇이었다.

아마도 대원군이 춘추좌씨전 가운데 어느 대목이 가장 흥미로웠냐고 물었다면 민자영은 단연 정장공과 공숙단의 이야기를 꼽았을 것이다. 그리고 권력 투쟁이 일어난 배경과 과정 그리고 최후의 승리 요인에 대해 자신의 해석까지 곁들여 자세히 설명해 줄 수도 있었다. 그만큼 민자영의 호기심을 자극한 역사 사건이었기 때문이다.

춘추전국시대 정(鄭)나라 무공(武公)에게는 두 아들이 있었다. 장남은 오생(寤生), 차남은 단(段)이었다. 오생은 어머니인 무강(武姜)이 난

산으로 고통을 겪으며 낳았다. 그래선지 무강은 장남인 오생을 싫어했다. 반면 무강은 단을 끔찍이 총애했다.

무강은 남편인 정무공에게 단을 태자로 삼아 달라고 여러 번 속삭였지만, 정무공은 이를 따르지 않았다. 결국 정무공이 죽고 오생이 즉위하니, 그가 바로 정장공(鄭莊公)이었다.

정장공이 즉위하자, 어머니 무강은 동생 공숙단에게 정나라의 큰 고을인 경(京)을 분봉할 것을 청했다. 모사인 채중은 이에 대해 나라를 둘로 나누는 일이라고 반대했다. 하지만 정장공은 어머니의 부탁을 거절할 수 없어 공숙단에게 경(京) 땅을 분봉해 주었다.

단은 이곳을 본거지로 삼아 세력을 키우기 시작했다. 단은 스스로를 공숙(共叔)이라 칭하며, 세력 확장과 병력 증강을 도모했다. 경 땅을 기반으로 성을 수리하고 무기를 모으는 등 점차 왕위에 대한 야심을 드러냈다.

조정의 대부들은 장공에게 단의 세력이 너무 커져 위험하다고 여러 차례 간언했다. 그러나 장공은 "불의를 많이 행한다면 스스로 망할 것이다."라며 단의 행동을 묵인했다. 어머니가 살아 계시는데 자신이 먼저 단을 칠 수 없어 단이 모반을 꾀하는 순간 한 번에 진압하려는 의도였다.

단은 마침내 때가 되었다고 판단하고, 어머니 무강과 내통하여 수도인 신정(新鄭)을 공격할 계획을 세운다. 무강은 성문 수비병들에게 내응하도록 별도의 지시까지 내렸다.

마침내 단이 군사를 이끌고 정나라 수도로 진격했다. 그러나 장공은 수도 방위군이 시간을 끄는 사이 다른 부하를 시켜 단의 본거지인 경

땅을 기습하여 점령해 버렸다. 단은 크게 당황하여 다른 제후국으로 도망쳤지만, 장공은 그를 추격하여 언(鄢) 땅에서 잡아 죽였다.

장공은 단을 진압한 후, 자신에게 반역한 어머니 무강에 대해 크게 분노했다. 그는 무강을 성 밖으로 내쫓으며 "황천에서나 다시 만나겠다."고 맹세했다.

형제간이라 하더라도, 심지어 모자간이라 하더라도 인간의 정리가 권력 앞에서 얼마나 쉽게 무너질 수 있는지를 보여 주는 살아 있는 예다. 역사서에서 그런 사건은 하늘의 별처럼 등장한다. 진(晉)나라 세자 신생(申生) 이야기가 그렇고, 혜공 이후의 왕위 다툼도 다를 바가 없다. 신하가 개입하여 왕의 지위를 흔드는 사건 역시 수없이 많다.

왕위를 둘러싼 권력 투쟁은 누가 무장 세력을 휘어잡는가도 중요하지만, 제후나 조정 신료들과의 제휴 관계를 어떻게 구축하는가도 핵심으로 작용한다. 어느 쪽이 최후의 승리를 거머쥐는가는 그때마다 다르다. 민자영은 그런 상황을 지배하는 원인과 배경이 궁금하기 짝이 없었다. 그것이 민자영이 춘추좌씨전을 손에서 떼지 못하는 이유였다.

민자영은 비록 왕비에 책봉이 됐고 창덕궁 대조전 안방을 차지했지만, 여자로서는 고종의 시선을 끌어들이지 못했다. 고종은 숙빈 이 씨에게서 여자의 향기를 찾았고 민비는 좀처럼 상황을 극복할 수 없었다. 그런 와중에 그녀의 정세 판단력이 고종의 관심을 기울이도록 만들었다. 고종 자신의 두뇌로서는 상상할 수 없는 권력의 세상을 민비는 생생하게 가르쳐 주었다.

고종은 민비가 들려주는 고대 중국의 궁내에서 펼쳐지는 이야기가 너무나 재미있었다. 때로는 바로 옆의 시아버지가 어떻게 권력을 집중

해 나가는가의 비밀을 들려주기도 했다.

그 대표적인 예가 대원위대감이 아들을 고종으로 등극시키는 과정에서 결정적 협력자였던 조 대비 및 풍양 조씨 세력을 조정에서 쫓아내고 권력을 독점하는 과정을 설명해 주었을 때였다.

침전에 들자마자 고종은 옷을 벗으며 조 대비 이야기부터 꺼냈다.

"조 대비가 왜 그렇게 갑자기 수렴청정을 끝내겠다고 말씀하시는지 모르겠소."

곤룡포를 받아 들던 민비의 눈이 갑자기 반짝이기 시작했다. 민비가 단호히 말을 받았다.

"조 대비도 그럴 수밖에 없었던 것입니다."

뜻밖의 발언에 고종이 요 위로 드러누우려다 앉은 자세로 바꾸었다. 그리고 민비를 정면으로 바라봤다.

"그럴 수밖에 없었다니?"

"조 대비가 권력을 빼앗긴 것입니다."

민비의 설명이 노골적이었다. 누가 조대비의 권력을 빼앗았다는 건가.

"대원위대감이 승리한 것입니다."

"도대체 무슨 말이요?"

"설명하자면 깁니다."

"긴 것이 문제요? 말해 보시오. 내 듣겠소이다."

고종이 자세를 바로 하자 민비가 숨을 길게 들이마셨다. 고종의 눈이 오랜만에 자신을 진지하게 지켜보고 있음을 느낄 수 있었다.

"조 대비가 경복궁 중건을 대원위대감에게 맡긴 것이 실책의 근본이었습니다."

“경복궁 중건은 애초 익종 생전의 숙원 사업이었고 조 대비가 삼십여 년 만에 남편의 꿈을 받들고자 한 것 아니오. 그런 중건 사업이 권력과 무슨 상관이라는 말씀이오?”

민비는 속웃음이 나오려는 것을 애써 참고 여전히 진지한 모습으로 설명을 이어 갔다.

“조 대비는 분명 ‘이처럼 중대한 사업은 나의 힘으로는 감당하기 힘들다. 그래서 모두 대원군에게 일임했으니 매사를 그와 의논하여 처리하라.’고 하교하셨습니다.”

“그야, 물론 그랬지.”

“경복궁 중건은 말 그대로 국운을 건 사업입니다. 아시다시피 나라를 흔들 만큼 엄청난 경비가 소요될 뿐 아니라 인력조차 전국에서 동원해야 할 정도의 규모입니다. 자재와 일꾼들, 그 일꾼들의 급료 및 급식으로 쓰일 곡식 등을 조달하기 위해서는 전국 방방곡곡과 거미줄 같은 협력과 연계가 필요합니다. 아시겠지만 그런 과정에서 엄청난 재물이 운현궁으로 흘러 들어갑니다. 그것은 곧 든든한 정치자금으로 전환되는 것입니다. 전국의 거미줄 같은 인력 관리는 결국 자기 사람 심기가 벌어질 수밖에 없고 지방 세력이 판도를 비끼게 됩니다.”

민비가 잠시 말을 마치고 고종을 바라보았다. 고종이 고개를 앞쪽으로 기울이고 있었다. 미처 그것까지는 생각하지 못했다는 몸동작이었다.

“조 대비가 경복궁 중건을 추진한 데는 그와 비슷한 동기도 있었습니다. 세도 정치 시기에 형성된 반석 같은 지방 세력을 재편성할 수도 있다는 판단이었겠죠. 하지만 대원위대감은 바로 그 같은 동기를 조 대비가 아니라 자신의 세력 확보에 활용한 것입니다.”

고종이 앞쪽으로 내밀었던 고개를 조금씩 끄덕였다. 동의의 표시였다.

"그 과정에서 포도청 권력도 대원위 대감의 측근이 장악하게 됐고 올해 초 뜻하지 않게 포도청이 조정에 보고서를 올렸습니다."

"불란서 신부 베르뇌인가 뭔가 하는 자에 관한 것을 말하는 거요?"

"네, 그렇습니다. 그리고 갑자기 그자를 체포하고 조사했습니다."

"그러게 말이요, 대원위대감은 애초 선교사들한테는 호의적이었던 분이었는데 갑자기…."

"사실 포도청에 보고서를 올리도록 한 것도 대원위대감의 비밀 지시였습니다. 베르뇌를 비롯해 남종삼 홍봉주 등 천주교 핵심 인사들을 체포하도록 포도청을 움직인 것이죠. 아홉 명의 선교사들이 모두 참수된 것이 그 결과였습니다. 그런데 문제의 핵심은 그들이 아니었습니다. 이자들과 깊이 연결돼 있던 풍양 조씨가 최종 목표였습니다. 조성하, 조영하, 박규수 등이 그들과 연락을 주고받았던 문서들이 발각됐고 속속 좌천됐습니다."

"아하! 거기까지는…."

"다음 날 조 대비가 전임과 현임 대신들을 전원 소집해서 '마침내 오늘이 왔다. 오늘 경들을 부른 것은 이제 수렴청정을 거두려 하므로 경들에게 알리지 않을 수 없기 때문이다.' 운운하며 '여러 대신들은 우리 주상을 잘 보필하도록 하라.'고 밝혔습니다. 하지만 조 대비가 말하는 '우리 주상'은 누구일까요. 전하였을까요? 실은 전하가 아닙니다. 집정 대원위대감을 잘 보필하라는 뜻입니다."

고종이 울컥했다. 그리고 두 손을 마주 잡아 주먹을 꽉 쥐었다.

"물론 대원위대감 혼자의 힘으로 풍양 조씨를 밀어낼 수는 없었습니다. 그래서 아버님은 김좌근의 아들 김병기와 김홍근의 아들 김병주 등을 병조판서에 잇달아 임명하고 대원위대감의 주도하에 국방 개혁을 추진했습니다. 같은 시기 좌의정에 오른 김병학이 '천주교 등 사학(邪學)을 기필코 박멸해야 한다.'며 공안정국을 펼친 것도 다 같은 맥락이었던 것입니다. 김좌근은 물론 실록청장이라는 명예직에 머물러 있었지만 조대비이 수렴청정을 끝내겠다고 발언한 당일 원로 대신의 자격으로 회의에 참석했습니다. 아마도 대원군을 자기 쪽으로 끌어들이는 책략이 성공했다며 회심의 미소를 지었을 것입니다."

"하아~ 어찌 그런 일이. 그럼 왜 중전은 그럴 때마다 나에게 이야기를 들려주지 않았소."

"솔직히 말씀드리겠습니다. 들려드리고 싶었지만 좀처럼 기회를 주지 않으셔서 저 역시 어떻게 말씀드려야 할까 하고 번민하였습니다."

"내 잘못이 크오. 앞으로는 내 자주 대조전에 들릴 것이요. 오늘 눈에서 두꺼운 비늘이 떨어져 나가는 느낌이오."

민비는 기회 있을 때마다 조정 안에서 벌어지는 권력 쟁탈전에 관한 이야기를 고종에게 속삭였다. 어느 날 고종이 대원군과 안동 김씨 사이에 벌어지는 힘겨루기이 양상을 물었다.

"요즘 안동 김씨 세력이 풀이 죽어 있는 모습이 완연합디다. 대원위대감과의 사이에 다시 일이 틀어진 것이요?"

"틀어졌다기보다 대원위대감의 힘에 밀리는 모습이 완연하다고 표현하는 것이 더 맞겠지요."

"무슨 뜻이요?"

"서원 철폐와 호포제 등이 왜 실시됐겠습니까. 애초부터 반발이 심할 수밖에 없는 엄청난 제도 변화입니다. 그런데도 아버님은 강력하게 밀어 붙이셨습니다. 그럴 만한 이유가 있는 것이지요. 서원철폐는 노론 세력의 본거지를 말살시키겠다는 복안에 따른 것입니다."

"아하! 노론의 등뼈나 다름없는 안동 김씨 세력을 전국적인 차원에서 뿌리 뽑아 버리겠다는 거군."

"그렇습니다."

"그럼 호포제는?"

"호포제는 국방개혁이라는 이름으로 그동안 세금 징수에서 제외됐던 양반을 모두 포함함으로써 모든 가구에 동등하게 실시해 국방을 강화하고 민생을 보살핀다는 취지이지만 결국 초점은 지방에 뿌리박고 있는 세도가들의 토지 기반을 약화시키는 데 숨은 목적이 있었던 것입니다. 대신 지방의 돈 많은 중인이나 상인들로 하여금 사창제를 실시하게 한 것도 같은 차원입니다. 정부 제도인 환곡제의 부작용을 줄이겠다는 명분이지만 결국 경제적인 면에서 새로운 지방 세력에게 새로운 경제 기반을 제공해 주겠다는 것이 더 중요한 정치적 목표였던 것입니다."

"그 역시 노론 세력의 기반을 흔드는 데 목적이 있었던 거로군."

"그렇습니다. 전하께서는 이제 머지않아 친정을 준비하셔야 할 때입니다. 그럴수록 조정의 돌아가는 본 모습을 직시하셔야 합니다."

"직시는 해야겠지 당연히. 그러나 아버님의 집정이 이토록 무시무시할 정도인데 친정을 준비한다고 말이나 꺼낼 수 있겠소?"

"너무 심려 마십시오. 원하신다면 전하의 곁에 제가 있을 것입니다."

"고맙소, 내 오늘 비로소 중전의 참모습을 깨닫게 된 것 같소이다. 언제나 내 곁에 있기를 바라오."

고종은 옆에 앉아 촛불을 응시하고 있는 민비의 얼굴을 유심히 바라보았다. 고종도 민비의 시선을 따라 촛불을 올려다보았다. 그냥 발그스름한 불빛이 눈에 비칠 뿐이다. 민비가 바라보는 촛불의 의미는 무엇일까. 고종은 궁금했다.

'이 여자는 달리 표현하기 어려운 쾌감을 느끼게 해 준다. 그 정체를 한마디로 설명할 수는 없다. 하지만 다른 여인들에게서는 얻기 어려운 쾌감이다. 숙빈 이 씨에게서도 발견할 수 없는 쾌감인 것이다. 놀라운 일이다.'

민비는 고종의 마음을 얻기 시작하면서 고종에게 서서히 그리고 강하게 친정(親政)만이 가져다 줄 수 있는 권력의 쾌감을 뇌리에 불어넣어 주었다. 그와 동시에 삼십여 명의 민씨 일족이 일제히 관계에 진출하는 것이야말로 다 상감마마의 친정 기반을 닦는 조치라는 설명에 고종은 흔쾌히 동의했다.

권력 싸움은 자신들의 능력만으로 결정되는 것이 아니다. 시대 상황이 따라 주어야 한다. 마침 경복궁 중건에 따른 사회적 부작용이 조선 사회를 들끓게 하고 있었다. 건설비 충당을 위해 발행한 원납전이 대표적이었다. 첫 해에는 오백만 냥에 가까운 거금이 거두어졌으나, 이후 점차 줄어들어 몇 년 후에는 징수 실적이 크게 떨어졌다.

원납전만으로 공사비를 충당할 수 없게 된 대원군은 다음 방책으로 당백전이라는 새로운 화폐를 발행했다. 당백전은 애초 상평통보의 백 배 가치로 발행된 것이나 그 실질 가치는 약 이십 배에 그쳤다. 당연히 화폐 질서의 혼란과 물가 폭등을 초래했다.

또다시 토지세가 올랐고 심지어 한양성을 출입하는 사람들에게 통문

세까지 부과됐다. 과중한 세금과 군역 부담, 수령 방백을 비롯한 관리들의 부정부패가 겹치고 곪으면서 전국에서 민란이 속출했다.

시아버지와 며느리의 정면 승부

민비는 세월이 충분히 익어 가고 있다고 판단했다. 고종의 동의를 얻은 민비는 양 오빠 민승호에게 특별 지시를 내렸다. 민승호가 사헌부 장령인 최익현과 몰래 만나 술자리를 같이 했다.

얼마 후 최익현이 조정에 대원군 탄핵 상소라는 폭탄을 터뜨렸다. 폭탄 터지는 소리는 누가 들어도 거셌다. 천하를 부들부들 떨게 만드는 대원위대감을 정조준하고 있었기 때문이다.

"최근의 정치는 옛 사례를 돌아보지도 않고 있으며, 인재를 선발한다면서도 나약한 사람들만을 쓰고 있습니다. 삼정승과 육조 판서들은 아무 의견도 아뢰지 않고 침묵만 지킬 뿐이며 대간과 시종들은 하나같이 딴청만을 피우고 있습니다. 그리하여 조정에는 사론(詐論)만 판치고 정론은 사라진 지 오래입니다. 아첨하는 사람들이 기세를 올리고 강직한 선비들은 숨어버렸습니다. 쉴 새 없이 매기는 온갖 세금에 백성들은 도탄에 빠졌고 당당한 윤리는 파괴되고 선비의 기풍은 죽어 버렸습니다. 공을 위해 일하는 사람은 공연히 문제를 일으킨다고 비판을 받고 사를 위해 일하는 사람은 처신이 좋다고 평합니다. 그리하여 몰염치한 정상배들이 버젓이 행세를 하는 한편 지조 있는 신하는 속절없이 죽음을 맞이하고 있습니다."

최익현은 그러면서 첫째 경복궁 토목공사를 중지하고, 둘째 백성들의 피를 빨아먹는 원납전을 거두지 말 것, 셋째 당백전을 혁파하라는 등의 요구를 나열했다.

최익현은 겨우 정사품의 장령이다. 하지만 상소문은 준열했다. 최익현이 조선의 실질적 지배자가 심혈을 기울여 추진하는 일대 역사를 정면으로 비판한 것은 스스로 무덤을 파는 것이나 다름없었다.

하지만 더 놀라운 것은 고종의 태도였다. 아니, 숙주인 고종의 뇌를 조종하는 민비의 다음 수였다. 고종은 대원군 탄핵을 주장하는 상소문을 모두가 둘러보는 가운데 당당히 공개했다. 최익현은 곧바로 호조참판으로 승진했다.

이쯤 되면 누가 봐도 민비의 전쟁 선포였다. 개전의 나팔 소리가 방방곡곡에 울려 퍼진 것이다. 사태를 주시하며 숨죽이던 자들이 일제히 바람의 방향이 바뀌었음을 직감했다. 곧바로 여기저기서 탄핵 상소문이 줄을 이었다.

분노를 이기지 못한 대원군이 자택인 운현궁 문을 닫아걸었다. 고종은 당황했지만 민비가 침묵을 지키라고 속삭였다. 매일 아침 아버지 대원군에게 올리던 문안 인사도 하지 못하도록 막았다. 민비는 고종의 입을 빌려 말했다.

"최익현의 상소는 진심에서 우러나온 경계의 말이니라."

힘을 받은 최익현이 다시 상소문을 올려 마침내 대원군에게 물러나라고 촉구했다. 대원군 하야 요구는 왕의 나이가 스물두 살이 됐음에도 계속 전권을 행사하는 것이 타당하냐는 대의명분을 갖추고 있었다. 명분이 너무나 분명했다. 게다가 대원군의 독재 십 년에 너무나 많은 적들이 쌓여 있었다.

민비 동조 세력은 광범위했다. 가렴주구에 고통받는 백성은 말할 것도 없고, 양반 세력의 이반 현상도 극심했다. 서원을 철거당한 지방 토호 세력과 면세 특권을 박탈당한 양반 지주들의 원한은 뼈에 사무치고 있었다.

고종이 최익현의 상소가 진심에서 우러나온 경계의 말이라고 하자 대원군이 모든 집무를 거부했다. 평소 대원위대감의 말 한마디에 벌벌 떨던 고종이 아닌가. 그런데 이상한 일이 벌어졌다.

대원군의 사저인 운현궁은 경복궁과 창덕궁 사이에 위치해 있다. 창덕궁 출입을 위해 일반 관료들과 함께 돈화문을 드나드는 것은 체통에 어울리지 않는 일이다. 그래서 고종은 운현궁과 창덕궁 사이에 공근문을 뚫어 주었다. 대원군의 전용 통로요, 출입문이었다.

운현궁에 칩거 중이던 대원군에게 부하들로부터 긴급 보고가 올라갔다. 공근문이 잠겨 있다는 것이다. 운현궁 측 사람들이 아무리 소리쳐도 문은 열리지 않았다. 이들의 시끄러운 소리에 사람들이 술렁거렸다. 소문은 빠르게 번져 갔다.

대원군이 창덕궁으로 가려면 이제 다른 사람들과 마찬가지로 큰 도로로 나와서 돈화문까지 가야 한다. 자신의 돌변한 처지가 창피해서 더 이상 운현궁에 있을 수 없게 됐다. 평생을 지내온 운현궁을 떠나 양주로 거처를 옮겨야 했다. 이제 대원군이 아니라 흥선군 이하응이었다.

대원군은 집정으로 취임한 이후 착착 권력의 성을 구축해 나갔다. 그리고 하나 둘 정적들을 거꾸러뜨렸다. 처음에는 조 대비를 비롯한 풍양 조씨들과 힘을 합쳐 안동 김씨 세도가들을 밀어냈다. 그리고 얼마 후 풍양 조씨들을 조정에서 쫓아냈다. 안동 김씨들과의 비밀 제휴라는 수완을 발휘한 것이다.

그러더니 어느 순간 전국의 중인 세력과 힘을 합쳐 다시 안동 김씨들을 포위했다. 사냥이 끝나자 사냥개를 솥에 넣어 삶아 버린 것이다. 그렇게 독재 권력은 완성됐다.

어느 누구도 그 성을 깨뜨릴 수 없다고 사람들은 생각했다. 그런데 민자영이라는 일개 아녀자가 그 성을 무너뜨렸다. 아녀자 그리고 대원군의 며느리인 민비의 완벽한 승리였다.

민비의 시대가 활짝 열렸다. 민비의 척족이 조정의 요직을 독차지하기 시작했다. 민비는 자신의 승리를 기념하기 위해 전국의 사찰마다 쌀 한 섬과 비단 한 필, 돈 천 냥씩을 바치라고 내수사에 지시했다. 백미 오백 석으로 지은 쌀밥을 한강에 뿌리라는 명령도 내렸다. 복을 빌기 위한 방생이나 다름없었다.

고종과 민비는 매일 연회를 열어 밤새도록 환락에 빠졌다. 많은 무당과 광대가 조정을 드나들면서 한 번의 무당 점이나 한 곡의 노래에 값비싼 선물을 받았다. 심지어 가무에 능한 가신들이 벼슬에서 우대를 받기도 했다.

이 해는 가뭄으로 대흉작을 기록했다. 그런데도 조정의 토락질은 변함이 없었다. 역병이 번져 많은 사망자가 발생했다. 국고는 오래전에 탕진되어 정부의 구제 사업은 꿈도 꾸지 못할 형편이었다.

각지에 도적이 날뛰었다. 백성들은 더 이상 살길을 찾을 수 없다고 아우성이었다. 자연히 민중의 원한은 불야성을 이루는 궁궐과 그 안에서 환락의 나날을 보내는 민비 그리고 권력을 농단하는 민씨 척족으로 집중되었다.

그렇거나 말거나, 민비는 득의만면했다. 민비를 등에 업은 양 오빠 민승호 역시 승진에 승진을 거듭하고 있었다. 승정원 부승지로 임명됐던 그는 석 달이 채 못 가 병조참의를 거쳐 형조판서, 병조판서를 연달아 역임했다. 민승호의 친부 민치구는 판의금부사와 판돈녕부사를 거쳐 공조판서가 되었고 그의 사촌 동생 민치상은 도승지를 거쳐 민치구의 바로 뒤를 이어 공조판서로 부임했다.

그런 어느 날이었다. 이름 모를 승려가 민승호의 자택 죽동궁의 문을 두들겼다. 하인은 민승호의 사랑방으로 가 승려가 진상품을 가져왔다고 보고했다. 죽동궁에 진상품이 줄을 잇던 때였다. 특별한 일이 아니었다. 특별히 의심할 만한 사람이 찾아온 것도 아니다. 민비의 절 시주가 자주 있으니 절에서도 일말의 고마움을 표시할 수 있을 것이다. 또 그렇게 해야 자기 절을 더욱 자주 찾아줄 것 아닌가.

민승호는 대수롭지 않게 여겼다.

"일단 가지고 와라. 지금 바쁘니 조금 있다 열어 보겠다."

선물 보따리는 나름 부피가 있었다. 무게도 묵직했다. 절에서 어떤 선물을 가지고 왔기에 이렇게 무게가 나갈까 하인은 궁금해 했지만 진상품을 마루 위에 올려놓은 후 물러났다.

민승호는 일이 끝나자 진상품을 방안으로 옮긴 후 보자기를 열어 함을 살폈다. 함에는 자물쇠와 열쇠가 걸려 있었다. 자물쇠가 걸려 있음을 보니 값진 물건임에 틀림이 없었다.

민승호의 바로 앞에는 어린 아들이 앉아 있었고, 민승호의 양 어머니이며 민비의 친모인 감고당 한산 이 씨가 선 채로 바라보고 있었다. 민승호가 열쇠를 꽂고 함을 열었다.

"쾅!"

폭음과 함께 열 살 난 아들과 한산 이 씨가 그 자리에서 절명했다. 민승호도 얼굴을 크게 다쳐 피가 산지사방으로 튀었다. 폭발 소리에 놀란 하인들이 일제히 방으로 뛰어가 안을 살펴보니 민승호가 얼굴과 가슴 쪽이 심하게 망가진 채 부들부들 떨고 있었다. 온몸이 시꺼멓게 타 있었다.

입이 없어진 민승호가 그저 손가락으로 동쪽을 가리켰다. 곧바로 숨이 끊어졌다. 하인들은 그 손가락이 운현궁을 가리킨다는 사실을 금방 눈치챌 수 있었다.

끝내 진상은 밝혀지지 않았다. 민비는 대원군을 원망했지만 복수를 하지는 못했다. 때마침 대원군의 친형인 흥인군 이최응의 저택에도 불이 났다. 민비는 고종에게 대원군이 이최응에 대하여 원한을 품고 있었기 때문이라고 속삭였다.

"지난번 죽동궁 폭발 사건 때도 오빠는 운현궁을 가리켰다지 않습니까."

"하지만 흥인군은 친형인데 그런 짓을…."

"진하께서도 잘 알시 않습니까. 대원위대감이 평소 흥인군을 얼마나 우습게 대했습니까. 얼마나 냉대를 당했으면 흥인군이 그렇게 원망을 늘어놨겠습니까."

"뭐, 하긴 그랬지요."

"저희 쪽에서 흥인군을 따뜻이 배려해 준 덕에 대원군 주변에 대한 모든 정보를 우리 쪽으로 가져다 준 것을 대원위대감이 모를 리가 있겠습니까. 심지어 아버지로부터 '둔한 소'라고 불리던 이재면 형님이 집안일을 우리 쪽에 고변한다고 욕을 퍼부은 적도 있다고 하지 않았습니까."

"흐유, 알면 알수록 아버님이 무섭소."

"마음 단단히 챙기셔야 합니다."

"무슨 말이요?"

"죽동궁의 폭발 사건에 쓰인 폭탄은 좀처럼 쉽게 손에 넣을 수 없는 것이라는 포도청의 조사 결과가 나왔습니다."

"어느 정도인데 그러오?"

"포도청 보고에 따르면 대원위 대감은 고성능 폭탄을 동원할 능력이 있는 극소수의 인물 중 한 명이었다고 합니다. 그러잖아도 대원군께서는 집권 기간 내내 서양의 위협에 대응하기 위해 갖가지 신무기 개발에 열중하지 않았습니까. 특히 대원군의 수족들이 개발한 수뢰포(水雷砲)는 작은 배 한 척을 박살 내고 물기둥이 크게 솟구칠 정도의 위력이었다고 합니다. 이런 고성능 폭탄을 만들고 동원할 수 있는 건 대원위대감 정도의 배경이 아니면 불가능하다는 것이 포도청의 보고서입니다."

"하지만 어르신이 이런 음모를 지시해 무슨 실익이 있다는 거요? 다시 권좌에 복귀할 수 있는 것도 아니지 않소."

"물론 아닐 수도 있습니다. 그러나 대원위대감이 물러나면서 수하들 역시 권력에서 떨려나야 했습니다. 분노하고 치를 떨었겠지요. 설령 수하들이 일을 저질렀다고 해도 대원위대감의 묵인이 있었다는 것쯤은 얼마든지 상상할 수 있는 일입니다."

얼마 뒤 민비는 민승호 폭살이나 홍인군 저택의 화재 사건은 모두 대원군의 음모에서 나온 것이라면서 비밀스럽게 조사를 지시했다. 우연인지 아니면 의도적인지 모르나 포도청은 장씨 성을 가진 남자를 체포했다고 대대적으로 발표했다. 그는 신철균의 문객이었고, 신철균은 대원군의 문하에서 나온 사람이었다. 장씨 성을 가진 남자는 곧 죽음을 당했다. 시간이 지난 뒤 신철균 역시 범인으로 지목돼 대원군 대신 살해 죄를 뒤집어쓰고 참형을 당했다.

5

분노의 무기를 든
군인들

홍 별감은 석방되고

"이게 쌀 열 가마냐? 이 개자식들아!"

한 병사가 선혜청 창고지기에게 욕을 퍼부었다. 한 병사가 다른 병사들에게 보란 듯이 자기한테 지급된 쌀을 두 주먹으로 퍼 올려 보였다.

"도저히 믿을 수가 없어, 겨와 모래가 잔뜩 섞여 있다. 이걸 사람 먹으라고 주는 거야?"

다른 병사가 더 큰 목소리로 불만을 터뜨렸다.

"속았다. 완전 속았어! 나라가 우리들을 속인 거야. 우리보고 그냥 죽으라는 것 아닌가. 이거 가만 놔두면 안 된다."

한번 욕이 퍼부어지자 군인들은 너도나도 흥분하기 시작했다. "개새끼들 다 때려죽여야 해!"라는 소리가 여기저기서 터져 나왔다.

감정이 폭발한 군인들이 창고지기 한 명의 저고리 옷섶을 휘어잡더니 줄 서 있는 군인들 한복판으로 끌고 왔다.

"봐라. 이 새끼들아, 이게 제대로 된 쌀이냐? 봐! 너 제대로 된 쌀 내놓지 않으면 이 자리에서 죽을 줄 알아."

다른 창고지기들이 몰려와 동료를 구하려고 옷섶을 휘어잡고 있는 병사에게 달려들었다. 그 순간 주변에 있던 군인들이 와~ 하고 몰려들어 창고지기 몇 명을 구타하기 시작했다.

여기저기서 "아이고!" 하는 신음이 들렸다. 이미 통제는 사라졌다. 집단 구타를 당한 창고지기들이 피투성이가 된 채 길바닥에 쓰러졌다.

창고지기들이 무슨 잘못이 있겠는가만은 병사들로서는 이미 눈에 뵈는 게 없는 지경이었다. 병사들의 흥분도 이해할 만했다. 병사들의 급료는 이미 십삼 개월이나 밀린 상태였다. 이들의 급료는 매달 쌀 아홉 말이니 모두 합치면 받아야 할 급료가 사실상 쌀 열 가마가 넘는다.

불만이 폭발 직전이었는데 전라도에서 세곡선이 음력 유월 초하루에 마포나루에 도착했다는 소식이 들려왔다. 조정에서는 병사들의 밀린 급료를 즉각 지급하겠다고 통보했다. 물론 당장 십삼 개월분을 한꺼번에 지급할 수는 없어 일단 일 개월분을 지급한 후 순차적으로 주겠다는 단서가 달려 있었다.

어쨌든 오랜만에 아홉 말의 쌀이 손에 들어온다니 병사들은 반가울 수밖에 없었다. 그런데 막상 지급 받은 쌀이 겨와 모래 투성이였다. 심지어 일부는 물에 젖어 상하기 직전이었다.

포수 출신으로 훈련도감 초관인 김춘영이 자신과 함께 있던 동료 유복만, 정의길, 강명준을 향해 소리쳤다.

"저런 조무래기들을 몇 대 팬다고 해서 쌀이 나오는 것이 아니다. 이왕 이렇게 된 거 이쯤 해서 물러나면 우리만 죽은 목숨 된다. 이제 저 개놈들에게 우리가 본때를 보여 줘야 한다. 선혜청으로 몰려가서 항의를 할 필요가 있어. 무기도 들고 가야 한다."

동료 세 명도 "맞아, 이렇게 된 거 이제 물러날 수 없지. 가자!"라며 고개를 끄덕였다. 이들이 "선혜청으로 가자!"고 외치자 그 소리는 곧 커다란 군중의 함성으로 바뀌었다.

남대문으로 들어가자마자 성 안 왼편에 자리 잡고 있는 선혜청은 대동법에 따라 거둔 대동세의 출납을 관장하는 기구다. 대동법은 현물을 납부하던 공납제를 대신하여 토지에 쌀이나 포목, 동전 등을 부과하여 거두어서 보관하고 배급하는 제도다.

대동법이 전국적으로 확대되면서 선혜청의 역할은 갈수록 커졌다. 결국 고종 때는 논밭 등 토지세를 관장하는 호조보다 더 많은 재원을 관리하면서 명실상부 조선 중앙 재정의 핵심적 기구로 커졌다. 조선 오군영의 병사들 급료도 이곳에서 지급했다.

하지만 급료 지급은 늘 개판이었다. 당장 선혜청 당상이 상당 부분을 떼어먹고 나머지가 급료 형태로 지급되지만 이마저도 중간 아전들과 창고지기까지 떡고물을 핥아먹다 보니 정작 급료로 지급될 때는 이번처럼 겨와 모래가 섞여 있기 일쑤이고 심지어 되와 말의 크기가 평소보다 작은 경우가 많았다.

혼란 와중에 창고 책임자가 현장에 나타났다. 그가 크게 화를 냈다.

"이것들이 눈에 뵈는 것이 없네. 사람까지 패고, 너희들 이제 큰일 났다. 선혜청 당상께서 이 난리를 보고받으면 너희들은 다 죽었다. 나부터 가만 놔두지 않겠다. 이놈들아."

"뭐 이놈들아? 이 새끼 봐라. 그래 너부터 죽여 버린다."

김춘영이 갑자기 칼을 빼 들었다. 그가 창고 아전에게 달려가자 아전 옆에 있던 다른 병사가 잽싸게 아전을 쓰러뜨렸다. 김춘영의 눈동자는 이미 풀려 있었다. 그가 칼로 옆으로 쓰러진 아전의 가슴을 찔렀다. 헉 소리와 함께 아전의 몸이 경련을 일으키더니 잠시 후 축 늘어져 버렸다. 나머지 병사들도 일제히 창고로 달려가 모든 것을 파괴하기 시작했다.

창고 주변은 순식간에 아수라장이 돼버렸다. 살아남은 창고지기 한 명이 현장을 몰래 빠져나가 선혜청 건물로 뛰어갔고, 보고는 병조판사 겸 선혜청 당상인 민겸호에게까지 올라갔다.

민겸호는 민비의 양 오빠인 민승호의 친동생이며 고종의 모친인 여흥부대부인 민 씨의 남동생이다. 그러니까 고종의 외숙부인 셈이다. 하늘을 나는 새도 떨어뜨린다는 권력자였다.

보고를 받은 민겸호의 표정이 일그러졌다. 격노한 민겸호의 첫마디가 "이것들이….."였다. 군영이 마비됐다며 포도청에 연락할 수밖에 없다고 부하가 밝혔다. 민겸호는 포도청에 긴급 연락을 취하도록 했다.

곧바로 좌포도청과 우포도청 포도군관과 포졸들이 무리지어 창고 현장을 덮쳤다. 창고 주변에서 웅성대던 수백 명의 병사들이 포도청 포졸들을 보자 우물쭈물했다. 지도자 없는 난병의 한계였다.

포졸들은 당장 현장 병사들을 무더기로 압송해 포도청으로 끌고 갔다. 놀랍게도 병사들만 잡힌 것이 아니었다. 혐의자 중 많은 수가 대장장이 등 수공업자이고 술과 떡을 파는 행상들도 있었다. 왕십리의 군인 가족들 대부분이 또 다른 생계유지 수단으로 밭농사나 수공업에 종사함을 보여 주는 흔적이었다.

혐의자들에 대한 고문이 시작되자 김춘영 등 네, 다섯 명이 주모자로 파악됐다. 주모자들은 곧 좌포도청으로 이관됐다.

민겸호의 특별 지시로 김춘영 등이 곧 참형당할 것이라는 소문이 순식간에 퍼져 나갔다. 난을 일으킨 병사들이 그 소식을 듣자 다시 흥분하기 시작했다. 우선 김춘영 등을 구해야 한다는 목소리가 터져 나왔다. 지도자를 찾는 군중 심리이기도 했다.

군인들은 이미 오랫동안 나라와 조정에 깊은 원한을 품고 있었다. 이번에 난을 일으킨 것은 단지 쌀 때문만이 아니었다. 쌀 배급 소동은 오랫동안 쌓여 왔던 울분을 터뜨리는 방아쇠였을 뿐이다.

고종 십구 년, 민비에게는 특별한 해였다. 일월에 둘째 아들이 아홉 살이 되면서 세자로 책봉된 데다, 다음 달에는 친척인 민태호의 딸이 세자빈으로 간택될 예정이었다. 지적인 면에서 무능한 데다, 겁까지 많아 사실상 기둥서방이나 다름없는 고종의 민비 의존증은 갈수록 심해졌다. 그럴수록 민비의 권력은 더욱 공고해졌다.

내수사로 들어오는 수입도 날마다 늘어났다. 문무백관을 위한 향연이 열릴 때마다 축의금이 계속 들어왔기 때문이다. 그 축의금의 액수에 따라 높고 낮은 관리들의 취임이 결정됐다. 뇌물로 대죄가 사면되기도 했다. 얼마 전에는 일본 정부가 세자 책봉을 축하한다며 휴대용 대포인 산포(山砲) 두 문과 작은 증기선 한 척을 보내 왔다. 증기선은 연회를 여는 데 안성맞춤이었다. 어차피 다른 용도로 쓸 일도 없었다.

강화도 조약을 맺은 일본 정부는 여러 가지로 조정에 선물을 보내왔다. 신사유람단이 일본에 파견된 것도 이 시기였다. 양국 교역을 활발히 전개하던 일본은 파견 공사를 통해 조선군의 근대화를 제안했다. 조선군 개혁의 이름으로 일백 명 규모의 별기군이 창설됐다. 훈련은 일본인 교관 호리모토 레이조 소위가 담당했다. 훈련소장으로는 민비의 친정 조카인 민영익이 취임했고 우범선이 조교로 선발됐다.

하지만 별기군 창설은 구조조정을 불러왔다. 중앙군의 핵심으로 한양성과 경기도 방어를 맡았던 훈련도감을 비롯해 어영청, 총융청, 금위영 그리고 홍태산의 아버지가 근무했던 수어청의 오 군영은 무위영과 장어영 등 이 군영으로 축소됐다.

두 군영에 소속되지 못한 군인들은 실직을 당해야 했다. 더군다나 이들은 십삼 개월이나 급료가 밀린 상태였다. 실직을 당하지 않은 군영 병사들마저 자신들의 신세를 한탄했다.

이들은 공공연히 불만을 토로했다.

"조정이 우리 구식 군대의 급료는 계속 미루면서 일본계 별기군만 소중히 다룬다. 어떻게 이런 식으로 우리를 업신여길 수 있는가. 이 모든 것이 민비 일족의 친일 정책 때문이다."

이들 말처럼 당시 민비 일파가 일본과 급속히 가까워진 것은 반 대원군의 정치적 입장에 따른 것이기도 했다.

대원군이 실각하고 고종이 실권을 쥐게 되면서 추진한 정책들은 하나같이 대원군과 그가 키운 정치 세력을 견제하는 것들이었다. 수구파였던 대원군의 기존 정책을 뒤집자니 자연히 친일 개화파와 민비 세력이 손을 잡게 됐다.

위정척사 세력이 가만있지 않았다. 퇴계 이황의 직계 자손인 이만손을 비롯한 일만여 명의 영남 유생들이 연대 서명한 영남만인소는 민비파의 개화 정책을 결사반대했다. 이것이 실각한 대원군으로 하여금 조금씩 자신감을 회복하게 만든 배경이다.

실력 행사도 이어졌다. 고종 십팔 년, 팔 월 한여름 밤, 현임과 전임 대신들이 오밤중에 궁궐로 소집됐다. 안기영, 권정호, 채동술, 임철호, 이철구 등이 체포됐는데 이들이 역모를 꾸며 고종을 몰아낸 다음 대원군의 서자인 이재선을 왕으로 추대하려 했다는 청천벽력의 발표 내용이었다.

수구 세력의 명분은 '왜적을 몰아내고 밝은 정치를 되찾자.'는 것이다. 그런데 체포된 혐의자들은 대부분 대원군과 가까운 인물들이었다. 당연히 역모의 배후로 대원군이 지목됐다.

민비 세력은 이를 충격적인 사건으로 받아들였다. 고종도 이번만큼은 참을 수 없다는 듯이 대원군의 수족으로 움직이던 사람들을 모조리 끊어 버리라고 의금부에 하교했다. 이재선은 대신들의 일치된 진언으로 사약형에 처해졌다.

이해, 초겨울 들어서는 경복궁에 대화재가 발생했다. 열다섯 개가 넘는 전각이 잿더미가 됐다. 옛 임금들이 남긴 귀한 어필과 서책들이 불길 속에 사라졌다. 화재의 진원지는 바로 민비의 침전인 교태전이었다. 교태전 마루 밑에서 처음으로 폭발 소리가 들렸다. 여기서 불길이 번졌다는 것이다.

조정의 많은 사람들이 또다시 대원군의 소행이라고 속삭였다. 물론 증거는 없었다. 민비는 이 사건을 계기로 대원군 휘하에 대한 탄압을 강화하는 한편 위정척사론을 주장하는 유생들을 심하게 박해했다.

민비는 개화파 내지 일본과의 연계를 더욱 강화해 나갔다. 개화 정책으로 인해 소외당하고 있는 오군영 소속 병사들로서는 이래저래 개화 세력이 미울 수밖에 없었다.

쌀 배급 폭동에 가담한 병사들 및 이들과 뜻을 같이하는 일부 평민들은 선혜청 당상인 민겸호에게 직접 억울함을 호소해야 한다고 의견을 모았다. 무리가 엄청났다. 언제부터 몰려왔는지 일반 평민들이 다수를 이룰 정도였다.

민겸호가 자택에 있다고 누군가가 알려 주었다. 군중은 떼로 몰려 그의 집을 찾아갔다. 언제 무기고를 털었는지 많은 병사들이 총기를 휴대하고 있었다.

솟을대문에는 하인들이 지키고 있었다. 청지기가 나와 군중을 향해

"여기가 어딘 줄 아느냐?"고 오히려 큰 소리를 쳤다. 그러나 군인들의 분위기가 심상치 않음을 직감한 청지기와 하인들이 슬슬 피하면서 문을 닫으려고 했다.

군인들이 힘으로 밀치자 문이 왈칵 열렸다. 쏟아져 들어간 군중이 삽시간에 폭도로 돌변했다. 닥치는 대로 기물들을 부수고 일부는 방 안으로 들어가 쑥대밭으로 만들었다. 어디에도 민겸호는 보이지 않았다. 애초부터 집에 없었는지 아니면 도중에 줄행랑을 쳤는지는 알 길이 없었다.

계급이 높은 군인 한 명이 소리쳤다.

"한 푼이라도 훔치는 자는 모두 죽일 것이다. 방 안의 것들은 뭐든지 마당으로 가지고 와 쌓아라."

순식간에 온갖 기물과 패물, 문방 도구, 옷가지들이 한가득 쌓였고 누군가가 불을 지폈다. 비단이나 구슬 등이 타오르면서 연기가 피어올랐다. 인삼과 녹용 등에서 나오는 특유의 냄새가 주변에 퍼졌다.

불길은 사람들의 이성을 마비시키는 힘이 있다. 민겸호를 찾던 군인들이 분함을 참지 못하고 곳곳에 불을 질렀다. 저택은 한꺼번에 벌건 화염으로 뒤덮였다. 대들보와 서까래가 무너지면서 기와들이 와르르 땅으로 떨어져 나갔다.

군중의 숫자는 점점 더 불어났다. 한 무리는 좌포도청에 갇혀 있는 동료들을 구해야 한다며 곧바로 종로 쪽으로 방향을 틀었다. 다른 한 무리는 서대문 밖 경기감영으로 향했다.

경기감사는 김보현으로 민겸호의 바로 직전에 선혜청 당상을 지낸 인물이었다. 모두가 김보현이 선혜청 당상으로 있으면서 엄청난 부를 축적한 것을 잘 알고 있었다. 심지어 세미선이 서해 안면도 앞바다에서 침몰했다며 세미선 몇 척을 한꺼번에 빼먹은 적도 한두 번이 아니었다.

경기감영 역시 난장판이 되었다. 감영을 지키던 자들은 모조리 뺑소니를 쳤다. 경기감사 김보현을 찾았지만 그는 이미 사라진 지 오래였다. 병사들은 경기감영의 무기고를 털어 군란에 참여한 민중들을 무장시켰다.

분이 풀리지 않자 이들은 곧바로 남산 아래 훈련장이 있는 별기군 쪽으로 달려갔다. 훈련장에 있던 별기군은 모두 장교로 녹색 복장을 하고 있었다. 신식 무기로 무장했다지만 별안간 습격을 당하는 바람에 미처 대항하지 못했다. 더군다나 이들은 총 병력 수가 이백여 명에 지나지 않았다. 무장한 군인들과 화난 백성들을 상대하기에는 역부족이었다. 항의하는 상당수가 살해당하거나 부상을 입었다. 나머지 별기군은 난을 일으킨 사람들의 손에 장악됐다.

병사들 중 한 명이 다른 병사들을 선동했다.

"여러분, 이제 별기군은 이 땅에 없습니다. 그러나 별기군을 만든 놈들이 아직 있습니다!"

병사들이 "누구냐? 누구야?"라고 외쳤다.

선두에 선 병사가 말을 이었다.

"바로 일본 놈들입니다. 그놈들이 민비와 모의해서 별기군을 만들었지 않습니까."

또 다른 훈련도감 병사가 큰 소리로 말했다.

"별기군뿐이 아니오. 민비는 세자와 세자빈 민 씨의 혼례를 위한 혼수품으로 대량의 비단을 일본 회사로부터 구입하면서 천금의 거액을 지출했다지 않소. 왕비라는 년이 나라를 지키는 군인들의 급여에는 쥐꼬리만큼도 관심을 기울이지 않은 채 자식새끼 혼수품 장만에만 나라 돈을 일본에 갖다 퍼부은 것 아닙니까."

병사들이 저마다 총을 흔들며 "그 년놈들도 모조리 죽여라!"라고 외쳤다.

선두 병사가 다시 말했다.

"저를 따라오십시오. 멀지 않은 곳에 일본 공사관이 있습니다. 별기군만이 아니라 근본을 때려잡지 않으면 또다시 만들어질 것입니다. 공사관을 없애야 별기군이 다시 설 수 없습니다."

"옳소." "옳소."

"공사관으로 가자."

함성 속에 이미 선두는 공사관으로 달려가기 시작했다. 공사관으로 밀려오는 군중들을 보자 일본인 직원들이 한꺼번에 뛰쳐나와 인천 거류민촌 쪽으로 도주했다. 그들 한가운데는 하나부사 요시모토 대리공사도 끼어 있었다. 뒤늦게 도착한 난병들은 공사관 전체를 불 질렀다.

좌포도청으로 방향을 잡은 일단의 군인들은 우포도청이 있는 서린동에서 전옥서를 지나 시전 상인들이 즐비한 종로를 직진했다. 종각을 거쳐 더 동쪽으로 치닫자 곧 좌포도청이 나타났다.

떼로 몰려오는 군중 앞에 포도군관은 물론 포졸들 역시 창칼을 집어 던지고 일제히 도망을 쳤다. 군인들과 일반 백성이 와르르 쏟아져 들어오면서 포도청 안이 발칵 뒤집어졌다.

김춘영, 유복만 등이 잡혀 오면서 뭔가 불길한 예감이 들었던 홍태산은 벌떡 일어나 바깥을 쳐다보았다. 김판수와 이삼봉도 홍태산 옆에서 흥분한 군인들을 지켜보았다.

홍태산이 갑자기 놀란 표정을 지었다. 훈련도감에서 훈련을 같이 받던 몇몇 동료들이 눈에 띈 것이다. 구류소 문을 열어제끼던 동료 병사가 홍태산을 보고 깜짝 놀랐다.

"어? 자네 태산이 아닌가. 자네가 여기서 뭐하고 있나?"

"어라. 근데 자네는 또 웬일인가. 무슨 일이 벌어진 거야? 어제 병사 몇이 붙잡혀 왔었는데 그것도 관련이 있던 건가?"

"응, 지금 이야기하자면 기네. 일단 나오게. 자~ 다 나오시오."

구류소 여기저기 갇혀 있던 죄수들이 황당한 표정을 지으며 밖으로 기어 나왔다. 홍태산도 이삼봉, 김판수와 함께 밖으로 나오며 동료 병사를 따라갔다. 동료 병사 외에도 다른 병사 몇 명이 홍태산과 기쁘게 악수를 나눴다. 모두들 홍태산이 난리 속에서 체포된 것으로 생각하는 눈치였다.

어떤 병사는 홍태산의 어깨를 두드리며 거친 목소리로 말했다.

"이제 안심해도 돼, 우리 전부 들고 일어났다. 저놈의 자식들 지금 다 달아나고 있다. 머지않아 세상 완전히 뒤집어질 거다."

이것저것 두서없이 듣다 보니 겨우 사건의 윤곽이 드러나는 것 같았다. 엉터리 급료 지급이 군인들 사이에 분노의 불을 지핀 것이다. 이미 민겸호의 집이 박살 났다고 했다. 민겸호의 집? 민비 일파에서 세도가 중 세도가 아닌가. 그의 집이 불타버렸다고?

홍태산은 동료의 말대로 세상이 뒤집어지고 있음을 직감했다. 속신을 위해 경아전을 통해 형조에 줄을 대던 작업도 쓸모없는 짓이 됐다.

하지만 일시적인 폭동인지 아니면 진짜 뒤집어질지는 아직 확신할 수 없다. 경과를 좀 더 지켜볼 필요가 있다는 생각이 들었다.

'일단 이들과 행동을 같이 하면서 앞으로의 행로를 결정해도 될 것이다.'

사람들이 우왕좌왕하는 사이에도 홍태산의 옆에는 세 사람이 함께하고 있었다. 김판수, 이삼봉 그리고 포도청이 습격당할 때 합류한 최의재였다. 홍태산이 이삼봉을 쳐다보았다.

"자네 이제 풀려났는데 어디로 갈 건가."

"아 예, 별감님, 저도 지금 헛갈려서 정신이 하나도 없습니다. 일단 갈 곳이라면 칠패시장이니 그곳으로 가 볼까 생각 중입니다. 별감님은 어디로 가실 건가요?"

"응, 나도 지금 궁리 중이네. 일단 동료 병사들도 있고 하니 잠시 그들과 함께 할 생각이네. 나는 일단 군인들을 따라가 봐야겠지?"

홍태산이 이삼봉에게 말하면서도 김판수를 바라봤다. 김판수는 그저 멍한 표정이었다. 홍태산이 김판수에게 물었다.

"그럼 자네는."

"예? 저는 갈 곳이 없습니다. 잘 모르겠습니다. 혹시 괜찮으시다면 저도 별감님을 따라가고 싶은데 괜찮을지요."

"그~런가? 으응, 그래 그럼 자네는 나하고 행동을 같이 하세."

"예. 저는 좋습니다. 안심입니다요."

홍태산이 이삼봉에게로 고개를 돌렸다.

"그럼 일단 여기서 헤어지세. 나중에 기회가 생긴다면 내 칠패시장을 한번 들르지. 그때 다시 만나세."

"예. 그렇게 하죠. 그때 꼭 뵙겠습니다. 그리고 여태까지 보살펴 주신

거 잊지 않겠습니다. 언제 꼭 은혜를 갚고 싶습니다."

"이 사람아. 밥술 몇 번 같이 뜬 걸 가지고 뭘 그러나. 어쨌든 다음에 꼭 보세. 잘 가게."

"예. 감사합니다. 그럼 나중에 뵙겠습니다."

이삼봉이 큰 절을 올렸다. 감판수에게도 손을 꼭 잡고 인사를 했다.

"형님 나중에 꼭 뵙죠. 그럼 몸조심하십시오."

세 사람은 이삼봉과 헤어진 후 다시 병사들 틈에 끼었다. 홍태산은 걸어가면서도 아는 동료 몇과 반갑게 인사를 나누었다.

병사들의 맨 앞에는 어제 잡혀 왔던 초관 몇 명이 서 있다. 그들이 전체 군중을 지휘하고 있었다.

군중들은 이미 "민비 년을 죽여라."라고 외치고 있었다. 이쯤 되면 역모도 이런 역모가 없었다. 병사들을 이끌던 김춘영이 유복만 등을 바라보며 심상치 않은 표정을 지었다. 그들이라고 무슨 복안이 있었던 것도 아니다. 그저 남들 앞에 서 있을 뿐이었다.

김춘영이 감이 잡히지 않는다는 얼굴로 말했다.

"이제 어떻게 해야 하나."

강명준이 "민비 년을 죽여야지."라고 주변의 함성을 그대로 반복했다.

이들이 대화하는 쪽으로 병사들이 모여들어 웅성거리기 시작했다. 조금 떨어져 있던 홍태산이 옆에 있던 동료에게 조용히 말했다.

"민비를 죽이겠다고 나섰으니 이제 퇴로는 없는 것 같구먼. 그렇게 결심했다면 궁궐로 쳐들어가는 수밖에 없을 텐데. 궁궐에서는 가만히 있겠나."

동료가 말을 받았다.

"그렇겠지? 그럼 어느 쪽이든 죽어야 끝날 텐데 과연 우리 같은 오합지졸로 싸움이 될까?"

"그렇네. 흥분만 해 가지고는 이거 며칠 못 갈걸세. 그럴수록 수를 써야 하네. 지금 상황으로 봐서는 당장 해야 할 일이 있네. 서둘러야 해."

"서두르다니. 뭘?"

"민비를 죽이겠다고 했잖아. 그럼 민비의 숙적이 누구인가. 대원군이잖아. 대원군을 찾아가야 하네. 그를 우리 편으로 끌어당겨야지. 그렇지 않으면 우리는 그냥 며칠 안 가 개죽음당할 거야."

"그렇겠지?" 하면서 동료가 홍태산을 떠나 선두에 있는 병사들에게로 갔다. 그가 김춘영 등에게 빠른 어조로 말하는 모습이 보였다. 주위에 있던 유복만과 정의길이 크게 고개를 끄덕였다.

모두가 상황을 금방 이해했다. 중신의 집을 습격하고 불 질렀다. 별기군들도 다수를 참살했다. 조정 특히 민씨 세도정치를 완전히 적으로 돌려놓은 것이다. 다른 길은 없었다.

군중이 일제히 운현궁으로 달려갔다. 지도자가 필요했음을 인지한 것이다. 다행히 대원군은 운현궁에 있었다. 대원군의 집 앞을 가득 메운 병사들이 일제히 소리쳤다.

"대원위대감!" "대원위대감!"

잠시 후 대원군의 수하들이 병사들과 대원군 사이를 몇 번이나 왔다 갔다 했다. 대원군의 휘하인 허욱이 주동자들을 만나 대화를 나눴다. 허욱이 "많이 늦었으니 주동자 몇만 남고 나머지는 일단 집으로 돌아가라."고 했다. 그리고 다음날 아침 일찍 다시 모이도록 지시했다.

다음 날에는 병사들뿐 아니라 왕십리와 이태원에 거주하는 빈민들도 대거 참여했다. 모여든 병사와 빈민, 일반 평민 등의 군중은 허욱을 지도자로 삼아 즉각 행동에 나섰다.

일차 응징 목표는 흥인군 이최응이었다. 대원군의 형이지만 민씨 집안의 수족이 되어 반 대원군 정치에 앞장서 왔음을 군중은 잘 알고 있었다. 지도자의 적을 처벌하는 것은 지도자에게 충성을 표시하는 지름길이기도 하다.

이최응은 군중들이 자기를 겨냥하리라고는 꿈에도 생각하지 못했다. 군중이 저택의 담을 빙 둘러 포위하자 앞마당에서 이러지도 저러지도 못한 채 방황하고 있었다. 갑자기 난병들이 문으로 쏟아져 들어오기 시작했다.

당황한 이최응은 달리 방법이 없다는 듯 담벼락을 타고 넘어가려 했다. 그런데 담벽 위로 잡았던 기와가 미끄러지면서 그대로 땅으로 처박혔다. 이최응을 발견한 난병들이 일제히 달려와 몽둥이질을 해 댔다. 일부는 주먹으로 얼굴을 가격했다. 몸부림치다 잠시 후 숨이 끊어져 버렸다.

군중은 이제 궁궐로 시선을 돌렸다. 혁명은 시작됐다. 어떤 걸림돌도 가만 놔두지 않겠다는 결의가 이들을 지배했다. 군중은 일제히 창덕궁으로 향했다. 이미 삼천 명으로 불어나 있었다.

창덕궁의 정문인 돈화문은 굳게 닫혀 있었다. 군인들이 일제히 총격을 가했다. 문이 열리자 "와~" 하고 안으로 쏟아져 들어갔다. 궁성과 궁궐에서는 이를 막아서거나 저지하려는 병사들이 아무도 없었다.

조선이라는 나라를 통치하는 조정으로서의 기능은 이미 무너지고 있었다. 정보와 명령 체계가 완전히 망가져 있었던 것이다. 그도 그럴 것이 기존 군영은 반군에 가담했고, 포도청은 포도청대로 쑥대밭이 돼 있었다.

창덕궁 반란 지휘자는 허욱의 명령을 받는 대원군 심복 김태희였다. 그가 군중을 향해 외쳤다.

"아랫것들은 상대하지 말라. 민 중전을 찾아라, 중전을 죽이지 않으면 우리들이 당하게 된다."

그 시각, 왕실은 세상사에 무관한 듯 기우제를 준비 중이었다. 갑자기 창덕궁 안이 시끄러워지자 그제야 사태가 심상치 않다고 느낀 고종과 민비는 무위영 대장을 찾았다. 승지가 대장은 어제부터 행방불명이라고 보고했다.

당황한 고종이 물었다.

"도대체 무엇 때문에 저들이 저토록 난동을 부리는 것이냐?"

승지가 어쩔 수 없다는 듯 민겸호의 선혜청이 병사들의 급료를 지체하면서 사태가 발생했다고 보고했다. 고종이 어떻게 그런 일이 벌어질 수 있느냐고 의아해 했다.

"아니, 어떻게 십삼 개월씩 급료를 지급하지 않았단 말이냐. 그게 가능한 일이냐?"

승지는 고개를 숙인 채 아무 말도 하지 못했다. 아니 민비가 뒤에 서 있는 판에 감히 진실을 상신할 용기도 없었다.

당황한 임금이 민비와 숙의를 거듭했다. 숙의라고 해 봤자 민비의 의견을 일방적으로 듣는 것이었다. 민비는 군졸의 소요가 왜 일어났을까 생각했다. 민비로서도 그까짓 쌀 때문에 폭동이 일어났을 리는 없다고 여겼다.

'그렇다, 군란의 배후에는 대원군이 있을 것이다. 얼마 전에는 이재선 역모 사건도 있지 않았던가. 지금 저들을 막아설 군대도 없고 포도청도 해산당했다고 한다. 반란 군졸을 조종하는 것이 대원군이라면 그 폭동을 진압할 수 있는 사람도 현재로서는 대원군밖에 없다.'

민비가 고종의 눈을 똑바로 응시하며 당장 결단을 내려야 한다고 촉구했다.

"전하께서는 속히 대원위대감을 부르십시오. 전하께서 직접 대원위대감에게 사태 해결을 위한 전권을 부임하겠다고 약속하십시오."

"무슨 소리요. 그럼 과인더러 친정을 포기하라는 것이요?"

민비는 물론 대원군이 전권을 쥐더라도 그것은 일시적일 수밖에 없다고 판단했다. 그런 임시 권력쯤이야 언제든 다시 빼앗을 수 있다. 민비는 걱정하는 고종에게 다짐을 주었다.

"걱정하지 않으셔도 됩니다. 다 복안이 있습니다."

고종의 사자가 창덕궁 밖에 있는 운현궁으로 말을 타고 달려갔다. 대원군이 사자를 접하자마자 간단하게 정장을 차려입고 궁으로 들어갈 준비를 했다.

궁 안은 이미 난장판이었다. 난병들은 난병들대로 여기저기를 쑤시고 다녔다. 홍태산은 수하 두 명을 데리고 돈화문을 따라 들어갔다. 최의재 그리고 김판수와 함께 군중을 빠져나와 서쪽으로 방향을 틀었다.

곧 금호문이 나타났다. 궁궐 내의 회의소나 관련 건물들이 밀집해 있어 평소 관리들의 출입이 잦은 곳이다. 오늘은 쥐 죽은 듯이 조용했다. 홍태산의 두 부하는 궁내의 아름다운 모습에 경이로운 표정을 지우지 못했다. 내내 입을 떡 벌린 채 다물 줄을 몰랐다. 왕과 왕비가 사는 별

천지를 난생 처음 구경하고 있는 것이다.

일행은 창덕궁의 주 편전으로 평소 국왕이 거주하면서 신료들과 일상적인 국사를 논의하는 선정전을 건너 인정전까지 갔다. 인정전은 창덕궁의 정전이다. 가까이 있는 인정문은 왕위를 이어받는 의식을 거행하는 장소다. 웅장하기 그지없다.

갑자기 돈화문 쪽이 시끄러워졌다. 홍태산은 다시 돈화문 쪽으로 발길을 돌렸다.

돈화문을 통해 대원군이 들어오자 난병들이 일제히 양쪽으로 길을 비켰다. 대원군이 대전으로 올라가는데 어딘가에서 갑자기 선혜청 당상 민겸호가 나타났다. 대원군이 눈앞에 나타나자 숨어 있던 곳에서 뛰쳐나온 것이다.

난병들이 "민겸호다!"하고 소리치며 민겸호를 잡아챘다. 민겸호가 이들을 뿌리치고 가까이 있는 대원군을 향해 달려갔다. 머리를 대원군의 도포 소맷자락 속으로 들이밀며 호소했다.

"대원위대감, 날 좀 살려 주십시오."

대원군이 그를 보며 차갑게 웃었다.

"내가 지금 갈 길이 바쁜 사람이오. 게다가 이 성난 사람들을 보십시오. 내가 무슨 힘으로 대감을 살릴 수 있겠소?"

말이 끝나기도 전에 병사들이 민겸호를 층계 밑으로 끌어내렸다. 순식간에 총칼이 민겸호를 겨냥했다. 대원군이 계단을 올라가는 동안 민겸호를 마구 찌르고 짓이겼다.

그때 마침 김보현이 대궐로 들어섰다. 난병들이 그를 알아봤다.

"저기 김보현이 있다. 우리 쌀을 중간에서 다 떼먹은 놈이 저기 있다!"

한 병사가 소리치자 주변의 모든 이들이 김보현을 향해 달려갔다. 섬돌 위에 잠시 멈춰 섰던 김보현 역시 민겸호처럼 두들겨 맞아 죽었다.

"이 놈은 돈을 좋아했으니 돈으로 그 돼지 배를 채워 주는 게 좋겠다."

한 병사가 동전 하나를 주머니에서 꺼내 김보현의 입에 집어넣었다. 옆에 있던 병사가 총대로 입안의 엽전을 목구멍 속으로 마구 쑤셔 넣었다. 그의 시신은 민겸호와 함께 궁궐 개천에 버려졌다.

민비는 도주하고

자신감을 얻은 난병들이 더욱 목소리를 높였다.

"중궁은 어디 있느냐!"

병사와 난을 일으킨 일반 백성이 함께 사방을 수색했다. 장막들은 장막대로 벽은 벽대로 마구잡이로 창으로 찌르고 찢었다. 그때 사인교 하나가 나타나더니 군중들 사이를 빠져나가고 있었다.

궁인 하나가 난병들을 향해 손가락으로 사인교를 가리켰다. 난병들이 일제히 사인교로 달려가 쪽문을 잡아당겨 부쉈다. 중전의 머리채를 잡은 병사 하나가 그를 땅바닥에 내팽개쳤다.

병사가 "이년이냐? 이년이야?"라며 주위를 둘러봤다. 그때였다. 무예별감 홍재희가 그들을 헤치고 사인교 쪽으로 달려왔다.

"그만해, 그만하라고!"

그가 소리치면서 병사들을 옆으로 밀었다.

"이 여인은 상궁으로 있는 내 누이다. 홍 상궁이라고. 홍 상궁! 엉뚱한 사람을 잡고 이게 무슨 짓인가.”

그가 쓰러진 민 중전을 일으켜 들쳐 업었다. 그리고는 사람들을 헤치면서 빠져 나갔다. 군중이 이를 어떻게 받아들여야 할지 모르겠다며 어리둥절해 하는 사이에 홍재희는 이미 저만치 가고 있었다. 그를 쳐다보던 한 병사가 누구에게랄 것도 없이 중얼거렸다.

“저 친구 여동생이라잖아. 설마 왕비라면 저렇게 함부로 업을 수 있겠어? 동생이니 업었겠지.”

그러자 옆에 있던 병사가 “그렇겠지?”라고 했고 주변에 몰려 있던 사람들은 더 이상 뭐라 하지 않았다. 하긴 아무리 무예별감이라지만 남정네가 왕비를 업는다는 것 자체가 상상할 수 없는 무례였다.

민비가 사라지자 고종은 제 정신이 아니었다. 이제 자신은 죽은 몸이라고 생각해 벌벌 떨었다. 말도 제대로 하지 못했다. 좌의정 김병시가 나섰다. 평소에는 어전회의에서조차 고종에게 강직한 말을 주저하지 않던 인물이다. 그가 고종을 직접 업었다. 난병들은 고종의 모습을 구경하기만 했다. 조영하가 김병시의 뒤를 호위했다.

난병들 중 하나가 김병시를 향해 “저놈도 죽여야 한다.”고 소리쳤다. 마침 그를 알아보는 자가 있어 제지를 가했다.

“저분은 좌의정 대감이시다. 강직하고 청렴하기로 유명한 분 아닌가. 아무런 죄도 없는 분인데 어찌 그런 말을 할 수 있는가.”

뒤를 따른 조영하 역시 훈련대장을 몇 년간 지낸 경력의 소유자였다. 병사들은 그의 얼굴을 다 알고 있었다. 훈련대장 시절 병사들로부터 인망이 두터웠다. 난병들 스스로 그 곁을 보호해 주었다. 고종은 창덕궁 뒤쪽의 광연루 별전으로 피할 수 있었다.

민비를 잃은 고종은 여전히 불안해했다. 그는 난병들이 들이닥치기 직전 민비가 한 말을 떠올리고 대원군을 찾았다. 대원군을 만나자 그 자리에서 전권을 위임하겠다고 하교했다.

승정원이 고종의 조서를 발표했다. 조서는 대원군이 작성한 문안을 승지가 그대로 받아 적은 것이었다.

"이런 미증유의 변을 초래한 부덕과 무능을 온 백성에게 사과하는 동시에 앞으로의 정령은 모두 국태공이신 대원군의 지휘로 발표될 것이다."

대원군은 궐내에 그대로 거처하며, 무위영, 장어영 두 군영을 폐지하고 오군영의 옛 군제로 복구하라는 영을 내렸다. 병사들의 밀린 급료는 전액 지급하도록 선혜청에 지시했다. 난병은 해산하라는 명을 내리는 한편, 그들을 안심시키기 위해 대사면령을 발표했다.

대궐 안의 혼란은 그런대로 수습의 양상을 보이기 시작했다. 그러나 대궐을 나온 난병들은 각자 무리를 지어 사방으로 흩어졌다. 한양성 안 팎을 불문하고 악행을 일삼아왔던 민씨 일족이나 평소 고종의 총애를 받은 자들의 집을 찾아가 불태우기를 그치지 않았다.

이들은 "장안의 민가 놈들은 다 죽여야 한다."고 호언하면서, 민태호, 민규호, 민두호, 민치서, 민치상, 민영목, 민창식 등을 종루앞 대로로 끌고 나와 난도질해 죽였다. 김보현의 큰 집, 작은 집과 민씨 일가에 붙어 먹었던 신관호, 한성근, 윤홍렬, 홍완, 이태응 등과 일본어 통역관들의 집이 모조리 박살났다. 그 밖에도 평소 민 씨들과 친했던 사람이나 궁 궐에 출입하는 점쟁이, 무당들 집까지도 모두 파괴했다. 죽거나 부상당한 사람들의 숫자가 헤아릴 수 없을 정도로 많았다.

민승호의 양자로 들어갔던 민영익은 그나마 운이 좋았다. 민씨 집안이 난병들의 공격 대상으로 떠오르자, 삭발한 후 삿갓을 쓰고 짚신을 신은 채 집을 빠져나와 도망쳤다. 그는 하루에 팔십 리를 걸어 경기도 포천의 김 오위장 집에 도착했다. 오군영의 여러 장수들 중 한 명이었다. 마침 현직에 있을 때 죽동궁을 드나들던 식객이라 면식이 있었다.

온갖 영화를 누리던 민영익이 참으로 볼품없는 행색을 하고 있었다. 오랜 도망 길에 몸은 완전히 지쳐 있었다. 밥도 제대로 얻어먹지 못해 굶어 죽기 일보 직전이었다. 당장 밥을 짓기가 어려워 김 오위장의 아내는 부엌에 남아 있던 보리밥 한 주먹과 쉬기 직전인 부추김치를 내놓았다.

허겁지겁 밥을 삼키면서 민영익이 칭찬을 아끼지 않았다.

"아니, 부추김치가 어찌 이렇게 맛이 있는가?"

민영익은 밥그릇에 남아 있는 보리 한 톨까지 싹싹 긁어 입에 털어 넣었다. 그 모습에 김 오위장이 빙긋이 웃었다.

"영감님에게 오늘 이런 일이 없었다면 어찌 평생 보리밥 맛을 알 수 있겠습니까? 나중에 죽동궁 식객들을 대접할 때는 손님들이 맛있게 먹을 수 있도록 밥 짓는 너비에게 한말씀해 주시기 바랍니다."

식객들에게 나오는 밥이 오죽 성의가 없었으면 맛이라는 건 느껴보지도 못했다는 뼈 있는 지적이었다. 오위장의 한마디에 민영익은 숟가락을 내려놓으면서 한마디 대답도 하지 못했다.

서울의 난병들은 민영익을 끝내 발견하지 못했다는 사실을 알고 분을 참지 못했다. 그런 마당에 난병과 폭동에 참여한 민간인들 사이에 갑자기 유언비어가 떠돌았다. 민영익이 동해 연안을 따라 강원도와 경기도의 보부상 천 명에서 많게는 만 명을 이끌고 곧 동대문으로 쳐들어온다는 것이다.

도성이 온통 큰 난리가 난 듯했다. 병사들의 난에 동참했던 평민이나 천민들까지 모두 이마에 수건을 두르고 깃대를 게양하며 마을 골목을 지켰다. 조정에서조차 진정시킬 방도가 없었다. 혼란은 한동안 계속됐다.

무예별감의 즉흥적인 행동으로 난을 피했던 민 중전은 창덕궁을 빠져나온 뒤 곧바로 옛날 궁중의 가마나 말에 관한 일을 맡아 보던 관리 출신인 윤태준의 집을 찾아갔다. 홍재희가 개인적으로 알고 지내던 퇴임 관리였다. 윤태준은 우선 민 중전을 안방에 모셨다.

홍재희는 여기도 안전하지 않다면서 더 멀리 피신해야 한다고 재촉했다. 윤태준이 옛날 같이 근무하던 전 승지에게 소식을 보내자 그가 마침 말 판 돈 오백 냥을 몽땅 가져다주었다. 이 돈으로 가마와 가마꾼 네 명을 세낼 수 있었다.

민비를 태운 사인교가 경기도 양평으로 향했다. 사복으로 갈아입은 홍재희가 앞장서고 그 뒤를 가마가 따랐다. 한강을 건너려 하자 뱃사공이 가마를 건네줄 수 없다고 완강히 버텼다. 조정에서 긴급하게 한강을 차단하라는 지시가 내려왔다고 밝혔다.

잠시 후 사인교에서 홍재희를 부르는 소리가 나왔다.

"홍씨 아저씨."

민 중전이 홍재희를 불러 사인교 밖으로 금가락지를 전했다. 사공이 금반지를 확인하고 나서야 노를 잡았다. 겨우 강을 건너 장호원 쪽으로 가는 길에 다시 꽤씸한 일이 발생했다. 경기도 광주쯤이었다. 교자꾼들이 잠시 쉬고 있을 때였다. 마침 지나가던 아낙들이 사인교 안의 민 중전을 힐끗 보더니 물었다.

"이렇게 예쁜 아가씨가 어디로 가시나요?"

홍재희가 대답했다.

"서울에서 친정이 있는 충주로 가는 길이오."

"거 뭐 민 중전인가 하는 요망한 년 때문에 난리가 났다던데 서울에서 오는 길에 여간 고생이 아니겠네그려."

옆에 있던 아낙이 거들었다.

"걱정하지 말아요. 그 중전인가 뭔가는 병사들에게 아주 짓밟혀 죽었다고 합디다."

홍재희는 "그래요?"라고 한 뒤 더 이상 말을 하지 않았다. 가마를 힐끗 돌아봤지만 다시 닫힌 가마의 쪽문은 미동도 하지 않았다.

민비는 가마 안에서 침묵을 지키고 있었지만 줄곧 그의 머릿속을 떠도는 것은 십대 조상인 숙종의 계비 인현왕후 민 씨가 겪었던 폐비 사건이었다. 숙종은 장희빈의 아들인 윤을 원자로 책봉하는 한편 장희빈을 빈으로 봉하겠다는 어명에 조정의 서인 쪽 관료들이 결사반대하자 경신환국을 일으켜 서인들을 모조리 파직하거나 유배 보냈다.

숙종은 강제적으로 인현왕후를 폐위시키고 대신 장희빈을 왕후로 책봉했다. 폐위당한 인현왕후는 궁 밖으로 쫓겨나야 했다.

'나 역시 지금 궁 밖으로 쫓겨났다. 이제야 인현왕후의 심정을 이해할 만하다. 하지만 인현왕후는 결국 다시 왕비로 돌아갔다. 나 역시 돌아갈 것이다. 전하의 옆으로 돌아갈 것이다. 돌아가고 말 것이다.'

가마 속의 민비가 이를 악물었다.

사인교는 이동을 계속했다. 며칠이 흘렀나, 마침내 충주목의 관아가 보였다. 다행히 충주 목사는 여흥 민씨 가문의 민응식이 재직하고 있었다. 민비와는 육촌 척족이었다. 무예별감이 미리 충주목 관아에 들어가 관아인 청녕헌을 찾았다. 홍재희의 궁중 무예별감 패를 본 수문장들이 대문을 열어 주었다.

민응식 목사는 동헌에서 업무 중이었다. 무예별감이 간략히 자기소개를 한 후 조용히 말했다.

"놀라시겠지만 지금 민 중전께서 가까이 계십니다."

민응식이 잠깐 놀란 표정을 지었으나 주변 아전들을 의식해서인지 곧바로 침착한 표정으로 돌아갔다. 간단히 사정을 설명하자 민 목사가 동쪽을 가리키며 말했다.

"제금당이 저쪽에 있습니다. 조정에서 내려온 관리들이 거처하는 곳이고, 왕실 분들이 머무는 별전도 있습니다만…. 아, 안 되겠습니다. 사람들 눈이 너무 많습니다. 그럼 이렇게 하지요. 번거롭겠지만 장호원으로 가십시오. 거기 제 집이 있습니다. 거기가 안전할 것입니다. 제가 지금 움직이면 오히려 사람들이 이상하다고 할 것입니다. 먼저 가 계시기 바랍니다."

"네, 그럼 그쪽으로 이동하겠습니다. 죄송하지만 중전마마를 안내해 줄 사람을 한 명 붙여 주었으면 합니다."

"그건 걱정하지 마십시오. 말 두 필과 사령 하나를 지금 계시는 곳으로 보내겠습니다. 가시는 길이 한 백 리가 되니 부디 조심하십시오. 저는 업무가 끝나는 대로 저녁에 들러 인사를 올리겠습니다."

사인교를 멘 교자꾼들이 힘을 냈지만 가마가 장호원 자택에 도착한 것은 다음 날이었다. 민응식의 부인이 미리 마중 나와 민 중전을 내아로 모셨다. 일행은 겨우 여장을 풀 수 있었다. 그날부터 내아는 일절 출입이 금지됐다. 식사는 부인이 직접 날랐다.

민비를 아가씨라고 불렀던 아낙의 말은 그대로 예언이 됐다. 난병은 물론 대원군의 휘하 세력도 궁궐을 샅샅이 살펴봤지만 민비의 흔적은 어디에서도 찾을 수 없었다. 그러자 대원군의 휘하들이 대원군을 설득했다.

"더 이상 생사를 확인할 길이 없습니다. 이렇게 된 바에야 차라리 민 중전이 사망했다고 발표하는 것이 어떻겠습니까. 그렇게 해서 민비의 존재를 완전히 지워 버리는 것이 현명한 일 아니겠습니까."

대원군도 이에 동의했다. 즉시 유시를 내렸다.

"민 중전은 이번 사태로 불행히 붕어하셨다. 아직 유체를 찾지는 못했으나 곧 국장을 시행할 것이다. 준비 절차가 복잡하니 병사들은 더 이상 궁내에 머물지 말고 병영으로 돌아가서 다음 명령을 기다려라."

그 여자가 민 중전이라면

며칠간 난병들과 함께 움직였던 홍태산은 대원군의 등장과 대사면으로 자신은 물론 병사들의 신변 안전이 확인되자 곧바로 다음 경로를 모색했다. 일단 장호원을 다시 찾아야 했다.

자신을 체포해 형조로 이관시킨 포도군관을 찾아 보복해야 한다고 결심했다. 결코 가만둘 수 없는 놈이었다. 장호원 현청의 형방 놈도 결코 용서할 수 없다. 갑자기 도깨비굴에서 나타나 자신의 희망찬 미래를 짓밟은 두 놈이다.

때려죽여도 시원치 않을 놈들이다. 힘 좋은 김판수도 옆에 있겠다, 한적한 곳으로 끌어내 무력이라도 쓸 생각이었다. 김판수는 아전이라면 무조건 이를 가는 인간이었다. 그렇다. 김판수가 딱이었다.

최의재까지 동반해 셋이 서울을 떠났다. 일단 남몰래 머물 곳을 찾아야 했다. 홍태산의 머리가 복잡해졌다.

'최아지의 산골 신당도 좋겠지만 아무래도 현청 사람이나 혹은 그들의 식구가 드나들 수 있어 후보지로는 적절하지 않다. 민길주 집이 어떨까. 민길주라면 안심할 수 있다. 하지만 저번 사건으로 어떻게 됐는지 알 수가 없다.'

일단 민길주와 접촉할 수밖에 없다고 생각한 홍태산은 빠른 걸음으로 장호원을 향했다. 도중에 주막이 보여 쉬어 가기로 했다.

셋은 일단 주막에 앉아 국밥을 주문했다.

최의재가 주모에게 특별히 해 달라고 말했다.

"주모, 기 돼지고기리도 있으면 좀 넣이 주소. 값은 치를 테니."

"값만 치른다면 뭘 못 해 주겠소. 오늘 내장 좀 구했는데 내장탕이라도 해 드릴까?"

"내장탕이라, 좋네. 별감님, 막걸리도 한잔하실래요?"

홍태산이 웃으며 고개를 끄덕였다.

"주모, 막걸리도 한 사발씩 주소."

내장 기름기가 두둥실 뜬 국밥이 오랜만에 입가에 미소를 만들어주었다. 홍태산이 최의재에게 다음 계획을 털어놓았다.

"의재야, 일단 잠행을 할 심산이다. 그러려면 조용히 머물 곳이 필요해. 그러니 네가 먼저 장호원으로 들어가 민 영감을 만나봐라. 우선 저번 일로 인해 어떤 처지에 있는지를 알아보고 괜찮다면 내 이야기를 해라. 그리고 조용히 지낼 집을 마련하라고 부탁해 봐. 방은 여러 개가 있어야겠지."

"알겠습니다, 별감님. 걱정하시 마십시오."

"여비는 여전한가?"

"예. 당분간은 문제없을 듯합니다. 하지만 새 집을 마련하려면…."

"그건 내가 알아서 한다."

"예, 알겠습니다. 그럼 밥 다 먹는 대로 출발하겠습니다."

"그래. 고생해라."

김판수가 국밥 그릇을 들다 말고 끼어들었다.

"저도 갈까요?"

"아니. 너는 나랑 같이 다니자. 오늘은 여기 봉놋방에 자기로 하지."

"예. 별감님."

김판수가 다시 국그릇을 들어 남아 있는 국물을 남김없이 마셨다. 빈 그릇을 내려놓으며 입을 다셨다.

"내장들이 쫄깃쫄깃한 게 맛있네요."

최의재가 그 모습을 보며 웃었다. 자기 그릇에 남아 있는 것을 김판수에게 내밀었다. 김판수가 사양하지 않고 그릇을 받았다.

홍태산은 당분간 숨어 지내리라 생각했다. 물론 돈은 걱정 없다. 홍태산은 돈이 모일 때마다 상당 부분을 패물이나 청나라 은 화폐인 마제

화로 바꿔 곳곳에 숨겨 놓았다. 그런 일을 할 때마다 자신이 다람쥐와 다를 바 없다고 생각하며 미소를 지었다.

다람쥐는 겨울을 보내기 위해 가을에 부지런히 도토리를 주어 자기만이 아는 장소에 파묻어 둔다. 그리고 겨울 동안 필요할 때마다 비밀 장소에 나타나 한 움큼 꺼내 갖고 땅굴이나 나무 구멍으로 되돌아간다. 그것이 홍태산과 꼭 닮은 꼴이었다.

다음 날 늦게 최의재가 홍태산과 약속한 장소에 나타났다.

"민 영감을 만나고 왔습니다. 그날 잡힌 다음 이방에게 이야기 했더니 이방이 중간에서 손을 썼다고 합니다. 물론 형방하고 포도군관에게도 얼마간 찔러 주었다고 하더군요. 애초부터 형방이 눈독을 들인 것은 별감님이어서 민 영감은 별 문제 없이 풀려났다고 합니다. 지금은 집에 있습니다. 별감님 이야기를 듣더니 깜짝 놀라더군요. 그래서 별일 없다고 전했습니다."

"잘됐군. 그럼 집 구하는 것은 어떻게 됐나."

"아, 예. 민 영감이 그건 별 문제가 없다고 했습니다. 자기 집 가까이에 노인네 부부가 사는 집이 있는데 초가집이지만 방이 세 칸 있다고 합니다. 노인네는 아들 집이 근처에 있어 아들 집으로 옮길 수 있다고 합니다. 저도 가봤는데 민가하고는 많이 떨어져 있고 왕래도 거의 없는 곳입니다."

"그거 다행이군. 자. 그럼 일단 민 영감 집으로 가세."

오랜만의 해후였다. 민길주는 활짝 웃으며 홍태산 일행을 맞아들였다. 방 안에는 이미 푸짐한 백숙과 동동주가 준비돼 있었다. 김판수는 바깥에서 밥을 먹겠다고 고집했지만 홍태산은 허락하지 않았다. 민길주도 방 안으로 들어오라고 권했다. 이들 사이에 이제 양반과 상놈의 의식은 보이지 않았다.

푸짐한 식사가 끝난 후 최의재와 김판수는 다른 방으로 옮겨갔다. 민길주가 기다렸다는 듯이 그간의 정세를 들려주었다. 얼마 후 민길주가 목소리를 낮췄다.

"요즘 민응식 목사의 자택 분위기가 심상치 않습니다."

"충주 목사 말이요?"

"그렇습니다."

"하긴 민씨 일가에 피바람이 불고 있으니 그분 댁도 평안치는 않겠죠."

"아니. 그게 아닙니다. 뭐 서울 난리 바람이 여기까지 불지는 않았으니까요."

"그럼 뭐가 문제요?"

민길주가 자세를 더욱 낮췄다. 목소리는 이미 속삭임에 가까웠다.

"제가 민 씨 아닙니까. 뭐 저들과는 이미 끈 떨어진 사이지만 그래도 민 씨라고 이따금은 목사 집에서 이런저런 집안일을 도와달라고 부탁받을 때가 있습니다. 그냥 집안 잡일들이죠."

"아, 네."

"저번에 불러서 들렀더니 내실은 완전히 출입이 금지된 상태였습니다. 바깥 별채 사랑방에 갔더니 목사가 저를 기다리고 있더군요. 이것저것 목록을 적어 주면서 문방구와 그 외 생활용품들을 눈에 띄지 않게 구입해 오라는 부탁을 받았습니다. 돈까지 많이 주면서요. 그런데 이상하게 편지지와 봉투를 많이 가져오라는 것입니다. 봉납과 인주도 포함해서요. 왜 충주 관아에서 일을 시키지 않고 뜬금없이 저 같은 사람에게 부탁한 걸까요."

"편지지요?"

"예. 잘은 모르지만 누군가가 서울과 여기를 자주 왕래하는 모양이에요. 그 집 식구한테 들었는데 마치 말과 같아서 엄청나게 빨리 달린다고 합니다."

"편지를 주고받는데 엄청나게 빨리 달리는 사람이 그 편지를 보내고 가져온다?"

"그렇습니다. 그리고 내실에는 어떤 비밀스러운 분이 머물고 있는 것 같습니다. 아무리 봐도 민씨 일가 중 중요한 분이 와 있는 것이 아닌가 싶습니다."

"민씨 일가 중 중요한 분이라?"

"아, 참, 며칠 전인데 사인교가 들어왔다가 서울 쪽으로 간 것을 봤다는 이야기를 들었습니다. 같이 왔던 말 두 필은 서울과 반대 방향으로 되돌아갔다고 하더군요. 뭔가 이상합니다."

"사인교?"

"사대부 여인들이 가장 보편적으로 이용하는 가마가 바로 사인교 아닙니까."

"그렇네요. 게다가 어떤 특정한 중개인이 서울을 왕래한다. 그것도 바람처럼 빠른 사람을 고용해서?"

민길주가 홍태산의 귓가에 가까이 다가갔다.

"홍 별감님도 이번에 궁궐에 들어갔다 나왔다고 하지 않았습니까. 이건 어디까지나 제 추측입니다만…."

"계속하시죠."

"제 추측입니다만. 지금 민 중전은 오리무중이지 않습니까. 혹시 민 중전이라도 와 있는 것이 아닌가 문득 그런 생각이 들었습니다. 대원군이 민 중전의 장례까지 치렀다지만 그거야 어디까지나 영혼 장례식 아닙니까."

홍태산이 눈을 깜빡였다. 심각한 표정이었다. 민길주가 계속했다.

"게다가 민 목사가 매일이다시피 충주에서 장호원까지 왕래를 합니다. 전에는 좀처럼 이런 일이 없었습니다. 충주에 별도의 살림을 차린 분이 이렇게까지 무리하게 본처를 찾는 것을 보면 하여튼 뭔가가 있습니다."

홍태산이 조용히 말을 꺼냈다.

"그럼 이렇게 하죠. 민 영감이 좀 더 적극적으로 나서 보세요. 우선 자택에서 일하는 사람들을 접촉해 보십시오. 대신 민 목사나 내실 마님에게는 비밀로 하는 것이 좋습니다. 혹시 내실 마님이 미워하는 여종 혹은 머슴들이 있으면 그들과 접촉해 보시죠. 뭔가를 가르쳐 줄 겁니다."

"알겠습니다."

홍태산은 밥상을 물린 후 곧바로 최의재와 김판수를 불렀다. 우선 최의재에게 지시를 내렸다.

"긴급히 할 일이 있네. 충주 관아 아전들을 쑤셔 보게. 민 목사가 요즘 거의 매일이다시피 이곳 자택을 드나든다고 하네. 전에 없던 일이라고 해. 그리고 내실에 누군가 중요한 분이 머물고 있는 것 같다고 하더군. 자네가 다시 힘을 써 볼 때가 왔네."

홍태산이 이번에는 김판수를 노려봤다. 김판수가 긴장했다.

"판수, 자네는 내일 아침부터 하루 종일 민 목사 집의 정문을 지키게.

물론 몰래 숨어서 해야 하네. 아침부터 저녁까지 누가 들어가고 나가는 지를 조사해 보게. 특히 건장한 남자를 보면 주시하게. 아마도 문을 나서자마자 달리기 시작할 걸세."

김판수가 고개를 주억거렸다.

"알겠습니다. 그거야 어려운 일도 아닌뎁쇼. 내일 아침부터 적당히 숨어서 지켜보겠습니다."

"변을 보기 위해 자리를 뜨면 안 되니까 몸을 숨길 수 있는 곳이어야 해. 아침에 나갈 때 점심하고 저녁거리까지 싸 들고 가게."

"예. 염려 마십시오."

홍태산이 둘을 번갈아 보며 말했다.

"그래, 오늘은 모두 수고했다. 푹 자고 내일부터 행동을 개시하자. 특히 자네는 정보를 캐내는 것이 빠르면 빠를수록 좋다."

홍태산이 최의재를 향해 당부했다. 최의재가 고개를 끄덕이며 주먹을 쥐어 보였다.

그로부터 딱 사흘째였다. 민길주의 추측대로 민비로 결론이 모아지고 있었다.

최의재는 민 목사가 무척 긴장해 있다고 그의 근황을 밝혔다. 요즘 왜 그렇게 매일 장호원으로 왕래하냐고 측근이 묻자 "알 필요 없네."라며 신경질적인 반응을 보였다고 한다.

또 하나 중요한 정보를 가지고 왔다. 사인교를 따라 민 목사의 자택을 다녀왔다는 사령이 있다고 해서 몰래 접촉해 봤더니 의외의 사실을 알려 주었다. 사인교 옆을 지키는 남자가 매우 정중한 자세로 사인교를 대했다는 것이다. 사인교 옆에서 대화를 할 때는 가까이 접근조차 못하게 막고, 또 대화 중 허리를 굽히는 경우가 많았다고 사령의 말을 전했다.

김판수 역시 중요한 정보를 가지고 왔다. 매일처럼 어떤 억센 남자가 도착했다가 잠시 후 바로 떠나는 데 달리는 속도가 보통이 아니었다고 설명했다. 그 남자 말고도 양반 옷차림의 정체 모를 어떤 이도 들어갔다가 금방 떠나곤 했다는 것이다. 두 사람 다 들어가고 나갈 때 주변을 살피는 모습을 보였다고 했다.

민길주는 내밀한 정보를 들려주었다. 하루 세끼 밥상을 내실 마님이 직접 들고 들어갔다가 잠시 후 들고 나온다는 것이다. 그 외 모든 사람의 출입이 금지된 상태라 알 수 없지만 여종의 말에 의하면 자신이 봐도 빨랫감이 분명 보통 아녀자의 것이 아니었다. 여종은 내실 마님이 빨랫감을 마치 상전 모시듯 한다며 낄낄거렸다고 민길주가 말투 그대로 전했다.

그 정도라면 왕실 핵심 인물이 분명했다. 연락책이나 주변 사람들이 그렇게 진지하게 행동하고 있다면 결국 사라진 민비와 그 수족들일 가능성이 크다. 민 목사와 그의 부인은 지금 민비를 모시기 위해 하루하루 긴장된 나날을 보내고 있다. 그렇다. 민비가 살아 있다. 그 민비가 이곳 장호원에서 숨어 지내고 있는 것이다.

6

신묘한 무당의 점괘

나라고 여불위가 되지 말라는 법 있는가

최아지는 몇 번이나 홍태산의 품을 파고들었다. 잠시도 떨어지려 하지 않았다. 오랜 시간 갈구해 온 끝에 마침내 그것을 얻은 표정이었다. 최아지는 과거 그것을 신과의 만남 즉 접신(接神) 가운데 하나라고 표현하기도 했다. 홍태산은 은근히 뿌듯했다.

최아지는 옆으로 누우면서 원망의 목소리를 토해 냈다.

"곁을 떠나는 바람에 여기 남은 사람은 얼마나 외로워했는지 모르지? 당연히 알 리가 없지. 그런 무심한 남자니까."

최아지는 그러면서 주먹으로 홍태산의 가슴을 힘껏 때렸다. 때리고 나서는 다시금 홍태산의 가슴 한복판에 자신의 얼굴을 묻었다. 홍태산이 천정을 보며 말했다.

"이야기했잖아. 썩어 문드러지고 퀴퀴한 냄새가 나는 짐승 우리 같은 곳에 처박힌 채, 썩은 음식으로 배를 채우며 지내야 했다잖니. 내가 왜 아지를 생각하지 않았겠어. 여기 오자마자 아지를 찾은 것만 봐도 알 수 있잖아?"

"흥, 민길주 나리한테 먼저 달려갔다며? 그게 나를 먼저 생각한 거야?"

"묵을 데를 정해야 하잖아. 일단 살 곳을 찾기 위해 민길주 영감에게 부탁했고, 그게 해결되자마자 이곳으로 달려왔지. 그 밖에 다른 곳은 쳐다보지도 않았다."

"여기서 살면 되잖아. 예전처럼 별채에서."

"그게 그렇게 간단하지 않아. 지금은 당분간 조용한 곳에서 지내면서 일을 할 필요가 있단다."

“일? 또 뭔데. 지난번처럼 잘못해서 다시 그 짐승 우리 같은 곳으로 끌려갈려고?”

“하하하, 그런 거 아니야. 그런 사소한 일이 아니라고. 아주 큰일이다.”

“뭔데. 내가 알면 안 돼?”

“아지야.”

“응?”

아지가 팔을 들어 홍태산의 목을 감쌌다. 홍태산이 아지의 어깨를 어루만지며 다시 천정을 바라보았다. 잠시 침묵의 시간이 흘렀다. 아지가 홍태산의 목을 흔들었다.

“말을 해. 왜 갑자기 말이 없어.”

“아지야.”

“아이고 답답해. 말을 하라고. 뭐 혹시 다른 여자가 생겼다는 거야? 그런 이야기 하려고 이렇게 뜸 들이는 거야?”

“그런 것이 아니다.”

홍태산은 여전히 어떻게 말을 꺼내야 할까 궁리 중이었다. 최아지가 정말로 의심스럽다면서 자리에서 벌떡 일어나 홍태산을 내려다보았다.

“이 양반 진짜 의심스럽네. 똑바로 말하지 못해?”

아지의 풍만한 가슴이 홍태산의 시야를 덮어 버릴 기세다. 홍태산이 시선을 돌려 아지의 얼굴을 올려다보며 숨을 골랐다.

“아지야. 너 나하고 큰일을 함께 해야겠다.”

아지가 놀란 표정을 지었다.

“큰일이라니. 뭔데.”

홍태산이 천천히 몸을 들어 올렸다. 탄탄한 가슴과 울뚝불뚝한 근육의 어깨가 여전히 살아 있다. 아지가 오른손으로 남자의 가슴을 쓰다듬었다. 홍태산이 아지의 오른손을 꽉 쥐었다.

"아야!"

아지가 홍태산의 표정을 보면서 뭔가 심상치 않은 일임을 직감했다. 그리고는 정좌 자세로 바꾸었다. 홍태산이 다시 아지의 두 손을 잡아당겼다.

"아지야, 너 나하고 해야 할 일이 있다. 아주 중요한 일이다. 우리의 장래가 걸려 있을 수도 있는 일이다. 그만큼 아주 조심스럽게 일을 추진해야 한다. 누구에게도 알려서는 안 돼. 너와 나만의 일이 돼야 한다."

아지도 진지한 표정을 지었다.

"무슨 일이에요?"

"아무리 봐도 지금 충주 목사 집에 중전 그러니까 민비가 와 있는 것 같다."

"엥? 민비가?"

아지가 이상하다는 듯이 고개를 갸우뚱했다.

"병사들이 죽였다고 했잖아. 장례를 치렀다는 것 같던데…."

"근데 그게 아닌가 봐. 거의 틀림없는데 지금 그 집에 숨어 있는 것 같아. 주변 정황도 심상치 않다. 누군가가 매일같이 서울과 연락을 위해 왕래를 하고 있어."

"무서워."

"무서워할 것은 아니고."

"근데 큰일을 해야 한다는 것은 무슨 말이야."

"으응, 그러니까 이번 일만 성공하면 아지하고 나는 한양으로 갈 수도 있다."

"어떻게 갈 수 있다는 거야?"

"그건 아지가 내 말대로만 하면 돼. 아지는 다른 거 생각할 것 없다. 그저 내 말대로만 하면 된다."

"도대체 무슨 말인지 모르겠어."

"쉽게 설명하지. 민비가 지금은 여기 숨어 있지만 세상 돌아가는 것으로 봐서는 곧 한양으로 환궁할 가능성이 높다. 그러니까 아지가 그 집으로 가서 점을 쳐 주는 거야. 대담하게 서울로 돌아갈 수 있다고 예언을 하는 거지. 그것만 맞으면 우리한테는 어마어마한 행운이 찾아올 수도 있다."

"그러니까 어떻게?"

"그러니까 내 말대로 하면 된다니까."

홍태산은 며칠 사이에 자신이 가지고 있는 정보망을 총동원했다. 돈도 많이 뿌렸다. 최의재가 경아전의 인맥을 뚫고 다니면서 정세를 파악했다.

최의재의 정보망에 따르면 지난 군란은 반일 감정이 노골적으로 드러난 사건이었다. 일본의 제안으로 만들어진 별기군이 만신창이가 됐고 일본 공사관이 불타 잿더미가 됐다. 별기군의 훈련 교관까지 살해당했다. 이 때문에 일본에 출병의 구실을 주고 말았다.

다른 한편으로 고종과 민비는 대원군 몰래 청국에 지원을 요청하는 밀사를 보냈다. '일본군의 개입을 저지하도록 온정어린 조치를 간원한다.'는 내용이었다. 더군다나 난병 쪽에 가담한 대원군 탓에 일본군이 개입하는 만큼 그의 죄를 엄중히 다스릴 필요가 있다는 의사를 강력하게 피력했다.

고종은 집정 대원군 몰래 민태호와 조영하를 내전으로 불러들여 청으로 출발하라고 지시했다. 마침 김윤식과 어윤중 등이 천진에 머물고 있으니 그들과 합류하여 청국 정부에 고종의 의중을 전하라는 밀명이었다.

이 같은 정보는 내관들로부터 경아전들에게 전해졌고 다시 최의재에게 흘러 들어갔다.

결론적으로 말해 일본군과 청나라 군대가 머지않아 조선으로 들어온다는 이야기다. 일본군은 물론이고, 청군까지 들어오면 대원군은 끝장이다. 이러나저러나 양쪽에서 원한을 산 대원군은 밀려날 수밖에 없다. 그럼 그 다음 차례는 민비의 환궁이다. 남은 문제는 그것이 언제냐일 뿐이다.

홍태산은 최아지를 앞세워 민비에게 접근하기로 했다. 그리고 민비에게 환궁의 점을 쳐 주는 것이다. 점괘가 맞는 것으로 드러나면 일약 미래를 정확히 예측할 수 있는 무당으로 대접받게 된다. 민비에게는 더할 바 없는 인생길의 영도자가 되는 것이다. 그 길로 민비와 함께 창덕궁으로 입궁할 수 있을 것이다.

홍태산은 안다. 이 세상에 돈보다 더 큰 힘은 없다. 그런데 세상 돌아가는 것을 지켜보면서 새로운 사실을 깨닫게 됐다. 세상에 권력보다 더 무서운 힘은 없다. 그것은 돈의 몇 배, 몇십 배의 힘을 발휘한다. 그 권력이 모여 있는 곳이 바로 창덕궁이었다. 이 조선 땅에서 창덕궁보다 더 무서운 곳은 존재하지 않는다.

홍태산은 맹렬하게 주판을 두들겨 보았다. 비록 극히 낮은 확률이지만 민비가 재집권하리라는 자신의 정세 판단이 틀릴 수도 있다. 하지만 어쩌겠는가. 민비에게는 최아지가 그냥 엉터리 무당으로 치부되는 것이고, 홍태산과 최아지는 다시 일상으로 돌아가는 것뿐이다. 밑져야 본전이다. 다시 심기일전해서 새로운 먹거리를 찾아 나서면 된다.

이번 사업은 위험에 처할 가능성이 영에 가깝다. 차라리 가짜 선원보략을 파는 것이 훨씬 더 위험한 일이다. 위험하지 않은 모험이니 하지 않을 이유란 어디에도 없다. 투자 비용이 들어가는 것은 사실이다. 하지만 큰일을 도모하다 보면 그 정도의 투자는 마땅한 것 아닌가.

홍태산은 과거 장호원 분견대장의 집으로 놀러 갔을 때, 잠깐 대원군의 권력 쟁탈전 이야기를 들은 적이 있다. 분견대장의 부친이 대원군의 심복의 심복이었기에 직접 경험했고, 아버지가 직접 자신에게 들려준 것이라고 자랑했다.

"대원군은 파락호 시절 남몰래 조 대비에게 충성을 바치면서 후일을 도모했던 거지. 그런데 아무도 의심하지 않았어. 그 사람 상갓집 개라는 소리를 듣기도 했다는 거 알아?"

"그 정도야 알죠."

"그런 파락호 시늉은 철저히 자신을 감추기 위한 연극이었어. 그래야 안동 김씨들이 자신에 대한 경계심을 풀 테니까. 하긴 흥선군 이하응은 자신의 친형인 경원군 이하전이 어떻게 죽었는가를 두 눈으로 똑똑히 목격한 사람이잖아. 죽은 이유가 뭐야. 지나치게 똑똑했기 때문이지. 이하전도 헌종을 이을 유력한 왕위 계승 후보자 중 하나였어. 하지만 안동 김씨들이 약간 모자라는 철종을 내세운 것은 만약 두뇌가 명석한 이하전이 왕위를 이어 받을 경우 자신들의 세도정치가 위험해질 가능성이 크다고 생각한 거고. 이하전은 똑똑한 데다 강직한 성품이 문제였지. 철종에게 '이 나라 조선이 전주 이씨의 나라인가, 안동 김씨의 나라인가?'라고 항의했다가 결국 이 발언이 문제가 되어 역모를 뒤집어쓴 채 유배지 제주도에서 사약을 마시게 됐잖아. 흥선군은 자신도 형처럼 될까 봐 나름 가면을 쓰고 발버둥 친 셈이야. 어쨌든 그런 처세술이 완벽한 성공을 거둔 거고."

분견대장의 이야기를 들으면서 홍태산은 대원군을 다시 인식했다. 대장은 밥숟가락을 놓고 숭늉을 마시면서 이야기를 계속해 나갔다.

"그러다 철종이 죽자 마침내 오랫동안 얼굴에 써왔던 가면을 벗어 던지는 기회가 도래했지. 자기 손으로 일국의 왕을 만들고 자신은 대원위 대감으로 통치 권력을 한 손에 쥐게 된 거야. 남자로서 멋지지 않아?"

홍태산도 감탄에 동의했다.

"멋지네요."

분견대장은 그러면서 대원군이 마치 중국 역사상의 여불위와 흡사하다는 이야기까지 늘어놨다. 여불위? 분견대장은 간단히 진시황을 만든 장사꾼이라고 설명했지만 왕을 만들어 가는 그 과정이 너무나 궁금했다.

장사꾼이 일국의 왕을 만든다? 그것도 진나라 왕을? 홍태산은 분견대장의 집을 나오자마자 직접 중국 역사서를 찾아 나섰다. 누군가가 사마천의 사기에 나오는 여불위열전을 읽으면 된다고 알려 주었다.

홍태산은 거기서 여불위라는 인간을 두 눈으로 목격하게 됐다. 읽고 또 읽었다. 그에게는 너무나 황홀한 지적 쾌감이었다.

사마천은 말했다.

"여불위는 시대의 흐름을 꿰뚫어 보고 투자할 가치가 있는 대상에 아낌없이 투자하는 거상(巨商)이었다."

여불위는 단순히 물건을 사고파는 장사치가 아니었다. 그는 사람에게서 정치적 가치를 발견하고 사람마저 투자의 대상으로 여기는 비범한 상인이었다. 그가 없었다면 진나라에 장양왕은 없었고 자연히 그의 아들 진시황도 세상의 빛을 보지 못했을 것이다. 즉 여불위가 없었으면 중국 최초의 통일국가도 없었을 것이다.

여불위는 상인이면서도 늘 다방면의 책을 손에서 놓지 않았다. 그의 상업적 재능이 여타 상인들에 비해 뛰어날 수밖에 없었던 배경이다. 그는 초, 연, 제, 한, 위, 조 여러 나라를 종횡으로 돌아다니며 최저 가격을 찾아 물건을 구입하고 최고 가격을 찾아 매각했다. 그의 집에는 천금, 만금의 돈이 쌓였다.

그렇게 여러 나라를 돌아다니던 중이었다. 조 나라 수도 한단에서 여태껏 팔고 샀던 여러 물건들과는 비교도 되지 않는 값어치 있는 진품을 발견했다. 바로 진나라 태자인 안국군의 아들 이인이었다. 그는 당시 조 나라에 인질로 와 있었다.

왕의 핏줄은 말뿐이고, 너무나 초라하게 살고 있는 이인을 보자 여불위는 동정심과 함께 투기 감각을 느꼈다. 사마천은 이를 '기화가거(奇貨可居)'라고 표현했다. 진기한 물건이나 사람을 잘 간직하면 훗날 큰 이익을 얻을 수 있다는 뜻으로, 좋은 기회를 놓치지 말고 잡아채야 함을 이르는 말이다.

여불위는 이인을 목격한 그날 밤 아버지와의 대화에서 이렇게 토로했다.

"아버님, 밭을 가꾸면 이익이 얼마나 됩니까."

"열 배 정도 나오겠지?"

"그럼 금은보화를 사고팔면 얼마나 됩니까."

"백 배쯤 아니겠나."

"내 손으로 나라의 주군을 세울 수 있다면요?"

"그야 헤아릴 수조차 없겠지."

여불위가 정색을 하며 아버지에게 각오를 피력했다.

"그렇습니다. 아버님. 논밭에서 땀 흘려 일해도 따뜻한 의복과 남아도는 음식을 얻기가 보통 힘든 것이 아닙니다. 그러나 나라를 다스릴 주군을 내가 세울 수 있다면 그 혜택은 후세의 자손들에게까지 거대한 재부를 남길 수가 있습니다. 진 나라 공자인 이인이 조 나라에 인질로 와 있습니다. 그곳으로 가서 그에게 봉사하고 싶습니다."

머칠 후 이인을 찾아간 여불위는 "제가 귀하의 가문을 크게 높여 드리겠습니다."라고 밝혔다. 이인은 지금 자신이 처한 상황을 생각하며 껄껄 웃었다. 그러나 여불위의 다음과 같은 발언에는 웃지 않았다.

"저에게 공자를 왕위에 올릴 계책이 있습니다."

이인이 마침내 진지한 표정으로 관심을 보였다. 여불위는 즉시 계책을 행동으로 옮겼다. 막대한 재물을 풀어 진나라 궁정 내부의 사람들을 매수해 나갔다. 시간이 갈수록 진 나라 조정 안의 모습이 환하게 그려지기 시작했다. 누구와 누가 권력자이고 누가 누구와 연결돼 있으며, 누구는 누구를 좋아하거나 싫어하고 등. 그와 더불어 진 나라를 둘러싼 국제정세는 어떻고 그로인한 고민은 무엇이고 등이 섬세하게 드러났다.

당시 진나라는 소양왕이 다스리고 있었다. 그는 안국군을 태자로 삼았다. 안국군에게는 이미 수십 명의 아들이 있었다. 그런데 정작 안국군이 가장 총애하는 정실인 화양부인과의 사이에 아들이 없었다. 태자에게 서자들만 있고 적장자가 없는 것이다. 여불위는 여기에 착목했다. 수십 명의 아들 중 하나인 이인을 안국군의 태자로 만들어야 한다.

여불위는 이인에게 건의했다. 진 나라 안에 당장 이인에 대한 평판이 높아져야 한다는 것이었다.

"제 지갑은 당신의 지갑입니다. 진나라 조정에 인맥을 구축하는 데 돈을 아끼지 마십시오."

이인이 교제 범위를 마음껏 넓혀가는 동안 여불위는 따로 안국군의 정실인 화양부인의 가족에게 접근했다. 귀중한 선물이 오갔다. 시간이 지나자 여불위는 자연스레 화양부인의 부친에게 이렇게 말할 수 있었다.

"미모로 사랑을 받는 사람은 미모가 시들면 사랑도 식게 마련입니다. 지금 부인께서는 태자의 사랑을 받고 있지만 불행히도 아들이 없습니다. 하루 빨리 여러 아들 가운데 현명하고 효성스러운 아들과 인연을 맺어 그를 양자로 삼으십시오. 그래야 안국군이 살아 있을 때 귀한 자리를 유지할 수 있으며, 남편이 죽은 뒤 양자가 왕위를 물려받아 안녕과 태평을 이어 나갈 수 있습니다."

화양부인 덕에 영화를 누리고 있던 육친에게도 이는 집안의 사활이 걸린 매우 중요한 문제였다. 화양부인도 부친이 전한 여불위의 건의에 깊은 관심을 보였다. 틀린 말이 하나도 없었기 때문이다. 나에 대한 안국군의 애정이 다른 곳으로 옮겨간다면? 생각만 해도 소름 끼치는 일이었다.

여불위는 조심스레 이인을 추천했다. 그 전에 이인으로 하여금 화양부인의 고향인 초나라식으로 개명하도록 조치했다.

"이인은 지금 조 나라에 억류돼 있지만 현명하고 효심이 지극합니다. 자신의 이름도 화양부인의 출신인 초 나라의 이름을 따서 자초라고 개명을 했습니다."

이인이 화양부인을 따르고 있다? 이름까지 자초로 했다지 않는가. 화양부인의 마음이 움직였다.

여불위의 탁월한 능력 발휘로 자초는 마침내 화양부인을 새 어머니로 모시게 됐다. 소양왕이 죽자 안국군이 왕으로 등극했다. 이인이 안국군의 적자로서 태자의 지위를 물려받게 됐다. 안국군은 여불위를 불러 이인의 스승 겸 보좌관으로 임명했다.

안국군은 왕으로 즉위한 뒤 얼마 못 가 사망했다. 드디어 화양부인의 아들인 자초 즉 이인이 장양왕으로 즉위했다. 장양왕이 즉위 삼 년 만에 죽자 자초의 아들 정(政)이 열세 살의 나이로 즉위한다. 그가 통일 제국 진나라를 건국한 진시황이다.

그럼 진시황은 정말로 이인의 아들인가. 누구의 아들인가를 점칠 수 있는 하나의 단서가 있다. 이인이 조 나라에 있을 때였다. 여불위가 베푼 술자리에서 이인은 여불위의 애첩인 조희를 보고 한눈에 반했다. 그리고 여불위에게 그녀를 달라고 졸랐다.

그때 조희는 여불위의 아이를 갓 임신하고 있었다. 여불위는 분노했지만 속으로 삭히면서 조희를 양보한다. 이인에게 간 조희는 아이를 낳았고 그 아이가 정이었다. 미래의 진시황이다.

보잘 것 없는 인질에 불과했던 자신을 장양왕으로 만들어 준 사실을 이인은 잊지 않았다. 여불위를 승상으로 삼았다. 낙양 십만 호의 영지가 여불위에게 하사됐다.

핏줄의 본능인지 아니면 조희의 속삭임 때문인지 알 수 없는 노릇이다. 태자인 정은 왕위에 오르자 여불위를 승상보다 위인 상국으로 삼고 작은 아버님 즉 중부(仲父)로 모셨다. 이로써 마침내 여불위의 세상이 펼쳐진 것이다.

홍태산은 자신의 팔을 베고 누워 있는 최아지를 쓰다듬으며 마음을 새로이 가다듬었다.

'나라고 여불위가 되지 말라는 법이 어디 있단 말인가.'

들어맞은 예언

최아지는 대무(大巫)가 입는 화려한 무당복으로 갈아입은 후 소 수레를 탔다. 수레에는 앉기 편하게 두터운 방석을 깔았다. 백화산에서 민 목사의 자택까지는 꽤 거리가 있다. 아침 일찍 출발해야 했다. 이날은 민 목사 자택의 근처 집에 일부러 약속을 잡아 놓았다. 자택 앞을 지나는 것이 자연스러울 필요가 있었기 때문이다.

근처 집에서의 점괘 풀이는 긴 시간을 소요하지 않았다. 그 집에서 제공한 점심 식사를 마친 후 곧바로 민 목사 집으로 향했다. 저택 앞에 이르자 동네 사람들이 구경삼아 화려하게 장식된 수레 주위를 감쌌다. 무당이 갑자기 놀란 표정을 지으며 저택의 솟을대문을 한참이나 노려보았다. 무당이 수레 몰이꾼에게 말했다.

"잠시 멈추게."

무당이 수레에서 내려와 두 손을 모아 절을 올렸다. 작은 소동이 벌어지자 얼마 후 대문이 열리고 노비 한 명이 바깥을 내다보았다. 무당 하나가 자기 집을 향해 절을 올리고 있었다.

"무얼 하는 거요? 남의 집 앞에서."

무당은 말이 없었다. 노비를 쳐다보지도 않았다. 청지기로 보이는 늙은 남자가 노비 옆으로 삐져나오다 무당을 목격했다.

"뭐하는 짓인가?"

무당은 청지기를 옆눈으로 보면서 잘 들리지 않는 목소리로 말했다.

"이상한 일이다, 내 일찍이 이런 경험을 해 본 적이 없어."

"뭐가 이상하다는 거야?"

"내 일찍이 이 집 앞을 여러 번 지나 다녔지만 오늘의 이런 느낌은 처음이다."

"무당이 갑자기 귀신이 씌었나. 내 원 참."

"귀신도 이런 느낌은 주지 않는다."

"흥."

청지기가 별일 다 봤다는 듯이 콧방귀를 끼면서 뒤로 돌아 들어갔다. 무당은 여전히 조심스럽게 양손을 들고 합장 기도를 올렸다.

무슨 말을 들었는지 민 목사의 부인이 문밖을 쳐다보았다. 무당을 보고 "무슨 일인가?"라고 물었다.

무당이 부인을 보자 부인에게 기도를 올리는 동작을 취했다. 부인이 그제야 아는 체를 했다.

"가만히 보자. 백화산 무당 아닌가. 자네가 웬일인가."

"그러게 말입니다. 너무나도 괴상한 느낌이 몰려와서 저도 궁금하기 짝이 없습니다. 이렇게 가슴이 떨린 적이…."

"가슴이 떨려? 무슨 말인가?"

부인이 궁금하다는 듯이 되물었다. 무당이 부인의 얼굴을 직시하며 떨리는 이유를 설명했다.

"저기 저 본채 지붕 위를 보십시오. 용마루에 좀처럼 보기 드문 상서로운 기운이 떠돌고 있지 않습니까. 내 무당 생활 중 저렇게 서기(瑞氣)가 충만한 경우를 목격한 적은 단 한 번도 없습니다. 놀라운 일입니다."

"상서로운 기운이라니?"라며 부인이 본채의 용마루를 올려다보았다. 부인의 눈에 그 뭔가가 보일 리 없었다.

"무슨 말을 하는지 모르겠구먼."

"저런 상서로운 기운은 두 가지 경우밖에 없습니다. 이 집에서 태양처럼 밝은 빛을 내실 인물이 태어날 조짐이거나, 아니면 이미 어떤 분이 저렇게 엄청난 기운을 발산한다는 뜻입니다."

부인이 심각한 표정을 보이기 시작했다. 자기 나이가 몇인데 이제 아이를 낳는다는 말인가. 그렇다면 결국 무당의 말대로 어떤 분의 몸에서 서기가 발산된다는 뜻이 아닌가.

부인이 주변에 많은 구경꾼들이 있는 것을 그제야 발견했다는 듯 당황한 표정을 지으며 무당을 향해 말했다.

"거기에 서 있지만 말고 일단 집 안으로 들어오게. 들어와서 자세한 이야기를 해 보게."

부인이 청지기를 향해 무당을 안내하라고 지시했다. 무당이 솟을대문 안으로 들어갔다. 연신 기도드리는 몸동작을 멈추지 않았다.

안마당에 들어섰을 때 무당은 부인이 이미 모습을 감췄다는 것을 눈치챘다. 내실로 바삐 들어갔다는 뜻이다. 청지기와 여종이 주위를 지켰다. 무당은 동작을 멈추고 가만히 용마루만을 쳐다보았다. 청지기와 여종 역시 고개를 들어 지붕 위를 쳐다보았다. 그저 맑은 하늘 저편에 흰 구름이 떠 있을 뿐이다. 둘은 서로를 바라보며 고개만 갸우뚱했다.

잠시 후 다시 부인이 나타났다. 주위를 살피더니 청지기와 여종에게는 물러가라고 손짓했다. 청지기와 여종이 물러가자 부인이 무당을 향해 속삭였다.

"자네 분명히 용마루에 서기가 흐른다고 했겠다?"

"제가 못 본 것을 봤다고 하겠습니까. 저렇게 푸르른 기운이 뻗어 나가고 있지 않습니까."

"예전에는 한 번도 본 적이 없는 기운인가?"

"일단 제 기억에는 없던 것으로 압니다."

"또 다른 것은 없나? 그러니까 예전에 경험하지 못한…."

무당이 고개를 옆으로 기울였다.

"잘 모르겠습니다. 그런데 제 몸 안에서 신이 움직이는 것은 느껴집니다. 제가 모시는 관운장님이신 것 같습니다. 이 시간에 저를 찾아오는 적은 별로 없는데 웬일인지 모르겠습니다."

"그래? 으음, 어쨌든 나하고 같이 들어가세. 들어가서 자세한 이야기를 더 나눠 보세."

부인이 무당에 앞서 중간 문을 통해 내실로 들어갔다. 무당이 뒤를 따랐다. 내실에는 아무도 보이지 않았다. 교교했다. 툇마루 가까이 가더니 부인이 어깨 너머로 무당을 힐끗 쳐다보았다. 무당은 조용히 안방

쪽을 향해 합장 기도를 올렸다. 몸짓 하나하나가 공경의 극치를 이루고 있다.

부인이 어쩔 수 없다는 듯한 몸짓으로 안방을 향해 말을 건넸다.

"데리고 왔습니다. 어떻게 할까요?"

아무런 소리도 들리지 않았다. 그러더니 잠시 후 조용한 목소리가 방 안에서 새어 나왔다.

"들어오게."

무당은 고개를 숙인 채 눈을 크게 떴다. 있다. 누군가가 있다. 홍태산의 자신감에 찬 설명에 따르면 민비라는 것이다. 그러니까 일국의 왕비가 지금 저 방 안에 있다는 이야기다. 온몸이 경직되는 느낌이었다. 무당은 침착해야 한다고 다짐했다.

부인이 무당을 향해 손짓을 했다. 둘이 조용한 동작으로 마루에 올라섰고 이윽고 부인이 안방 여닫이문을 밀어 열었다. 방 안쪽 가운데에 서안이 놓여 있고 서안 위에는 편지지가 여러 장 한꺼번에 쌓여 있다. 그 바로 옆에 벼루와 연적, 붓 등이 어지럽게 널려 있다. 무언가를 쓰던 중이었음을 알 수 있다.

고관대작의 정장인 원삼 차림의 자그마한 여인이 팔걸이에 팔을 올려놓은 채 앞을 보고 있었다. 계란형의 얼굴에 입술조차 자그마하다. 쪽진 머리가 정갈하다. 정숙한 자세에도 눈매가 살아 있음을 직감할 수 있었다. 무당은 시선을 내리깔면서 자기를 향한 상대방의 시선을 피했다.

"대령하였습니다."

부인의 말투가 새롭다. 분명히 궁궐에서 쓰는 용어 아닌가. 홍태산의 말이 맞는 것 같다. 하지만 홍태산은 끝까지 민비로 단정 짓지 말고 말을 흐리라고 했다. 말을 흐리되 상대방의 반응을 끝까지 탐색하라고 강조했다.

민비다. 그러나 민비를 가정하고 대화를 하되, 민비라고 단정 지어 말하지는 말아야 한다. 가정과 단정은 엄연히 다른 것이다.

앞에 앉아 있는 여인이 입을 열었다.

"밖에서 뭐라고 말을 했다는데 무슨 말이냐."

작고 차분한 목소리이지만 위압적이다. 하지만 압도당해서는 안 된다. 무당으로서의 자세만 고집하면 된다. 무당이 어깨를 폈다. 눈을 감은 채 입술을 움직이며 알 수 없는 말을 중얼거렸다. 뜸을 들여야 한다. 잠시 후 눈을 뜨고 앞의 여인을 직시했다.

"저는 관운장을 모시는 무당입니다. 때때로 가슴 속의 신이 갑자기 가슴을 두드릴 때가 있습니다. 어떤 무당은 꿈에 자신의 옛날 남자를 만나면 다음 날 낮에 그와 닮은 남자 손님이 나타난다고 하고, 어떤 무당은 꿈에 어머니가 나타나면 다음 날 손님들 가운데 어머니와 빼닮은 부인네가 찾아올 때가 있다고 합니다. 저 역시 그럴 때가 있습니다."

"그래? 그럼 어제 꿈에 누가 나타났느냐?"

"아닙니다. 꿈에 나타난 것이 아니라 이 집 앞을 지날 때 갑자기 가슴에 통증이 오는 듯했습니다. 이상하다 싶어 머리를 들었는데 놀랍게도 이 집 지붕 위 용마루가 환하게 빛을 뿌리기 시작했습니다. 이상하다 싶어 자세히 보니 분명 푸르른 서기였습니다. 전에 좀처럼 경험하지 못한 느낌이 제 가슴에 꽉 차올랐습니다. 그래서 그 즉시 수레에서 내려 합장하고 기도를 올렸습니다."

“서기라고? 상서로운 기운 말이냐?”

“그렇습니다. 분명 용마루 위에 피어났습니다. 제 눈으로 똑똑히 봤습니다.”

“그럼 이 집에 그에 합당한 것이 있다는 것 아니냐.”

“그럴 것이라고 추측합니다. 누군가가 귀하신 몸을 임신 중이던가 아니면 우러러 봬야 할 분이 안에 계시는 것이 분명했습니다. 저는 신의 기운으로 무당 노릇을 하는 사람입니다. 확신할 수 있습니다.”

여인이 잠시 침묵을 지켰다. 무당 옆에 다소곳이 앉아 있는 부인은 “아까 저에게도 똑같은 말을 했습니다.”라고 덧붙였다. 앞에 앉아 있는 여인의 입가에 미세한 웃음이 번지는 것을 무당은 눈치챘다. 관심을 기울이는 증좌다. 여인이 말했다.

“그럼 그 서기를 뿜어내는 사람이 지금 이곳에 있다는 이야기 아니냐.”

“감히 말씀드리자면 저도 아니고, 죄송하나 옆에 있는 목사댁에게서도 느껴지는 것이 아닙니다.”

무당은 여기서 잠시 멈췄다. 그리고 한 호흡과 함께 뒤를 이어갔다. 끝내 상대의 정체를 알지 못한다는 투였다.

“다만 삼가 말씀드리자면 앞에 앉아 계신 분에게서는 조금 느낌이 다릅니다.”

그때야 여인이 빙긋 웃는 모습을 보였다.

“그래? 그럼 내가 누군지는 아직 모르겠느냐.”

“제가 생각하기에 높은 신분의 정경부인이나 그 이상으로 짐작되나, 말씀을 하지 않으시니 그저 추측을 해 볼 따름입니다.”

충주목사 댁이 놀라는 표정을 지었다. 여인이 목사 댁을 향해 미소 지으며 말을 이었다.

"서기가 어린다고 하지 않았느냐."

"그러기에 저도 궁금하기 짝이 없습니다. 아무리 정경부인이라 해도 서기가 흐르기는 어려운 법입니다."

"자네 무당 일을 하면서 이곳 이야기를 저곳에서 하고, 저곳 일을 이곳에서 풀거나 그런 짓을 하나?"

무당이 크게 놀라는 표정을 지었다. 곧 진지한 표정으로 바뀌었다.

"그렇게 말씀하시면 큰일입니다. 그야말로 제가 모시는 신이 허락하지 않는 짓입니다. 그건 무당이 할 일이 아닙니다. 제가 여지껏 무당으로 세상에 받아들여지는 것은 저 스스로 신을 제대로 모시고 있다는 징표이기도 합니다. 감히 무례를 무릅쓰고 말씀드리는 데 그건 무당을 욕되게 표현하시는 겁니다."

여인이 고개를 크게 끄덕였다.

"일이 일이니만큼 한 번 물어본 것뿐이다."

여인이 다시 목사 부인과 무당을 번갈아 보더니 어렵사리 입을 열었다.

"내가 창덕궁을 떠나 잠시 이곳에서 시간을 보내는 중이다."

"창덕궁이라면? 그럼…, 중전마마?"

여인이 다시 고개를 끄덕였다.

"그렇다."

무당이 그 자리에서 벌떡 일어나 절을 올렸다. 절하는 자세 그대로 무당이 말했다.

"몰라 봬서 죽을죄를 저질렀습니다. 그래도 제 신은 중전마마를 알아본 것이라 생각됩니다. 분명 용마루에 서기가 피어오를 때 알아 봤어야 마땅한데 다 제 불찰입니다. 저의 신기가 부족했습니다. 중전마마에게 커다란 죄를 저질렀습니다.”

“괜찮다. 놀라지 마라. 그래도 다른 무당과는 역시 급이 다르구나. 너는 신기가 떨어졌다고 했지만 내가 보기에 신기가 보통이 아니다.”

민비가 목사 부인을 향해 눈치를 줬다. 목사댁이 조용히 일어나 방을 나섰다. 방안에 단 둘뿐인 것을 확인한 민비가 무당을 향해 물었다.

“내 한 가지 알고 싶은 것이 있는데 가능하겠느냐?”

“제 신이 허락하는 것이라면 뭐든지 말씀드리겠습니다.”

“내가 여기 머문 지도 시간이 많이 흐른 듯하다. 하지만 지금 한양의 정세는 급박하다. 여러 가지로 조바심이 나는 것도 사실이다. 혹시라도 좋으니 네가 점괘라도 내놓을 수 있겠느냐. 내가 언제쯤 한양으로 돌아 갈 수 있을지 궁금하구나.”

마침내 홍태산이 기다리던 기회가 왔다. 홍태산은 예언했다.

“그 사람이 원하는 것을 주어라. 그 사람이 목매어 기다리는 것은 환궁하는 것이다. 반드시 무당 앞에서 점괘를 물어볼 것이다. 언제쯤 환궁할 수 있느냐가 그 사람의 최대 관심사일 것이다.”

과연 민비가 자신의 속내를 드러냈다. 무당이 말을 받았다.

“뜻밖의 일이라 마음의 준비를 하지는 않았지만 중전마마의 명이니 만큼 제 혼을 다해 보겠습니다.”

무당이 자세를 고쳤다. 그리고 옆구리에 달려 있던 방울을 꺼내 들었다.

“잠시만 기다려 주십시오. 제 신을 불러들여야 합니다.”

“걱정 말고 준비되는 대로 해라.”

무당이 오른손으로 쥔 방울을 조용히 흔들었다. 잠시 후 방울 소리가 커져 갔다. 얼마나 흔들었을까. 갑자기 무당의 몸이 경련을 일으켰다. 고개를 좌우로 흔들었다. 그러더니 무당의 입에서 민 중전을 향해 무례한 말들이 쏟아졌다.

"네가 본시 만인지상의 귀한 상을 타고 나기는 했으나, 일시 신령님의 노여움을 사서 이십 전에는 풍파도 많이 겪었겠구나. 하지만 이십을 넘어 만사가 형통했도다. 어느덧 십 년 세월이 지나 삼십을 넘기려니 또 다른 고난과 풍파가 기다리고 있으니 이 어찌하겠느냐. 다행히 이번 풍파만 견뎌 내면 또다시 만사형통하리니 그 또한 기쁜 일이도다. 앞으로의 삶은 지금을 어떻게 견뎌 내야 하는가에 달렸으니 잠시도 한눈팔지 말고 기도하고 또 기도해야 하느니라."

잠시 침묵하던 무당이 번쩍 눈을 떴다. 그리고 민비를 바라봤다. 민비의 얼굴이 환하다.

"잘 알았다. 네 신이 참으로 신통하구나."

"저의 신도 감격한 듯 기뻐했습니다. 참으로 귀한 분을 만나 신 역시 막힘없이 점괘를 쏟아 냈습니다."

"그래, 고맙다. 그럼 또 하나 물어보자, 내 언제쯤 환궁이 가능하겠느냐."

"그 점에 대해서는 신께서도 고개를 갸웃하셨습니다. 하지만 곧이어 말씀하셨습니다. 앞에 계신 귀한 분은 머지않아 모든 것이 제자리를 찾아갈 것이라고 했습니다. 그러면서 한 달 가량은 고생이 멈추지 않을 것이라고 내다보셨습니다."

전날 홍태산은 청과 일본의 군대 개입이 불가피하다고 말했었다. 그러면서 아지에게 분명한 어조로 말했다.

"하지만 지금의 정세로 봐서는 정확한 날짜를 예측하기가 어렵다. 그러니 환궁을 약속하더라도 조금 기일을 넓게 잡아 점괘를 보여 줄 필요가 있어."

아지가 홍태산에게 물었다.

"왜?"

"환궁이 점괘보다 더 빠르게 진행되면 환궁 점괘가 절묘하다며 더 기뻐할 것이지만 환궁 날자가 점괘보다 늦어지면 오히려 초조하고 불안해질 수 있어. 그래도 늦어지면 늦어지는 대로 점괘가 맞춰진 것으로 액땜은 할 수 있겠지. 어쨌든 중요한 것은 우리의 예측이 맞을 것이라는 점이야."

무당은 홍태산이 "우리의 예측이 맞을 것"이라며 자신감을 불어넣어 주던 장면을 기억에 떠올리며 스스로도 일말의 불안을 떨쳐냈다.

민비가 손가락을 두드리며 날짜 계산을 했다.

"지금이 칠월 보름이니 그럼 팔월 중순이라는 이야기구먼."

"그때까지는 좋은 소식이 올 것입니다. 신의 계시를 믿고 마음을 편히 하시는 것이 좋습니다. 지금 제가 보니 중전마마의 옥체가 많이 힘들어 보이십니다. 하루라도 빨리 건강을 회복하셔야 환궁 때도 힘을 발휘하실 수 있습니다."

"고맙다. 너의 점괘를 받아보니 지금 내 마음은 마치 날아갈 것 같구나. 네가 참으로 내 위로가 되고 있다."

"황공하기 짝이 없습니다."

"이왕 말이 나왔으니 어떠냐. 내가 여기 있는 동안이라도 나와 같이 있으면 어떻겠느냐. 나도 하루하루가 적적한데 말동무라도 하며 지내면 좋겠구나."

홍태산은 정확했다. 민비가 간절히 마음의 위안을 찾을 것이고, 네가 그 위안을 주는 동안 절대적으로 너한테 기댈 것이라고 예언했다. 지금 그대로 현실이 되고 있다.

"저 역시 중전마마를 만나 뵌 것이 어찌 영광스러운 일이 아니겠습니까. 게다가 중전께서 친히 저를 부르시니 몸 둘 바를 모르겠습니다. 그러나 죄송스러운 말씀이나 그러기 위해서는 사당으로 돌아가 사당부터 정리해야 할 듯합니다. 하루, 이틀만 허락하신다면 주변을 정리하고 돌아올 것으로 말씀드릴 수 있습니다."

"그래 그렇게 해라. 하지만 반드시 돌아와야 한다. 내 기다리마."

무당이 다시 머리를 조아렸다.

"어느 안전이라고 뜻을 거역하겠습니까."

민비가 갑자기 심각한 표정으로 무당을 바라보았다.

"사당엘 다녀오더라도 오늘 있었던 일은 철저히 비밀을 지켜야 한다."

"여부 있겠습니까. 제가 모시는 분은 중전마마든, 제 가슴 속에 살아 계시는 관운장님이든 다를 바가 없습니다."

민비가 웃으면서 눈빛으로 무당을 배웅했다.

요지경 한양이 기다린다

고종의 명으로 청국에 간 조영하 등은 청국 조정에 전후 사정을 낱낱이 고했다.

"이번 사변은 대원군의 배후 조종에 의한 것이었습니다. 왕비의 인척들을 비롯해 중신 다수를 살해하고 그가 실권을 장악했습니다. 곧 적절한 대응책을 강구하지 않을 경우 일본이 무력행사를 하려들 것이 불문가지입니다. 그렇게 된다면 청국은 앞으로 조선 문제로 곤란한 처지에 놓이게 될 것입니다."

청국 조정도 조선 사절단의 경고를 심각하게 받아들였다.

임무를 성공적으로 마친 조영하 김윤식 등이 청나라의 군함을 타고 인천항에 들어왔다. 하지만 조영하와 김윤식 등은 청국과의 교섭에만 만족하지 않았다. 칠월 중순 두 개 중대와 함께 서울에 도착한 일본 측 하나부사 전권대사를 찾아갔다. 그 자리에서 대원군과 그 일파의 일본에 대한 범죄 행각을 일일이 열거하며 그를 축출해야 한다는 고종의 의사를 전달했다.

하나부사는 조선 조정이 이미 대원군 배제로 마음을 굳혔으며, 신료 대부분이 대원군을 외면하고 있다는 조정 내 분위기를 완전히 파악했다.

대원군을 손봐야 한다는 생각은 청이나 일본이나 마찬가지였다. 조선에 도착한 청나라 군기처 종사관 마건충은 칠월 하순 대원군에게 서한을 보냈다.

"정세가 날로 복잡해지고 있습니다. 군사상 비밀리에 상담할 사항이 있으니 청군 주둔지로 내방해 주시기 바랍니다."

대원군은 지정된 시각에 남대문 밖의 군영으로 향했다.

집정 대원군을 위한 화려한 연회가 베풀어졌다. 대원군의 수하들은 밖에 따로 마련된 연회장으로 안내됐다. 연회가 한창이던 중 건장한 청나라 군인 여러 명이 마오타이 술을 즐기고 있는 대원군 곁으로 다가갔다. 그들이 한꺼번에 대원군에게 달려들어 군영 뜰에 준비돼 있던 가마 속으로 집어넣었다. 대원군은 곧바로 인천항에 정박 중인 청나라 군함에 실렸다.

팔월 초하루, 민비가 숨어 있는 장호원 민응식 목사의 자택 주변은 난리가 났다. 청나라 군인들이 대거 운집해 있었다. 솟을대문이 활짝 열리면서 민비를 태운 사인교가 나타났다. 민비의 사인교는 청국군 제독인 오장경이 지휘하는 병사 일백 명의 호위를 받았다. 사인교 뒤에는 영의정 홍순목 이하 여러 대신들이 말에 탄 채 줄지어 따라갔다.

행렬의 뒤편에는 민비의 뜻에 따라 별도의 가마에 탄 무당 최아지가 있었다. 무당은 천민이다. 소가 끄는 수레를 타던가, 아니면 때때로 나귀에 올라타고 이동을 한다. 그런 무당 최아지가 지금 사람이 메고 가는 가마를 타고 있다.

최아지 곁에는 홍태산과 그 일행이 자리 잡고 있었다. 홍태산은 민길주에게도 같이 갈 것을 권유했다. 앞으로 큰일을 하려면 한 명의 민씨 집안사람이라도 소중하다는 판단에서였다. 신뢰의 양산박 민씨 집안 아닌가. 비록 끈 떨어진 민씨라지만 그게 어떻단 말인가. 끊어진 줄은 다시 이으면 된다.

한양 도착은 열하루 날이었다. 남대문 밖에는 문무대신들이 모두 얼굴을 내비쳤다. 조선군 병사들도 출영 행사에 참여했다. 연도를 가득 메운 군중들이 언제 민비를 증오했냐는 듯 환호성을 울렸다. 민비는 사인교 안에서 조용히 웃음을 터뜨렸다.

"창덕궁이 떠나갈 듯한 소리로 '민비 년을 찾아 죽여라.'고 외치던 사람들 아니었던가. 호호호. 백성들이란 그저…"

고종은 눈물로 민비를 환영했다. 눈물이 좀처럼 멈추질 않아 민비가 자신의 소매로 고종의 눈물을 닦아 주었다. 민비가 없는 동안 고종은 거의 매일이다시피 설사와 두통으로 고통을 당했다. 민비 없이는 자립이 불가능한 삶임을 이토록 뼈저리게 느낄 줄은 몰랐다.

홍태산은 서울로 출발하기 직전 빠른 속도로 남은 숙제를 처리했다. 민 목사의 자택에서 함께 지내는 무당은 민비에게 속삭였다. 그 속삭임은 민비의 편지를 통해 고종에게 전달됐다. 편지는 하루 백이십 리를 달린다는 이용익을 통해 배달됐다.

고종은 편지를 접한 즉시 임오군란 직후 새로 부임한 경기 관찰사를 호출했다. 경기감영에 비상이 걸렸다. 감사는 곧바로 측근을 장호원 현감에게 보냈다. 감사의 통지문을 받아본 현감은 그 자리에서 무릎을 꿇고 벌벌 떨었다.

통지문에는 자신이 벌인 '마다리' 행각이 자세히 적혀 있었다. 박 첨지를 대상으로 벌인 부패 행각이 조정에까지 직보된 것이다. 부패 자체가 문제가 아니다. 불운하게도 부패 행각이 발각됐다는 것이 심각한 문제였다.

전 경기감사에게 엄청난 뇌물로 공을 들인 후 간신히 얻은 장호원 현감 자리였다. 부임했다지만 언제 해직당할지는 아무도 모른다. 더군다나 요즘 들어 수령 임기는 점점 더 짧아지고 있다.

뇌물로 바친 돈에 덤까지 듬뿍 걷어내려면 속도전이 필요하다. 현감은 취임하자마자 이방을 통해 장호원의 부자들 신원 보고서를 올리라고 특명을 내렸다.

이방은 무엇을 위한 특명인지 너무나 잘 알고 있었다. 부자들의 껍질을 벗겨 먹는 가장 빠른 수법이 마다리였기 때문이다. 신임 수령이 올 때를 대비해 미리 준비한 명단까지 있을 정도다. 신임 현감은 마다리 후보 목록을 훑어보면서 이방의 조언을 구했다.

이방이 한 명, 한 명 손가락으로 가리키며 여러 가지 이유를 대면서 이름들을 제외해 나갔다. 마침내 손가락이 멈춘 곳이 장호원에서 그의 땅을 밟지 않고서는 다른 곳을 갈 수 없다는 신흥 땅 부자 박첨지가 지목됐다. 소작농들의 수확은 절반이나 그 이상이 박첨지의 창고로 들어가야 했다. 추수를 걷은 지도 얼마 되지 않았으니 그의 곳간은 가득 찼을 것이 분명했다. 현감도 이방을 보며 고개를 크게 끄덕였다.

취임한 지 며칠 안 돼 현감이 박첨지를 관아에 초청했다. 저녁 요리들이 밥상에 정갈하게 차려져 있었다. 박첨지도 이미 의도를 파악한 만큼 취임 환영 인사차 천 냥을 성금으로 준비했다.

술잔이 몇 순배 돈 후 현감이 박첨지에게 넌지시 술잔을 건넸다. 심각한 표정으로 박첨지를 바라보았다.

"이거 비밀인데 박첨지만 알고 계시오."

박첨지가 갑자기 긴장한 채 자세를 바로 했다.

"예, 말씀하시죠."

"조정에서 이번에 박첨지를 발탁한 모양이오."

"예?"

"아, 나도 오늘 아침 통지를 받았소. 박첨지에게 청양군수 자리가 돌아갈 모양입디다."

"청양군수요? 저한테요?"

"그렇소."

“아이고, 별말씀을 어떻게 그런 귀한 자리가 저한테 돌아온단 말입니까. 하하하, 에이. 별말씀을 다. 제 잔이나 받으시지요.”

“조정의 결정이오.”

“저, 정말입니까? 정말 그렇다면 이런 황공한 일이 또 어디에 있겠습니까. 아이고, 이거 어떻게 해야 할지 난감합니다, 이거.”

현감이 또다시 심각한 표정으로 말을 이었다.

“나로서는 미리 축하의 인사말을 전하는 것이올시다.”

“정말인가 보군요.”

“하지만 요즘 세상 수령 자리 함부로 결정되지 않는 것 잘 아시겠지요?”

“아, 물론이죠, 그럼 저로서도 어느 정도는 준비를 해야 할 것 같습니다. 나리께서 좀 조언을 해 주시면 어떨까요?”

“그래서 말인데 박첨지도 만 냥 이상은 성의를 보여야 할 것입니다. 그래야 체면이 서지 않겠습니까. 윗선도 여러 층이 있는 것은 잘 아실 것이고.”

“예? 만 냥 이상이요?”

박첨지가 놀라서 들고 있던 술잔을 상 위에 내려놓았다. 몸이 경직되더니 갑자기 무릎을 꿇었다.

“나리, 나리께 죄송하기 그지없으나 제가 그 정도 재물은 가지고 있지 않습니다. 윗선에서 저를 그렇게 끔찍이 생각해 주시는 거야 이루 감사의 말씀을 다 드릴 수 없겠지만 저로서도 언감생심일 뿐입니다. 아이고, 이거 큰일 났습니다. 어떻게 하면 좋겠습니까. 저는 그냥 거덜 날 신세입니다.”

현감도 깜짝 놀라는 표정을 지었다.

"아, 그렇소? 이거 큰일 났네. 큰일이요."

"어떻게 안 되겠습니까?"

"허어 참, 그럼 어쩔 수 없소. 나로서도 윗선에 어렵다는 말을 전할 수밖에. 하지만 이거 조정의 의사를 뒤집는 거니 나로서도 이만저만 곤란한 게 아니외다."

"제가 충분히 사례를 드리겠습니다. 현감께서 중간에서 잘 말씀을 좀…."

박첨지의 얼굴은 이미 파래진 상태였다. 박첨지가 밥상 앞으로 다가왔다.

"제가 삼천 냥까지는 어떻게라도 준비해 보겠습니다. 그렇게 해서 해결만 해 주신다면 평생 은혜는 잊지 않겠습니다."

"하아~ 이것 참 낭패요, 낭패. 하아~"

박첨지 사태는 그렇게 삼천 냥으로 종결지었다. 박첨지는 삼천 냥의 은전을 마련하기 위해 이리 뛰고 저리 뛰어 간신히 구멍을 메꾸었다. 이렇게 해서 박첨지는 인사차 올린 돈과 수령 사직청원을 위한 돈까지 합쳐 사천 냥을 현감에게 바쳤다.

마다리는 많은 수령 방백이 써먹는 갈취 수법이다. 그들이 통치 지역 부자들에게 노리는 것은 결국 인사 발령 속임수에 대한 부자들의 서상 지심이다. 마다리는 "제발 마다하겠습니다."라는 소리에서 나오는 은어다. 즉 '마다하리' 세금의 준말이라 할 수 있다.

현감은 만족했다. 기분이 좋아 이방에게도 수고했다면서 백 냥을 집어 주었다. 그런데 문제는 다른 데 있었다. 경기감사의 긴급 통지서는 현감이 '조정'이라는 단어를 몇 번이나 언급했음을 적시하고 있었다. 사실 현감과 박첨지 간의 청양군수 취임 건에 조정은 개입한 적이 단 한

번도 없었다. 그런데 현감이 뻔뻔스럽게 조정을 참칭하고 팔아먹은 것
이다.

현감은 모든 것을 자인했다. 그저 목숨만 살려 달라고 애원했다. 측
근은 상부의 지시를 따를 뿐이라고 무표정하게 말했다.

현감은 그 자리에서 해직됐다. 이 정도에서 끝나지 않았다. 현감의
행위에 분명 이방이 개입했음에도 이방은 살아남았다. 대신 형방과 포
도군관이 동시에 파면되었다. 평소 현감의 부패 행위에 적극 가담한 혐
의들이 적시돼 있었다. 형방은 정작 이방에게는 아무런 처벌도 내려지
지 않았다는 사실에 고개를 갸우뚱할 뿐이었다.

민비가 서울로 떠나는 전날 밤, 이방은 홍태산에게 석별의 잔을 올렸
다. "중전마마 수행을 축하드립니다."라며 동시에 충성을 맹세했다.

홍태산의 아전 정보망은 여전히 쉬지 않았다. 임오군란으로 대원군
을 위시한 위정척사파가 몰락했다지만 조정의 정세는 여전히 혼란스러
웠다. 청나라에 대한 사대의 예를 다해야 한다는 수구파와 개화파 사이
의 경계선은 점점 더 분명해지고 있었다.

김옥균, 박영효, 서광범과 영의정 홍순목의 아들 홍영식 등 급진 개혁
파들은 이번 기회에 청국과의 종속 관계를 끊고 수구파를 조정에서 배
제해야 한다고 주장했다. 그러면서 일본의 메이지 유신을 모델로 한 새
정권 수립을 꾀하고자 했다.

이에 대해 김홍집, 김윤식, 어윤중 등의 온건 개화파는 청국과 종래의
관계를 원만히 유지해야 한다는 입장을 굽히지 않았다. 개혁에 관해서
는 수구파와의 타협을 통해 점진적인 조치가 필요하다는 의견을 개진
했다.

홍태산으로서는 민비 일파의 생각이 중요했다. 그들은 개화파를 냉대했다. 애초의 친일본 입장에서 다른 노선을 타기 시작한 것이다. 개화파 주장대로 근대화가 진전될 경우 세도정치를 지탱하는 봉건적 기반이 무너진다는 우려가 강해지기 시작한 것이다. 민비 일파에게는 나라의 개혁보다 권력 유지가 중요했다. 따라서 모든 권력 구조를 건드리는 개혁은 거부되어야 마땅했다.

민비의 조정은 청국과 일본에 동시에 사절단을 파견했다. 일본에는 국정시찰단이 갔고 청국에 가는 사절단은 다시 조영하와 김윤식이 대표를 맡았다. 주된 목적은 임오군란을 진압해 준 데 대한 감사의 뜻을 전하는 것이었지만 또 한편으로는 대원군을 가능한 한 오래 청국에 억류시켜 달라는 민비의 밀명이 담겨 있었다.

사절단의 보고에 따르면 대원군은 집 안에 억류된 채 매일 묘법연화경을 독송하며 소일하고 있다고 했다. 만나는 조선인들에게는 삼천 회독을 목표로 한다고 자랑스럽게 이야기한다는 것이다.

민비는 그 소식을 들은 날 내전에서 발견된 법화경을 모두 쌓아놓고 불에 태워 버렸다. 민비는 활활 타오르는 책들을 노려보며 방편품에 나오는 "모든 부처님 세존은 오직 한 가지 큰 인연 때문에 세상에 출현하니, 이는 중생으로 하여금 불지견(佛知見)을 열어 보이고, 깨닫게 하고, 들어가게 하려 함이다."라는 구절이 결코 대원군 이하응에게는 어울릴 수 없는 말이라고 중얼거렸다.

'흥선군 이하응이라는 자는 절대로 불지견을 깨달을 수 있는 인간이 아니다. 그냥 노망난 늙은이일 뿐이다.'

대원군의 수하들은 이와는 다른 소식을 듣고 있었다. 대원군은 법화

경 독송과, 먹과 붓으로 난을 치는 데 대부분의 시간을 보내는 것 같아도 남몰래 국제정세 분석을 게을리하지 않았다. 대원군이 비밀리에 보내 온 편지에 담긴 정세 판단 능력은 여전히 발군이었다.

"청나라 또한 오래갈 수 없다. 청국은 지금 월남에서 불란서 군과 싸우고 있으나 청국의 군사력은 도저히 저들에게 미치지 못한다. 월남을 빼앗기는 것은 이제 시간문제일 뿐이다. 아니 월남이 아니더라도, 청국은 서태후의 폭정을 견디지 못해 안으로부터 무너질 운명이다. 개혁조차 불가능하다. 서태후를 정점으로 하는 먹이사슬이 워낙 강고해 개혁을 시행하더라도 실패를 면하기 어렵기 때문이다. 한마디로 청나라는 발목에 두꺼운 쇠줄을 찬 상태로 바다에 빠져든 형국이다. 청이나 조선이나 하등 다를 바가 없다. 인고의 시절일망정 지금 우리가 할 일은 조용히 기다리는 것뿐이다."

대원군의 수하들은 대원군의 편지를 돌려 보면서 후일을 도모했다.

조정과 청국군은 임오군란의 뒤처리도 함께 했다. 오장경이 이끄는 청국군은 지난번 군란이 왕십리에 살고 있는 군속과 그 가족들의 참여로 크게 악화했다는 판단을 내렸다. 이에 따라 군대를 파견, 왕십리 일대를 쑥대밭으로 만들어 버렸다. 군인 가족들 중 상당수가 학살을 면치 못했다.

홍태산의 부모는 간신히 난을 피해 동대문 밖으로 피신했다. 새 집을 얻는데 홍태산이 보내 준 재물이 큰 도움이 됐다.

조정에는 민씨 일족의 세상이 다시 왔다. 그들의 기세는 예전의 안동 김씨 가문을 능가했다. 궐내에서만 민씨 집안 사십여 명이 우글거렸고 지방 수령, 방백으로의 진출도 눈부셨다.

양산박의 덩치가 커질수록 덩달아 치부의 수법도 다양해졌다. 저마다 자기 영역에서 세상이 놀랄 만한 착취 수법을 개발해 냈다. 덕분에 조선이라는 나라는 해골만 남는 형국이었다.

매관매직으로 부족하다면 조선이 갖고 있는 각종 국유 재산으로 눈을 돌리면 된다.

서양 선박의 침입을 저지하기 위해 대원군이 공들여 설립한 해상 기뢰인 수뢰포 제작 시설을 해산하고 그곳에서 관리 및 연구, 개발하는 종사자들의 녹봉을 착복했다.

신기전, 호준포, 삼안총을 포함한 삼십 종의 화기 및 화포 십만천여 문 중 절반을 팔아 그 이득을 관계자들끼리 나눠 먹었다.

화약 무기의 주원료인 염초와 유황, 각종 목탄 등 총 이백팔십만 근 중 팔십만 근을 일본 상인들에게 팔아 치웠다. 이 판매 수입금 역시 민씨 척족 세력들의 복주머니 안으로 들어갔다.

민비도 적극 나섰다. 대원군은 심도포량미라는 쌀을 징수해 강화도 방위비에 투입했다. 여기에 저장된 군량미 이십구만 석 중 십오만 석을 민비가 전국 사찰 기도와 궁정 연회 비용으로 전환했디.

민씨 척족들은 정치적으로도 단결을 과시했다. 민비의 뜻을 받들어 청나라 속국을 자처하는 수구의 깃발을 높이 들어 올렸다. 임오군란에서 철저히 경험했다. 청나라의 지원 없이는 조정의 존립이 불가능하다는 것, 그것이 민비가 내린 정치적 판단이었다.

7

관운장 신,
왕궁을 점령하다

엽전 위조

　경기도의 한구석인 장호원과 한양의 창덕궁은 하늘과 땅의 차이다. 홍태산은 창덕궁 정치에 참여하기 위해서는 새로운 군자금을 조달할 필요가 있다는 결론을 내렸다. 그것도 종전과는 차원이 다른 규모였다. 그 해결책은 의외의 곳에서 나왔다.

　임오군란으로 훈련도감은 완전히 폐지됐다. 훈련도감 폐지와 신식군대 창설 과정에서 수많은 퇴역병들이 나왔다. 엄사만도 그들 중 한 명이었다. 엄사만은 원래 훈련도감 주조소에 소속돼 있었다. 훈련도감에서 자체적으로 동전을 주조해서 사용해 왔는데 일종의 주전 전문가였던 셈이다.

　조선은 정조 때까지만 해도 상평통보 발행을 호조에서 전담했다. 그러나 순조 때에 들어서면서 이 전관 체제가 무너지기 시작해 중앙 및 지방의 각 관청과 군영에서 주조를 분담했다. 훈련도감도 중요한 군사 조직인 만큼 엽전을 자체 제작해 군사 비용으로 대체했다.

　조정에서는 오랫동안 상평통보 일문전(一文錢)을 당일전(當一錢)이라고 불렀다. 그것이 법화였다. 동전의 가치 폭락으로 사회문제가 되기 시작한 것은 당백전의 출현 때부터였다. 당백전은 상평통보 즉 당일전의 백 배 가치를 담보하는 동전이다. 대원군이 경복궁 건설 비용을 대기 위해 대량으로 발행했다.

　골치 아픈 것은 이 당백전의 주조 비용이 이십 전 정도의 가치밖에 없었다는 점이다. 그런데 정부가 다섯 배의 가치를 더 매겨 폭리를 취했던 것이다. 전형적인 악화였다. 아니나 다를까 시간이 지나면서 시장 가치가 폭락했다. 당백전은 결국 십 년 만에 시장에서 자취를 감추고 말았다.

엄사만은 현직에 있을 때 홍태산의 왕십리 집 근처에 살고 있었다. 부친과는 고참과 신참의 관계로 친한 사이였다. 특별히 근무가 없을 때는 아버지의 밭일을 도와주고는 했다. 훈련도감이 해체된 후 갈 곳을 잃은 엄사만은 왕십리 사람들이 많이 이사 간 동대문 밖의 새로 조성된 마을로 들어갔다.

별다른 직업을 찾지 못한 엄사만은 이곳에서도 어머니가 문을 연 채 소가게를 드나들며 약간의 용돈이나 벌고 있었다. 그러다 어머니가 연락을 취해줘 홍태산이 새롭게 구입한 집을 찾게 됐다. 집은 서대문 밖 인왕산 근처의 천연동에 자리 잡고 있었다. 홍태산도 옛 인연을 반갑게 맞아들였다.

이런 저런 이야기를 하다가 엄사만의 동전 주조소가 화제로 떠올랐고 홍태산이 갑자기 흥미를 보였다.

"그럼 지금도 재료만 주면 주조가 가능한가요?"

"주조는 큰 기술을 필요로 하는 것이 아닙니다. 구리 등 재료가 있고 금속을 녹일 수 있는 약간의 용광로 설비 그리고 주조틀만 있으면 만들 수 있는 것이죠."

엄사만이 주조 과정을 설명하다가 싱긋 웃었다.

"상평통보를 왜 엽전이라고 하는 줄 아십니까?"

"엽전? 그렇지 왜 우리는 엽전이라고 부르는 거죠?"

"엽이 뭐예요. 잎 엽(葉) 자잖아요. 상평통보를 주조할 때 주조 틀에 녹은 금속을 붓는데 그 주조 틀이 마치 나뭇가지처럼 생겼습니다. 나뭇

가지에 나뭇잎들이 줄줄이 달려 있지 않아요? 틀 모양도 똑같아요. 그 주조 틀에 엽전 틀이 나뭇잎처럼 약 열여덟 개 붙어 있습니다. 한 주조 틀에서 열여덟 개의 잎, 그러니까 엽전이 만들어지는 거죠."

"아, 그래요? 그건 몰랐네. 그러면 지금이라도 설비하고 재료만 있으면 만들 수 있는 겁니까?"

"지금은 안 되죠. 옛날에 훈련도감에서도 자체 제작했지만 대원위대감이 나중에 금지했지 않았습니까."

"그럼 상평통보는 누가 만드는 거죠?"

"그건 예전처럼 호조가 발행을 주관하고, 전환국이 실제 주조를 담당한다더군요."

"요즘 나오기 시작한 당오전도 그럼 전환국이 만드는 거겠네요?"

당오전은 당백전이 실패한 후 고종 체제에서 새로 제작하기 시작한 동전이다. 상평통보의 다섯 배 가치가 있다고 해서 당오전이다.

엄사만이 어깨를 으쓱했다.

"당오전이고 전환국이고 다 만드는 기술은 거기서 거기입니다."

"하지만 당오전도 당백전처럼 시장에서 외면당하겠지요?"

"외면당하겠죠. 하지만 당분간은 통용될 것입니다."

"당분간은 통용된다. 그 기간은?"

"당백전도 수명이 십 년간은 갔습니다. 뭐 나중에는 쓰레기 취급받았지만 그래도 발행 후 몇 년간은 시장에 흘러 다녔지 않습니까. 당오전도 그렇게 되겠죠."

홍태산이 주안상에서 놓인 육전을 젓가락으로 집다 말고 다시 젓가락을 상 위에 내려놓았다.

“당분간은 시장에 흘러 다닐 것이다⋯.”

“네, 당분간은요.”

“그럼 지금 만들어 시장에 내놓으면 주조 비용을 빼도 차액이 상당할 것 아닙니까.”

“그렇다고 봐야겠죠?”

“좋습니다, 나하고 같이 일할 생각 없으신지요. 내가 지금 좋은 생각이 떠올라서 그렇습니다.”

“저야 좋죠. 지금 형편에서 무슨 일인들 못하겠습니까.”

“그런데 처음부터 끝까지 철저히 비밀에 부쳐야 합니다.”

엄사만이 갑자기 눈을 동그랗게 떴다.

“혹시 당오전을?”

홍태산이 의미심장한 표정으로 고개를 끄덕였다.

“아, 예. 못하겠습니까?”

“아니, 아닙니다. 별감님이 하신다면야 뭐. 하지만 비밀은 지켜지는 건가요?”

“하하, 엄 선배님, 지금 제가 선배께 묻고 있지 않습니까.”

“아, 예 그렇군요.”

홍태산이 얼굴을 더 들이밀었다. 엄사만이 여전히 눈을 동그랗게 뜨고 있었다. 홍태산이 물었다.

“지금 옛날 주조소 동료들을 찾을 수 있겠습니까?”

“그거야 뭐 쉬운 일이죠. 같이 일하던 사람들 대부분이 여전히 일자리 찾기에 어려움이 많은 것으로 알고 있습니다.”

“그럼 좋습니다. 엄 선배는 필요한 사람들만 모으십시오. 그리고 재료와 설비 등의 목록을 남겨 주세요. 주조 장소도 제가 물색할 테니 선배는 사람만 책임지십시오."

"그럼 먹고는 살 수 있는 건가요? 저희들 전부?"

"잘만 되면 큰 몫으로 분배해 드리죠. 약속합니다."

"그렇게만 된다면 저희들이야 뭐. 아이고, 이제야 겨우 살길이 트이는 기분입니다. 사람 문제는 저한테 맡겨 주십시오. 금방 해결하겠습니다."

홍태산이 마침내 웃으며 술잔을 건네주었다. 자기 젓가락으로 육전 하나를 집어 엄사만의 밥 위에 놓아주었다. 엄사만도 반갑게 육전을 받아먹었다.

"한잔 같이하시죠. 이게 우리가 동지가 됐다는 표시입니다."

홍태산은 서울에 올라와서야 장호원의 민응식 자택과 창덕궁 사이를 내달리며 편지를 배달했던 인간 적토마가 이용익이라는 인물임을 알게 됐다. 그는 원래 보부상 출신이었다. 하지만 남들과 달리 광산에 관한 지식을 축적해 마침내 평안도 산지에서 금광과 은광을 발견하고 상당한 부를 축적한 인물이었다.

이용익은 그 정도에서 만족하지 않고 자신의 부를 이용해 권세가들의 집을 여기저기 기웃거렸다. 그러다가 식객이 된 것이 민영익의 죽동궁이었다. 홍태산은 민길주를 죽동궁 문객으로 들여보냈다. 같은 민씨이니 민영익도 흔쾌히 받아들였다. 민길주는 곧바로 이용익과 친분을 터 홍태산과의 만남을 주선해 주었다.

이용익은 대범한 인물이었다. 그럼에도 보부상 출신이어서인지 숫자 계산에 밝았다. 홍태산의 굵은 선물도 사양하지 않았다. 홍태산은 그의 광물 지식을 칭찬하며 광물 재료 구입에 관한 조언을 구했다. 광물 투자에 관심이 있다며 청나라와의 교역 루트에 관해서도 도움을 받았다.

재료 구입은 순조로웠다. 엄사만에 따르면 동전의 주재료는 구리다. 여기에 아연과 주석, 납이 조금씩 들어간다. 구리가 부족하면 잡금을 섞는데 당백전이 그 대표적인 예였다.

구리는 인천에 거래처가 있다고 해서 수소문했다. 구리는 전량 일본에서의 수입품이었다. 주석은 청나라에서 들여왔다. 납은 얼마 들어가지 않아 구입하는 데 별문제가 없었다. 더군다나 납은 조선 내 생산이 가능하다고 한다.

주조틀과 용광로 설비는 엄사만과 그 일당이 모두 해결했다. 어차피 얼마 전까지만 해도 기관들 자체 생산이 많은 덕에 중고 설비를 구하는 것은 어려운 일이 아니었다.

엄사만이 제작 장소를 찾아냈다. 동료가 소유하고 있는 도봉산 근처의 대장간이었다. 홍태산은 대장간 옆에 잘 보이지 않는 주조소를 만들었다. 밖에서 보면 그저 흔한 대장간용 창고에 지나지 않았다.

모든 준비가 완벽하게 이뤄졌다. 주조 첫날 모두가 긴장했다. 주조소 책임을 맡은 엄사만이 용광로 주물통에 구리와 주석 납 등을 정해진 비율로 넣고 쇳물 상태로 만들었다. 풀무는 윙윙거렸고 숯불은 이글거렸다.

쇳물이 만들어지자 또 한 명이 금속을 거푸집 주형 구멍에 흘려 넣었다. 화환(花環) 주조라고 그들은 가르쳐 주었다. 어느 정도 식히자 거푸집을 열고 주물을 통째로 꺼냈다. 마치 동전들이 가지에 달린 잎처럼 달려 나왔다. 엄사만의 말대로 한 개의 틀에 열여덟 개의 동전이 매달려 있다.

기술자들이 곧바로 마무리 작업에 들어갔다. 동전 하나하나를 가지에서 떼 내고 가운데 구멍을 뚫는 동시에 불량품을 골라냈다. 기포 등이 원인으로 두 개가 불량품으로 분류됐다. 또 한 명의 기술자가 동전에 당오 글자를 새겨 넣었다. 기존의 상평통보보다 지름이 크고 무거웠다.

첫 번째 동전이 홍태산에게 건네졌다. 홍태산이 활짝 미소를 지으며 당오전을 든 손을 들어 올렸다. 주조소 내의 사람들이 일제히 환하게 웃었다. 조심스레 박수 흉내를 내는 기술자도 있었다.

"첫 번째 동전 두 개를 그동안 내외로 고생이 많았던 민 영감과 엄사만 선배께 각각 선물하겠습니다. 모두 수고가 많았습니다. 이제 우리 모두의 수고에 대해 정당한 대가가 제공될 것입니다."

그렇다. 엄사만의 말대로 당오전 역시 시간이 지나면서 시장 가치가 폭락할 것이다. 그러나 아직 시간은 충분하다. 그 사이에 많이 만들어 시장에 풀면 되는 것이다. 이로써 군자금은 걱정하지 않아도 될 것이라고 홍태산은 생각했다.

현금과 정보, 그것이 홍태산이 이 풍진 세상을 다루는 두 가지 무기였다.

화, 양, 연, 화

고종과 민비는 장호원에서부터 민비를 따라온 무당 최아지에게 온갖 정성을 다했다. 거의 숭배 분위기였다. 민비가 민승우 자택에 숨어 지낼 때 무당은 민비가 팔월 중순까지 환궁할 것이라고 예언했다. 그 예언이 적중한 것이다. 그것도 보름이나 앞당겨서 서울로 돌아올 수 있었다.

고종과 민비는 이 신통력 있는 여인에게 엄청난 이름을 붙여 주었다. 진령군(眞靈君)이라는 호칭이었다. 진정으로 영험어린 분이라는 뜻이다. 더 놀라운 점은 여인의 이름 끝에 군(君)을 붙인 것이다.

군호는 임금이 아들의 장인이나 왕비의 친부에게 내리는 존칭이다. 또는 왕실의 지근거리에 있는 종친이어야 군호를 받을 수 있다. 이하응도 고종의 아버지이기에 대원군의 군호를 받았다.

진령군이 사인교를 타고 왕궁을 입, 퇴궐했다. 왕궁 안에도 진령군의 신당이 차려졌다. 궁녀도 따로 붙여 주었다. 거의 매일이다시피 굿이 펼쳐졌다. 왕과 왕비의 만수무강을 축원하는 대무(大巫)굿은 창덕궁 전체를 떠들썩하게 만들 정도였다.

대무굿의 교자상에는 온갖 귀한 음식들이 올라온다. 교자상 양쪽에는 삼지창이 세워져 있다. 삼지와 나무대 사이에는 화려한 수술이 장식돼 있다. 교자상 동쪽으로 복채를 잡은 법사가 앉아 있고, 서쪽으로는 왼손에 궁채와 오른손에 열채를 쥔 장구잡이가 앉았다. 가운데에는 법사가 불경을 새긴 경판을 잡고 앉아 있다. 바로 그 옆자리에 오늘의 굿을 이끌어가는 꽹과리 잡이가 보인다.

잠시 후 진령군이 화려한 무늬와 끈으로 장식한 무복을 입고 고깔을 쓰고 나타난다. 손에 들린 커다란 황금색 방울이 상하좌우로 움직이거나 포물선을 그린다. 방울이 춤출 때마다 천상의 귀신이 수술을 타고 지상으로 내려오는 모습을 무당이 연출한다.

이외에도 국가의 태평성대를 기원하는 나라굿, 원한이 깃든 귀신을 위로하는 진오기굿, 그들을 좋은 곳으로 가라고 빌어주는 씻김굿, 귀신의 기운을 북돋는다며 무당 자신을 위하여 벌이는 신령굿이 하루가 멀다 하고 벌어졌다. 몸이 허약한 세자를 위하는 병굿도 자주 치러졌다. 태어나자마자 사흘 만에 죽은 첫째 아들을 위한 씻김굿도 이따금 열렸다.

나라굿은 여러 가지 형태로 변형시켜 치러지기도 한다. 어떤 때는 진령군이 이북굿 무당을 부르는 경우도 있다. 장단이 빠른 이북굿은 장구 소리가 첫 장면을 장식한다. 장구의 소리가 잦아들면 곧바로 무당이 신장기를 흔들면서 화려한 춤사위로 주위를 압도한다. 언월도를 휘두르는 무당이 마치 장군의 춤사위를 묘사하는 듯하다. 곧이어 무당이 접신된 상태에서 공수를 준다.

"오냐, 다 이번에 먼 산의 장군님들이 도와주는데 내가 이렇게 왔다가 내 나라 내 민족을 안 도와주고 어떠하랴~"

청아한 목소리가 터지면 민비는 연신 합장으로 기도를 드린다. 고종 역시 민비 옆에서 고개를 주억거린다. 다른 특별한 핑계 거리가 없을 때는 민비가 복술장이를 불러 신당을 차려 놓고 특별 기도를 올리게 할 때가 있다. 내용은 대원군이 빨리 죽도록 귀신이 도와 달라는 기도다. 복술장이는 북으로 치고 경쇠를 흔들며 기도문을 중얼거린다.

진령군은 늘 자신을 관운장의 딸이라고 주장했다. 그러면서 민비를 졸랐다.

"관운장 사당을 지어 주면 그리로 옮기겠소."

진령군의 말 한마디는 왕궁에서 고종이나 민비 다음으로 권위 있는 언사로 통했다. 왕궁 살림을 맡고 있는 내수사가 곧바로 혜화문이라는 별칭을 갖고 있는 동소문의 바깥쪽 산기슭에 북묘를 건설했다. 창덕궁 동소문에서 코 닿을 거리의 경치 좋은 곳이었다.

북묘가 완공되자 고종이 몸소 거동해 무릎을 꿇고 제사를 지냈다. 고종은 비석의 내용까지 직접 지었다.

"나와 중전의 꿈에 관운장이 나타났다. 임오년 병란에 관운장이 목숨을 구해 주었다. 관운장을 위해 사당을 짓고 북묘라 이름했다."

관운장이 조선의 왕과 왕비를 지켜준다고 굳게 믿고 있다. 비석 내용에 나라와 백성의 이야기는 없다.

북묘에서 가장 많이 올린 굿은 재수굿이었다. 궁내에 이상한 소문이 퍼지기 시작했다. 관리들이 이곳을 찾아 재수굿을 하면 직급이 두, 세 계단 뛰어오른다는 것이다. 당하관은 물론 정삼품 이상의 당상관까지도 이곳을 찾았다. 너무 많은 사람들이 찾아와 감당할 수 없게 되자 청지기가 순서를 알려 주는 증표를 따로 팔았다.

'조정의 인사는 신당에서 나오고 관리의 모가지 날아가는 것은 북묘에서 나온다.'는 이상한 소문이 퍼질 정도였다.

소문이 아니라 실제였다. 실제로 굿 값이 커지면 바라는 인사가 현실로 이뤄진다. 진령군이 민비의 귀에 속삭이고 민비는 진령군의 속삭임을 귀신의 공수로 받아들이는 것이다. 그렇게 인사에 반영되는 경우가 많아지면서 생겨난 풍문이요, 정설이었다.

북묘는 벼슬을 노리는 자들 말고도 돈을 노리는 한량이나 왈패들로 문전성시를 이뤘다. 사람들은 "그 무당의 말 한마디로 화와 복이 걸려 있어 수령과 방백들이 그의 손에서 나오는 형국이다. 이러니 염치없는 자들이 간혹 자매를 맺기도 하고 혹은 양아들을 맺자고도 한다."고 소문을 퍼뜨렸다.

민비가 신병으로 앓아눕게 되자 진령군이 내전에 살다시피 했다. 매일 병굿을 벌이며 건강 회복을 빌었다. 진령군은 굿을 할 때마다 공수를 했다. 무당 입을 통해 나오는 신의 소리다.

"그동안 궐내에서 얼마나 많은 사람들이 죽었는가. 이런 연유로 그들의 원한이 궁궐을 떠나지 못하고 살아 있는 중전을 괴롭히는 것이니라. 그러므로 중전의 병을 고치려면 전국의 명산대찰에 내관과 궁녀를 보내 치성을 드려야 하느니라."

진령군이 한마디씩 할 때마다 꽹과리 잡이가 "깨갱 갱갱~" 하며 추임새를 넣어 준다.

진령군의 공수는 즉각 실천에 옮겨졌다. 수백 명의 내관과 궁녀들이 전국 각지로 파견되어 큰 절마다 많은 공양미를 바치고 불공을 드렸다. 큰 절들이 진령군에게 따로 고마움을 표시하는 것은 당연했다.

진령군의 기도가 통했나 보다. 민비가 마침내 병마를 떨쳐내고 자리에서 일어났다. 고종과 민비는 쾌유된 것이 너무나 기뻐 진령군에게 커다란 상을 내리는 한편 창덕궁 전체가 떠들썩하게 경축연을 열었다. 대궐 안에서는 한밤중에도 불야성을 이룬 가운데 가무의 소리가 드높다. 연회는 며칠 낮과 밤을 장식했다.

굿거리장단에 소요되는 재물이 국가의 평수 경비와 맞먹을 정도었다. 자연히 국고는 텅텅 비고 이를 벌충하기 위한 매관매직은 갈수록 극성을 부렸다.

윗물이 맑아야 아랫물이 맑은 법이다. 조정이 그러니 수령, 방백들도 제멋대로 매관매직을 일상화했다. 매관매직을 통한 임관이 마음에 걸렸을 것이다. 그럴수록 수령, 방백들은 자화자찬에 열심이었다. 마을마다 수령, 방백의 선정비(善政碑)가 없는 곳이 없을 지경이었다.

"부임한 지 며칠 안 되었으나 / 고을의 남자 여자 하나같이 기뻐하였네 / 불같은 위엄과 안온한 덕으로 / 세상의 옥(玉)과 석(石)을 구분하였도다."

"대군이 경내에 들어오니 / 닭과 개도 놀라지 않았다 / 싸움에서 승리하였으니 / 상은 무겁고 벌은 가벼웠도다 / 가는 곳마다 백성들 교화되어 / 모두가 편안한 삶을 누렸네."

참으로 이상한 일이었다. 선정비가 세워진 마을마다 수령, 방백에 대한 백성들의 증오는 부글부글 끓고 있었다.

나라 전체가 엉망이었다. 결국 죽어 나가는 것은 힘없는 백성들이다. 물이 불 위에 놓이면 결국은 끓게 마련이다. 전국에서 민란이 다반사로 발생했다.

왕과 왕비로부터 권력을 부여받은 무당이 호가호위하는 데는 긴 시간이 걸리지 않았다. 진령군이 잘 나가면서 홍태산도 잘 나갔다. 진령군과 홍태산의 호흡 맞추기가 힘을 발휘하고 있었지만 홍태산의 개인 사업도 봄바람을 맞고 있었다.

홍태산이 창덕궁 가까이에 있는 북촌으로 이사했다. 강원 관찰사의 임기를 마치고 강릉 지방의 서원을 책임지게 된 퇴임 관리가 북촌 자택을 내놓는 바람에, 홍태산이 웃돈을 주고 손에 넣은 것이다.

북촌, 즉 종각에서 북쪽이라 북촌이라 불렸다. 이곳은 경복궁과 창덕궁 사이에 있어 궁궐을 제외하고는 배산임수의 풍수 조건이 한양 제일이었다. 당연히 양반들 중에서도 힘이 있는 자들 특히 노론 세력의 주요 거주지로 자리 잡았다.

북촌을 명당이라고 하는 데는 나름대로 이유가 있다. 민길주의 설명에 따르면 명당은 생명의 기운인 생기가 모이는 곳이다. 그런데 생명의 기운은 공기처럼 가볍다. 바람이 심한 곳에는 생기가 흩어질 수밖에 없다. 바람이 심하지 않는 곳을 찾다 보니 산줄기로 빙둘러 쌓인 곳이 안성맞춤이다.

풍수에서는 왼쪽 산줄기를 좌청룡, 오른쪽 산줄기를 우백호라고 부른다. 그러나 사방이 모두 산줄기로 막혀 있으면 바람이 없어서 좋기는 하나 답답해서 살 수가 없다. 결국 한쪽이 터진 곳을 찾아야 하는데 기왕이면 남쪽으로 터진 것이 좋다. 그래야 볕이 많이 들어올 수 있다.

그런데 한쪽 방향이 터지면 기껏 모아둔 생기가 문이 열린 남쪽으로 흘러가 버린다. 따라서 생기가 흘러 나가지 못하도록 막는 장치가 필요한데 그것이 바로 물길이다. 생기는 물길을 건너가지 못한다는 것이다. 바로 한강의 물이 역으로 흐르면서 생기가 빠져나가는 것을 막아주는 역할을 한다. 이 모든 조건을 충족시키는 곳은 한양에서 북촌밖에 없다.

인왕산 인근의 자택은 최의재에게 넘겨 주었다. 이곳은 오래전부터 경아전들이 몰려 살던 곳이다. 최의재로서는 자신의 수군로 들어가는 셈이라 만족해했다. 인왕산 인근처럼 중인들이 몰려 사는 곳이 또 있다. 수표교 일대다. 역관, 의관, 천문학관, 율관, 계리사 등이 많이 살았다.

중인이라고 양반보다 못 사는 것은 아니다. 특히 의관과 역관은 경제력이 무시 못 할 정도다. 의관은 의료 행위와 한양 일대의 약재 판매 독점권을 갖고 있었다. 역관은 중국과 일본에 드나들면서 무역으로 치부하는 사람이 많았다. 이들은 인왕산 인근의 경아전들에 대해서도 은근히 차별 의식을 보였다.

민길주는 그냥 남촌에서 방을 구하겠다고 했다. 남촌은 종로 이남부터 남산 기슭 전부를 포괄한다. 소론과 남인, 북인들이 주로 살았다. 다시 말해 세력 없거나 가난한 양반들의 거주지다. 문반보다 격이 낮은 무반들도 이곳에 많이 거주했다.

이조판서를 지냈던 남인 최우형이 한 바퀴로 굴러가는 초헌을 타고 북촌에 이른 적이 있다. 갑자기 부채를 들어 코를 막았다. 그가 "노론의 썩는 냄새가 어찌 이다지도 고약하게 나는고?"라고 했다는 이야기가 전해진다. 남촌에서 회자되는 질투어린 농담이다.

홍태산은 북촌 자택의 사랑방에 홀로 앉아 생각에 잠겼다. 서안 옆에 놓인 팔걸이에 팔꿈치를 올려놓다 보니 상체가 자연히 한쪽으로 기울었다. 기울어진 고개로 팔걸이를 바라보니 팔걸이를 장식하는 화려한 십장생 무늬가 눈에 띄었다.

서안으로 시선을 다시 돌렸다. 벼루와 매화무늬 연적이 가지런히 놓여 있다. 물고기 무늬의 필통에는 상아 붓이 꽂혀 있었다. 생각 중에도 그의 손은 상아 붓을 거꾸로 들어 가지런한 털을 만지작거리고 있었다.

방 한구석에는 사방탁자가 놓여 있었고 사방탁자에는 새로 구입한 책과 문방구가 놓여 있다. 그 바로 밑에는 고려청자 자기가 푸르른 빛을 발산하고 있다. 비스듬히 벽에 걸쳐 놓은 거문고도 자신을 간지럽혀 줄 주인의 손길을 기다리고 있다.

홍태산은 여전히 붓털을 응시하며 조정에 깊숙이 들어가기 위해서는 우선 관직을 얻을 필요가 있다고 판단했다. 그날 밤 북묘 사당과 일정

거리를 두고 있는 안가에서 홍태산과 진령군 최아지가 밀회를 즐겼다. 밖에서는 김판수가 남에게 절대로 드러나지 않을 구석에 초소를 마련해 놓고 외부인을 감시했다.

진령군이 오랜만에 홍태산의 두툼한 상체 아래에서 온몸을 비틀었다. 두 신이 한꺼번에 최아지의 몸을 찾아온 것이다. 폭풍우가 지나간 뒤 최아지가 땀에 젖은 몸을 무명 수건으로 닦은 후 홍태산의 가슴을 닦아주었다.

"또 젖을 텐데 닦을 필요 있겠느냐."

"호호호, 이 양반 좀 봐. 여전히 젊음 그 자체네."

홍태산이 최아지를 올려다보며 말했다.

"자, 옆에 누워라. 내 오늘 특별히 할 이야기가 있어 이렇게 별채를 찾아왔다."

최아지가 옆으로 누우면서 발로 홍태산의 다리를 찼다.

"뭐야? 나를 찾은 게 아니고 일 때문에 왔다는 거야?"

"둘 다이겠지. 어쨌든 이렇게 한 몸이 되니 나도 오랜만에 즐거움을 맛보는구나."

"그렇지? 별감님이 이렇게 나를 사랑해 줄 때 가장 행복했지."

"했지? 지금은?"

"물론 지금도."

"걱정 말거라. 나도 자주 시간을 내서 관운장님과 함께 너를 찾을 테니까. 관운장님이 바쁘면 나도 어쩔 수 없지만."

"쉿, 말조심해요. 어디 가서 함부로 농담하기만 해 봐."

"걱정 말라니까. 너와 나는 어차피 한 몸 아니냐."

"그래, 근데 나 말고 또 볼일이란 건 뭐야?"

홍태산이 옆으로 누우며 최아지의 헝클어진 앞머리를 쓰다듬어 올려주었다.

"너는 헝클어진 머리도 예쁘구나."

"호호, 이 양반이 아첨도 많이 늘었어. 혹시 어디 가서 그런 말 흩뿌리고 다니는 거 아니야?"

"농담하지 마라. 그건 그렇고. 내가 요즘 여러 가지로 고민 중인데…."

"고민? 뭔데 또."

"아무래도 나도 관직에 진출할 필요가 있지 않을까 생각 중이다. 그래야 권력 핵심부 사람들과의 인맥을 형성하고 그리고 우리 둘의 미래를 좀 더 탄탄하게 구축할 필요가 있지 않을까 고민하는 거다."

"우리? 지금 우리가 어때서. 잘되고 있잖아. 화. 양. 연. 화라고 해야 하나?"

"모르는 소리다. 나도 사내자식이지만 사내자식이라는 것은 어쩔 수 없는 존재야. 너 사내의 여자에 대한 사랑이 언제나 영원할 것이라고 생각하냐? 너도 알다시피 여자가 남자를 사로잡는 것은 자신이 가지고 있는 미모 때문이라고 할 수 있지. 그런데 그 미모도 세월과 함께 사라지는 것이고, 그러면 미모 때문에 다가온 남자의 마음도 함께 떠나는 거야."

"뭐야~ 남정네는 맨날 똑같은 줄 알아? 남자 역시 나이 들면 마찬가지지."

"내가 이런 이야기를 하는 것은 권력을 이야기하기 위해서야. 권력도 마찬가지라는 거지. 권력을 누가 주니? 임금이지? 그 임금의 마음이 식으면 권력도 하루아침에 사라지는 거야."

"너무 비참하잖아. 임금이나 사내놈이나 사랑과 애정이 식으면 모든 게 사라지는 거니."

"그러니까 권력을 갖고 있을 때 미래를 대비해야지. 여자도 마찬가지야. 왕비가 자신의 미모가 사라지더라도 권력의 그물을 구축해 놓을 수 있는 길은 자기 아들로 하여금 세자로서 왕위를 잇게 하는 거다. 그처럼 여자가 자신의 미모와 젊음을 잃더라도 남자를 지배할 수 있는 수단은 남아 있지. 바로 자식들이야. 자식이 재산이요 미래를 위한 보험이 되는 거다. 자식이 많은 어미는 늙어서도 남편한테 큰소리칠 수 있는 것처럼. 세상사, 그런 거다."

"어렵네."

"또 하나 있다. 아지야, 너 지금 네 품에 많은 돈이 쌓이고 있지? 그거 지키는데도 권력이 필요한 거야. 힘이 없으면 재물도 지키기 어려운 법이야."

"그렇겠지?"

"그렇겠지가 아니다. 반드시 그런 거야. 네 재물을 지키기 위해서는 힘이 필요한 것이고 그 힘을 관직이 보증해 주는 것이지."

"무슨 말인지 알겠어. 그러니까 별감님도 지금보다 더 큰 힘이 필요하다는 거지. 그게 우리를 지킬 수 있는 거니까."

"바로 그거다."

"그럼 어떻게 해야 되지?"

"내가 생각해 둔 게 있는데 그게 좀 복잡하다."

"뭔데."

홍태산이 오른 팔을 최아지의 허리 밑으로 깊이 넣어 자신의 몸 쪽으로 끌어당겼다. 최아지의 상체가 그대로 홍태산의 가슴 안으로 들어왔다. 최아지가 꽉 끼인 몸에서 작은 신음을 토해냈다. 홍태산이 속에 담아뒀던 비밀을 넌지시 꺼냈다.

"내수사라는 게 있어. 쉽게 말해서 왕실의 살림을 도맡아 하는 기관이지. 이건 나라 살림을 꾸려 나가는 호조와 완전히 독립된 기구다. 의외로 하는 일이 많아. 궁중의 의복, 음식, 장식품, 행사용 비용 등 왕실 생활 전반의 비용을 책임질 뿐 아니라 후궁, 세자궁, 내관, 궁인들에게 지급할 경비도 담당하는 거야."

"하는 일이 많네."

"더 중요한 것은 내수사전(內需司田)이라는 토지야. 이 토지에서 나오는 각종 세금 수입과 소속된 노비들의 노동을 통해서도 궁중 비용을 마련하게 돼. 그 외로 다른 사업도 많지."

"듣고 보니 그거 알짜네."

"근데 문제가 있어. 내수사별감이 최종 책임자인데 물론 별감이라는 말에서 보듯 직급은 낮아. 근데 품계는 낮지만 실제 권한이 엄청나게 크다. 왕실 재정 집행에 막대한 영향력을 가지고 있으니까."

"그럼 좋은 거 아냐?"

"그게 아니라 내수사별감은 주로 내관이 맡고 있다는 점이야. 아무래도 후궁이나 왕비와 직접 연결되어 일을 처리해야 할 때가 많기 때문이겠지."

"그럼 안 되잖아."

"그래서 생각 중인데 임금님이나 중전마마의 힘으로 직제를 약간 바

꾸는 거지. 내수사별감은 그대로 두고 궁정 바깥일을 책임지는 별도의
직제를 만드는 거야. 말하자면 일종의 외수사별감을 두는 셈이지. 물론
직책 이름은 다르겠지만."

최아지가 자신의 이마로 홍태산의 가슴을 살살 두들겼다.

"응, 무슨 말인지 알겠어."

"또 지금 기회가 좋은 게 뭐냐면, 우리 상감마마께서 내수사 기능을
대폭 확대했잖아. 그게 왕실과 중전의 세력 강화 수단으로 활용되고 있
는 거야. 이 기회에 기능 확대의 필요성을 강조하고 새 직책을 밀어붙
이자는 거지. 중전께서도 많은 관심을 기울이고 있는 만큼 쾌히 동의하
실 거야. 권한과 수입이 확대되는 거니까."

최아지가 홍태산의 얼굴을 마주보며 말했다.

"뭐 어려운 문제겠어? 그냥 나라굿을 한 번 더 하면서 공수를 내리면
중전이야 무사통과지. 호호."

"그거 좋은 생각이다. 그게 내가 너를 좋아하는 또 다른 이유지."

홍태산이 다시 아지를 품에 안았다.

굿이 벌어지면서 진령군의 방울이 관운장의 가슴을 두들겼다. 그러
자 관운장이 개인적인 청탁을 공수로 만들어 민비의 귀에 쏘옥~ 집어
넣었다. 내수사 기운이 하늘에 뻗쳐 머지않아 호조를 능가할 것이라는
관운장 예언이 나오자 민비가 크게 기뻐했다. 얼마 지나지 않아 내수사
직제 개편의 훈령이 내려왔다.

새로운 직책은 내수사외부아문이고, 직능은 내수사전 관리를 비롯
외부 사업 확대 등이었다. 외양으로는 직무를 양분한 모양새다. 하지만
내부적으로는 고종과 민비의 매관매직과 관련한 수입을 추가 관리하는

한편 새로운 수익사업의 신규 개발이 덧붙여졌다. 홍태산에게는 이후 내수사외부아문 참판의 직급이 주어졌다. 일약 참판으로 신분이 상승한 것이다.

당연히 반발이 나왔다. 당장 내수사별감으로 있는 내관 김암회가 자신의 권한을 빼앗긴 데 대해 강한 불만을 드러내면서 홍태산이라는 인간에게 원한까지 품었다. 저항의 형식은 물론 음성적이었다. 내수사별감은 곧장 왕실 행사 등으로 자주 인연을 맺었던 예조판서 서인행을 찾았다.

서인행 판서가 자택에서 김암회를 직접 맞이했다. 둘은 공히 뇌물로도 깊은 인연을 맺고 있었다. 왕실의 연회나 각종 행사에는 많은 예산이 소요된다. 동시에 행사를 축하한다는 명분으로 상납금도 많이 올라온다. 그 과정에서 떡고물이 떨어지게 마련이다.

세상 인연에는 떡고물 인연도 있는 법이다. 남녀 관계만큼이나 찐득하고 끈끈하다. 당연히 서인행은 뇌물을 즐기는 쪽이었다. 예조판서와 마주 앉은 김암회가 깊은 한숨부터 쉬었다. 서인행이 눈치를 채고 고개를 끄덕이며 동감을 표시해 주었다.

"여러 가지로 아픔이 많겠구먼."

"대감님 덕분에 그럭저럭 지내고 있습니다. 하지만 이번 직책 변경은 참으로 괴이합니다. 내수사에 내관 외의 외부인이 접근한다는 자체가 많은 병폐를 낳을 것이 분명합니다. 문제가 많습니다."

"그건 나도 마찬가지 의견이오. 다만 임금님의 결정이니 나로서도 뭐라고 따지기가 어렵더군."

"저도 그 말씀이 옳다고 생각합니다. 다만 홍태산이라는 자가 이런 짓을 하는 이유를 모르겠습니다. 아마도 내수사 재산 관리에 탐을 내는 것이 아닌가 싶습니다만."

서인행이 손으로 턱을 어루만지며 주안상을 바라보았다. 그러면서 김암회의 다음 말을 기다렸다. 뭔가 청탁하고 싶은 것이 있을 것이다. 아니나 다를까 김암회가 잔을 올리며 속내를 털어놨다.

"물론 직제에 대한 조정의 결정에 다른 의견을 내놓기는 어려운 일인 줄 잘 압니다. 홍태산이라는 자가 진령군의 측근이라 왕실에서 살갑게 대하는 것도 잘 알고 있습니다. 그러나 최근 들어 진령군의 위세를 등에 업고 이것저것 불미한 일에 손을 대고 있는 모양입니다. 잘 살펴봐 주시면 고맙겠습니다."

서인행은 연신 고개를 끄덕였다. 그러니까 홍태산의 뒤를 캐서 중전이나 고종에게 밀고를 해 달라는 뜻이었다.

"내 힘닿는 대로 해 보겠소. 다만 좀 시간이 필요할 것이오. 내가 왜 김 별감의 고민을 모르겠소."

김암회가 앉은 자리에서 허리를 깊이 구부렸다.

"그럼 바쁘실 텐데 저도 일어나 보겠습니다. 아참, 제가 요즘 시중을 들여다보니 백은이 많이 돌아다니고 있는 모양입니다. 저도 대감님 생각이 나서 조금 구입해 봤습니다. 나중에 살펴봐 주십시오."

서인행이 같이 일어나면서 크게 미소를 지었다.

"이거 매번 미안한 일이오. 나도 김 별감을 많이 생각하고 있소이다. 머지않아 좋은 일이 있기를 바랄 뿐입니다."

"고맙습니다. 일어나지 마십시오. 그럼 가 보겠습니다."

그 후 뜬금없이 홍태산에 관한 잘못된 정보나 흉, 비난이 수시로 고종과 민비에게 전달됐다. 내수사별감 김암회의 짓이 뻔하다고 홍태산은 짐작했다. 홍태산과 만날 때는 철저히 무심한 표정을 지었지만, 홍태산에게도 나름 내수사에 깔아놓은 눈과 입이 있었다.

더 놀라운 것은 예조판서라는 자가 내수사 재정 문제로 외부에서 여러 가지 잡음이 들려온다는 상신을 한 것이다. 예조판서가? 처음에는 의아하게 받아들였지만 서서히 줄거리가 맞춰졌다. 김암회와 서인행의 합작이었다.

그럴수록 홍태산은 점점 더 두툼한 봉투를 민비에게 전달하면서 무마하려고 노력했다. 물론 민비는 홍태산에 대한 중상모략에 동요하지 않았다. 자신의 금고는 홍태산으로 인해 더욱 윤택해지고 있었기 때문이다.

어느 날 홍태산의 귀에 재미있는 이야기가 들려왔다.

고종의 생일이 오면 전국의 수령 방백들이 진상품을 올리는 것이 오랜 관례였다. 그런데 고종에게 진상할 때 이상한 관행이 있었다. 자신들이 직접 올리는 것이 아니라 항상 척신 그러니까 민씨 가문 사람들을 통해 궁중에 바치곤 한다는 점이다.

고종 생신날, 민영소와 민영환이 함께 들어가 고종 임금을 모셨다. 이때 전라감사는 김규홍이고 경상감사는 김명진이었다. 김명진의 사위인 민영환이 먼저 장인어른인 김명진의 진상품 목록을 올렸다. 민영환은 고종의 어머니 여흥부대부인의 남동생이다. 병조판서 경력의 소유자다.

목록에는 일본산 비단 오십 필과 황저포 오십 필이 적혀 있었다. 황저포는 노란색 삼베로 주로 경상도에서 생산되는 포목이다.

임금이 목록이 적힌 종이를 보자 낯빛이 변하더니 용상 아래로 집어 던졌다. 민영환이 당황했다. 거부당한 것이다. 얼른 목록을 주워 자신의 소매 속에다 넣었다. 민영환이 사과의 표시로 깊이 절을 한 후 한 발 뒤로 물러났다.

이어 민영소가 김규홍의 진상품 목록을 바쳤다. 민영소는 문과에 급제한 데다 여흥 민씨 가문의 일원이라는 이유로 빠른 승진을 거듭했다. 호조판서, 병조판서 등을 거쳤다. 임오군란 당시 간신히 목숨을 건졌지만 집이 불타는 불운을 겪기도 했다.

그가 올린 목록에는 명주실로 섬세하게 짠 직물의 일종인 춘주 오백 필과 질 좋은 포목 갑초 오백 필, 공예품 재료로 쓰이는 백동 오 합, 놋 그릇인 바리 오십 개 그 외 다른 물건도 가득했다. 이를 본 임금의 얼굴이 활짝 피었다.

고종이 민영소를 바라보며 말했다.

"감사들이 이렇게 예를 차려야 마땅하지 않겠는가. 이 목록만 봐도 김규홍이 과인을 섬기는 정도를 알 수 있겠다. 전라감사에게 과인의 뜻을 꼭 전하도록 하라."

민영소가 미소를 지으며 대답했다.

"황공하옵니다. 전하."

그 옆에 서 있던 민영환이 허리를 굽히며 조용히 편전 밖으로 나갔다. 잠시 후 민영환은 다시 목록을 바쳤다. 그때야 비로소 고종이 기쁜 낯으로 생일 선물을 받았다. 새 목록에는 비단과 황저포 외에 민영환이 직접 써 넣은 은화 이만 냥이 적혀 있었다.

그때만 해도 홍태산은 가까이 지내는 내수사 실무자가 들려주는 이야기에 그저 시큰둥한 반응을 보였을 뿐이다. 뇌물 좋아하는 왕과 왕비의 늘 반복되는 일화에 불과했기 때문이다.

그러다 예조판서를 지낸 후 평안도 관찰사로 부임했던 서인행이 임기를 끝내고 민영준으로 교체된다는 소식이 들어왔다.

금송아지로 보복하다

민영준은 민비의 육촌 척족이다. 과거시험을 통해 조정에 들어온 만큼 민씨 가문에서도 실력자로 통했다. 이조, 형조, 예조판서 등 여러 판서를 역임했다. 민승호, 민태호, 민영익 그리고 민영준이 민씨 집안의 사천왕이라 불릴 정도로 권세가 대단했다.

평안감사는 아무나 가는 자리가 아니다. 지방 방백 중의 백미로 통하는 자리다. 평안도를 품은 관서 지방 일대는 산천이 깊고 기생과 풍류, 누각과 경치가 뛰어난 곳이다.

더군다나 평안도는 평양을 거쳐 의주 그리고 요동으로 가는 길목에 자리 잡고 있어 사절단을 통해 이뤄지는 조선과 청국 간의 무역에서 떨어지는 떡고물이 장난이 아니었다. 평안도에는 금광이나 은광도 많다.

관서 지방에서도 평양은 일품으로 꼽힌다. 그래서 평안감사는 부러움의 대상이었고 부귀를 누리는 신선쯤으로 여겼다. 지난 백여 년 동안 권세 있는 자가 아니면 그 자리를 얻지 못했다.

당파 가운데 남인은 체제공 이후 단 한 명도 없었다. 소론은 서염순 이후 자리가 끊어졌으며, 북인은 원래 찬밥이었다. 대원군이 들어서서야 한계훈, 남정순 등 남인과 북인이 잇달아 그 자리를 차지했지만 극히 예외적 현상이었다.

대원군 십 년 세월이 끝나고 고종이 권력을 휘두르기 시작한 이후 민영위, 민응식, 민병석 등이 번갈아 부임했고 민영위는 두 차례나 자리를 차지했다. 사람들은 이를 두고 평양이 민씨들의 사랑방이냐고 이죽거렸다.

고종 시절 평안도 관찰사 자리는 이처럼 민씨 집안 독차지였다. 서인행이 그 자리에 꼈다는 자체가 그만큼 수완이 탁월했음을 입증하는 것이다. 물론 너무나 짧은 임기가 그로서도 아쉬웠을 것이다.

민영준이 서인행의 후임으로 결정됐다는 소식에 홍태산이 쾌재를 불렀다. 즉시 바쁘게 움직이기 시작했다. 먼저 임명 축하 방문이라는 명분으로 선물을 바리바리 싸 들고 민영준의 자택을 찾았다. 선물 보따리에는 미국에서 건너왔다는 최신식 권총을 비롯 진귀한 물건들이 가득했다.

민영준으로서도 홍태산의 궁내 위치를 알고 있는 만큼 정중히 맞아들였다. 사랑방에서 독대가 이뤄졌다. 민영준이 먼저 사례를 표시했다.

"뭐 대단한 자리라고 이렇게까지 축하를 해 주시는지 저로시도 몸 둘 바를 모르겠습니다."

"무슨 말씀을요. 이런 자리를 축하하지 않으면 어떤 자리를 축하드리겠습니까."

"하여튼 고맙소. 내 뭐라고 감사의 말씀을 드려야 할지 이거 참."

홍태산이 정색을 했다.

"힘들게 마련해 주신 자리임을 잘 알고 있습니다. 언제 또 이런 자리를 가질 수 있겠습니까. 자리가 자리인 만큼 솔직히 말씀드리겠습니다. 사실 제가 이렇게 찾아뵙게 된 데는 두 가지 목적이 있습니다.”

민영준이 같이 정색을 했다.

“두 가지 목적이라면.”

“네, 첫째는 축하차가 맞습니다. 진심으로 축하드립니다.”

“네, 괘념치 마시고 말씀하시지요.”

“사실은 저도 광산업에 관심이 많습니다. 단천부사를 지냈던 이용익과도 이미 여러 가지 대화를 나눈 바 있습니다. 그분의 금은광 개발 능력이야 조선 제일 아닙니까.”

“그렇죠. 그쪽 분야는 그분이 제일이죠.”

“잘 알다시피 조정 관리라는 것이 영원하지 않다는 것 잘 알고 계시지 않습니까. 저 역시 상감과 중전마마에게 언제까지 충성을 바칠 수 있을는지 모르겠습니다. 그래서 내일을 생각해서 금광 개발에의 투자가 어떨까 하고 생각 중입니다.”

민영준이 그제서야 홍태산의 방문 목적을 이해했다는 듯이 고개를 끄덕였다.

“아, 그런 계획을 가지고 계시는군요. 잘 생각하신 것입니다. 요즘은 옛날과 달라서 그저 토지가 아니라 상업에도 눈을 뜨는 분들이 점차 늘어나고 있다지 않습니까.”

“바로 그겁니다. 이해해 주셔서 감사합니다.”

“그런 투자 문제야 어려울 게 무엇이겠습니까. 평양 감영이야 늘 광산 문제를 다루니 홍 참판과 자리를 같이할 기회는 많을 것입니다. 걱정하지 않으셔도 좋을 듯합니다.”

"아~ 이렇게 흔쾌히 받아 주시니 저야말로 몸 둘 바를 모르겠습니다. 그러나 저 역시 감사님께 무조건 도움만 받겠다는 것이 아닙니다."

"네? 무슨 말씀인지."

"아시다시피 수령이든 방백이든 임기가 점점 짧아지고 있지 않습니까. 어디든 경쟁자는 많고 하니."

"그러게 말입니다. 오다가다 하면 임기가 끝나고 마니 그 문제도 좀 심각하죠."

"그러나 하기 나름 아니겠습니까. 저는 솔직히 사업 문제도 있고 해서 감사님의 임기가 늘면 늘수록 하고 원하고 있습니다."

"아이고, 고맙습니다."

"솔직히 말씀 드리겠습니다. 상부상조 아니겠습니까."

"하하하, 그렇게 솔직히 말씀드려 주시니 저도 대화를 나누기가 좀 더 편한 느낌입니다. 하하하. 하지만 임기라는 게 제가 정하는 것도 아니고요."

"그러니까 노력하셔야죠. 그에 대해서는 제가 조금 생각해 둔 것이 있습니다."

"생각이라뇨?"

"전하께서는 수령, 방백들을 보내면서 늘 근황을 궁금해하시지 않습니까."

민영준이 무슨 말인지 알겠다는 표시로 크게 고개를 끄덕였다. 홍태산이 말을 이었다.

"얼마 전에 들은 이야기인데 전하께서 특히 평안감사들에게 불만이 적지 않으신 모양입니다."

“그래요? 어떻게?”

“성의를 표시한다고 하지만 그 성의라는 게 정작 평안감사와 관련된 소문과는 차이가 크다는.”

“아, 예. 그렇군요. 저 역시 앞으로 신경을 써야 하는 부분이겠죠.”

“그래서 제가 민 감사님을 위해 자그마한 성의를 미리 준비하면 어떨까 생각해 봤습니다. 감사님이 오래 계셔야 할 테니까요.”

“아이고, 고맙습니다. 그런데 어떻게?”

“주상 전하께서 깜짝 놀라게 할 방법입니다. 다름 아니라 전하의 탄생일에 금송아지를 진상품으로 올리는 것입니다. 금두꺼비는 있어도 금송아지는 누구도 생각을 못하지 않았습니까. 용안으로 직접 보시면 전하께서도 크게 감명을 받을 것이라고 확신합니다.”

“금송아지요? 아이고 그런 것을 제가 어떻게.”

“걱정하지 마십시오. 그건 제가 준비하면 됩니다. 감사님은 그저 탄생일 진상품으로 올리기만 하면 됩니다.”

“말도 안 됩니다. 제가 어떻게 그런 부담을 참판께….”

“이것은 물론 감사님을 위한 것이지만 아까도 말씀드리지 않았습니까. 저에게도 아주 중요한 일이라는 것 말입니다. 감사님이 오래 계셔야 제 미래도 담보되는 것 아니겠습니까.”

민영준이 갑자기 감격스러운 표정을 지었다. 그러면서 홍태산의 손을 잡아 조용히 흔들었다. 홍태산을 마주 보며 말했다.

“내 오랜만에 동지를 만난 기분입니다. 오늘 저녁은 일찍 돌아가실 생각하지 마시기 바랍니다. 오늘만은 저도 취하고 싶은 기분입니다.”

“감사님이 기뻐하시면 저 역시 기쁩니다. 감사님이 오래도록 평양 감영을 지키도록 저 역시 분골쇄신하겠습니다."

"내가 비록 시골구석 평양에 머물겠지만 그래도 한양에서 시간 여유가 있을 때는 언제든 방문해 주십시오. 내가 극진히 모시겠습니다. 좋은 데가 많습니다."

민영준이 눈을 찡긋하자, 홍태산이 고개를 좌우로 흔들었다.

"무슨 말씀이십니까. 감사님은 여전히 모르시는군요. 저 대원군이 한 말을 기억하지 못하십니까. 그 대원군 말에 의하면 조선에는 세 가지 병폐가 있다고 했습니다. 첫째는 송시열과 같은 충청도 사대부들이고, 둘째는 돈 많고 성질 사나운 전주 아전이라고 했습니다. 그럼 세 번째는 무언지 감이 오시겠지요?"

"글쎄요, 전 대원군에게는 관심이 없는 사람이라서. 하하."

"그럼 가르쳐 드리지요. 세 번째는 평양 기생이라고 했습니다. 감사님은 부디 몸조심하시기 바랍니다."

"으하하하." "하하하."

두 사람의 웃음소리가 사랑방 밖으로까지 터져 나왔다.

고종의 생일이 돌아오자 홍태산이 약조한 대로 두 손으로 들기 어려울 정도의 육중한 금송아지가 임금의 필에 안겼다. 고종의 기쁨이 한이 없었다. 그 자리에서 고종이 분노에 가득한 욕설을 늘어놓았다.

"서인행, 그놈이 정말로 큰 도둑놈이었구나. 내 어찌 그런 놈을 아끼고 중용을 했는지 참으로 알 수가 없는 노릇이다. 평안도에 이처럼 금붙이가 많은데 그놈이 여태껏 혼자서 다 해 먹었다는 이야기 아니냐."

곧바로 조치가 이뤄졌다. 서인행을 청국 사절단장으로 파견한다는 애초의 조정 결정이 취소됐다. 서인행은 더 이상 조정에 얼굴을 비치지 못했다. 귀양 아닌 귀양, 정배(定配)를 당했다. 지방으로 귀양을 가 일정한 기간 동안 한양 출입을 금지당한 것이다. 정배가 끝난 이후에도 서인행은 끝내 한양으로 돌아가지 못했다.

내수사별감 역시 다른 내관으로 교체됐다. 다른 내관은 오랫동안 홍태산에게 충성을 바쳐 왔던 인물이다. 고종이 용상에서 경상감사의 선물 목록을 집어던졌다는 이야기를 들려준 것도 바로 그 내관이었다.

서인행은 자신이 청국 사절단장으로 예정됐다는 조정의 소식을 들었을 때만 해도 정치 생활에 화룡점정이 될 것이라고 기뻐했다. 일생일대에 한몫을 단단히 챙길 기회라고 생각했기 때문이다. 조선에서 중국으로 가는 사절단은 단지 외교만이 전부가 아니었다. 거기에는 어마어마한 규모의 교역이 동반된다. 그런 교역에 몇 번만 참여하면 조선을 흔들 정도의 재부가 돌아오는 것이다.

고종 시절, 조선과 청의 교역에서 가장 대표적인 인물을 꼽으라면 중인 출신으로 왕실 사람들을 능가하는 부를 축적하며 조선 제일의 부자로 불렸던 이덕유가 있다. 그는 역관이라는 신분을 발판 삼아 대중국 교역을 통해 막대한 재산을 형성했다. 얼마나 큰 재부였는지 한마디 한마디가 시장을 흔들 정도였다.

이덕유는 대대로 중국어를 통역하는 역관 집안 출신이었다. 사신단은 중국을 오가며 무역에 참여할 수 있는 유일한 합법적 창구였다. 이 과정에 반드시 수반되는 것이 중국어 역관이다. 이덕유는 이러한 집안 배경을 십분 활용하여 일찍부터 국제 무역에 눈을 떴고, 뛰어난 수완을 발휘하여 부를 쌓았다.

그가 주로 취급했던 품목은 인삼, 비단, 이조백자 등 당시 중국에서 인기 있던 조선의 특산품들이었다. 그는 단순한 중개무역을 넘어, 어음과 같은 선진적인 금융 기법을 적극적으로 활용하여 대규모 신용 거래를 성사시키곤 했다. 그의 신용은 조선을 넘어 중국에까지 널리 알려져, "고종의 옥새보다 이덕유의 어음이 더 믿을 만하다."는 말이 나올 정도였다.

이덕유의 재산이 어느 정도였는지를 보여 주는 대표적인 일화는 바로 고종과의 금전 거래였다. 고종과 민비의 돈 씀씀이는 그야말로 깨진 독에 물 붓기였다. 당시 조선은 국고가 항상 비어 있었다. 그때마다 고종은 이덕유에게 손을 벌렸다. 일개 상인이 한 나라의 임금에게 돈을 빌려줄 만큼 재력이 상상을 초월한 것이다. 당시 세간에서는 그의 재부가 민씨 척족을 합친 재산에 버금간다고 했다.

이덕유는 단지 상품의 거래에만 그친 것이 아니다. 홍태산이 존경하는 여불위다운 품격도 갖추고 있었다.

한번은 이덕유가 요동 지방을 지나가다 억울하게 죄를 뒤집어쓰고 사형당할 위기에 처한 지방 고위 관리를 만나게 됐다. 남의 죄를 뒤집어썼다는 그의 속사정을 듣게 된 이덕유는 죄수의 솔직함과 인격을 눈여겨본 후 자본금 중 천 금을 떼어 대신 내주었다. 당시로서는 거금이었다.

훗날 이덕유가 다시 요동을 찾았을 때, 그 사람이 이덕유를 찾아왔다. 오랫동안 만나기를 기원했다면서 그때의 천금으로 사놓은 논밭 문서를 그대로 이덕유에게 바쳤다. 문서만이 아니다. 그동안 논밭에서 거둔 소작료가 엄청나게 쌓여 있었다. 이런 배포와 신용 덕에 청국인들 사이에서도 이덕유는 요동대인이라고 불리며 존경을 받았다.

자연히 고종이 청나라 조정과 관리들에 뇌물을 쓸 일이 있으면 이덕유에게서 어음을 받아 보냈다.

그다음으로 고종이 믿고 의지한 어음이 칠패시장의 거두인 배동익의 것이었다. 관리를 임명할 때마다 벼슬을 사려는 사람들이 다투어 어음을 바쳤는데 고종과 민비는 반드시 "이 어음이 배동익에게서 나온 것이냐?"고 물었다.

홍태산은 왕과 왕비가 뇌물과 어음에 얼마나 진심이었는지를 잘 알고 있었다. 그래서 내수사 외부 업무에서 상당 시간을 이덕유, 배동익 등과의 어음 거래에 할애해야 했다.

8

또다시
실패로 끝난 정변

질투의 정치

민비는 좋고 싫음의 감정이 격렬했다. 진령군에 대한 지나칠 정도로 극진한 사랑이 좋은 예다. 궁궐 내에서는 지밀상궁 장 씨에 대한 애정이 그에 못지않게 각별했다. 장 상궁은 매일 민비가 잠에서 깨어나는 시간에 맞춰 침전으로 가 그 자리에서 중전의 머리를 빗어 주었다. 쪽을 맺는 것도 늘 장 상궁의 손길에서 마무리됐다.

비녀를 꽂아 쪽머리를 고정시킬 때마다 민비는 손거울로 자신의 얼굴을 들여다보며 장 상궁의 손재주를 칭찬했다.

"오늘도 참 곱게 됐구나."

"황공하옵니다."

민비는 장 상궁에게 일본에서 들어온 고급 화장분이나 의약품 등을 나눠주는 것으로 자신의 고마움을 표시했다. 고마움은 화장품에만 그치지 않았다. 장 상궁의 친정 일가붙이 중 요직에 임명돼 부자가 된 자가 여러 명이었다. 그들로부터 장 상궁에게 돌고 돌아오는 선물이나 사례비도 만만치 않았다.

장 상궁이 민비의 대조전에서 지내는 시간이 길어질수록 사연스레 고종의 눈에 띄는 경우가 많아졌다. 장 상궁은 고종이 나타날 때면 조신한 몸으로 고개를 숙인 채 뒷걸음으로 물러났다.

그때마다 고종은 장 상궁의 모습을 유심히 지켜보았다. 치마폭에 둘러싸인 육체일망정 장 상궁이 치맛자락을 한 손으로 잡고 있어 고종의 망막 뒤에서는 분명 치마 속의 율동이 선명하게 그려졌다. 그렇다. 상상은 욕망을 부채질하게 마련이다.

고종은 민비의 눈치를 보면서 상상을 현실화할 기회를 노렸다. 중전의 격렬한 감정선에는 고종도 늘 조심스러웠기 때문이다.

그날은 아침부터 궁정 안이 시끄러웠다. 진령군의 정기적인 대무굿이 열릴 참이었다. 민비는 일찍부터 굿 준비를 하는 진령군과 함께 있었다. 점심 식사도 진령군과 같이 나눌 계획이었다. 잠자리에서 일어난 민비의 쪽머리 다듬기는 깔끔하게 끝난 지 오래였다. 지밀상궁은 자신의 처소에서 오랜만의 틈새를 즐기고 있었다.

장 상궁이 깜짝 놀란 표정을 지었다. 고종이 아무런 예고도 없이 처소를 방문한 것이다. 당황한 장 상궁은 고종 앞에 허리를 굽혔다. 밖에는 이미 내관이 지밀상궁을 따르는 나인이나 무수리 등을 다른 곳으로 보낸 뒤였다. 바깥마당은 곧바로 고요 속으로 잠겼다.

만면에 웃음을 띤 고종이 연신 주위를 둘러보며 말을 걸었다.

"지나가던 길에 문득 장 상궁의 처소가 가깝다는 생각에 이렇게 들러봤다. 처소가 의외로 낡았구나. 과인이 이야기를 해서 여기를 좀 더 꾸며 보도록 하겠다."

고종은 자기 혼자 말과 동시에 방 안으로 들어와 아랫목에 앉았다. 상궁은 여전히 허리를 굽힌 채였다. 임금 가까이 있던 내관은 언제인지 사라져 보이지 않았다.

"이리로 와 앉게나."

문득 중전의 얼굴이 떠올랐지만 어느 안전이라고 거부하겠나. 장 상궁이 조심스러운 몸짓으로 다가가 앉았다. 고종이 손을 들어 장 상궁의 손을 잡아당겼다. 장 상궁의 몸이 자연스레 고종의 품 안으로 들어왔다. 고종이 오른손으로 장 상궁의 등을 쓰다듬었다. 장 상궁은 여전히 고개를 숙이고 있었다.

고종이 왼손으로 장 상궁의 얼굴을 들었다. 장 상궁은 눈을 감았다. 고종의 입이 장 상궁의 입술에 닿았다. 입술을 포갠 채 고종은 상궁의 저고리를 풀어 제꼈다. 상궁의 가슴이 봉긋하게 떠오르는 것을 보면서 고종은 자신의 입을 가슴 쪽으로 향했다.

곧이어 치마가 벗겨졌다. 속옷 속으로 드러나는 육체의 선이 고종의 눈길을 자극했다. 장 상궁의 육체는 뽀얗고 하얗기 이를 데 없었다. 고종이 잠시 벗어나 자신의 곤룡포와 속옷을 벗고 알몸이 되었다. 손길이 가슴에서 허리로, 그리고 엉덩이로 옮겨 가면서 고종은 천천히 장 상궁의 위로 올라갔다. 임금의 홍은이 내려진 것이다.

원래 상궁들이 임금의 은총을 받게 되면 승정원은 그다음 날 바로 상궁을 후궁으로 승격시키고 귀인의 명칭을 부여하게 된다. 그러나 이상하게도 장 상궁에 대해서는 승정원이 아무런 발표를 하지 않았다.

한 달이 지나고 두 달이 지나면서 장 상궁의 얼굴이 점점 초췌해져 갔다. 어느 순간에는 기침을 하는 모습도 보였다. 욕지기가 나는 것을 숨기기 위한 기침이었다. 걱정이 된 중전이 장 상궁을 유심히 쳐다보면서 말했다.

"네가 무슨 병이 생겼기에 그렇게 얼굴빛이 좋지 않으냐."

상궁이 얼굴을 숙이며 답했다.

"죄송합니다. 음식이 맛이 없고 소화가 잘 되지 않습니다. 사지가 나른하고 기운이 없을 뿐이지만 달리 특별한 증상은 없습니다. 중전마마는 걱정하지 않으셔도 될 듯합니다."

"걱정을 하지 않을 수 있겠느냐. 어쨌든 필요하면 좀 쉬면서 요양을 해 보거라."

"황공하옵니다."

중전은 그래도 걱정을 내려놓지 않았다. 곧바로 내의원 의녀에게 진찰을 받게 해 산삼을 듬뿍 처방한 보중익기탕과 십전대보탕 등을 처소로 보내 주었다.

하지만 장 상궁 뱃속의 아기는 민비의 걱정스러워하는 마음을 뒤로한 채 쑥쑥 건강하게 자라고 있었다. 임신 말기로 접어들자 아무리 치마라 하지만 장 상궁의 배가 불러오는 것을 더 이상 감출 수 없게 됐다. 게다가 중전을 가까이 모시던 나인들이 장 상궁 몰래 중전에게 고해 바쳤다. 중전이 크게 놀랐다. 놀람은 곧 분노로 불타올랐다.

승정원이 자신을 속인 것을 알자 민비의 분노가 폭발했다. 상궁과 내관들에게 무슨 일이 벌어졌는가를 샅샅이 밝히라는 엄명이 내려졌고 곧바로 고종의 몇 번에 걸친 비밀 행차가 대낮 햇볕에 얼굴을 비친 것처럼 분명해졌다.

"믿는 도끼에 발등을 찍히는 것도 분수가 있지, 어찌 이렇게 귀신도 모르게 속일 수 있다는 말인가."

가장 먼저 장 상궁에게 징벌 조치가 내려졌다. 민비의 한마디로 장 상궁이 궁궐에서 쫓겨났다. 승정원에도 날벼락이 떨어졌다. 그동안 침묵을 지켰던 도승지가 체직됐다. 도승지는 그저 고종의 밀명을 따랐을 뿐이다.

장 상궁만 궁에서 쫓겨난 것이 아니다. 친정 일가붙이들 모두 요직에서 물러나야 했다. 고종은 조정에서 업무를 처리할 때면 독단으로 결정을 내리기 일쑤였다. 그러나 나중에 하나라도 일이 어그러지면 그때마다 신하에게 허물을 돌리곤 했다. 이번에도 고종은 처음부터 끝까지 못 본 척했다. 고종의 못된 관행이 장 상궁과 도승지에게도 반복된 것이다.

친정집으로 쫓겨났던 장 상궁이 고추 달린 아이를 출산했다는 소식이 들려왔다. 그가 바로 이강이다. 민비의 분노는 더욱 불타올랐다. 민비는 이강이 단 한 발짝도 궁 안으로 들이미는 것을 허락하지 않았다. 이목구비가 뚜렷한 고종의 아들 이강은 모친을 따라 궁 밖에서 살아야 했다.

그러나 세자인 척의 건강이 악화하자 민비는 그제야 이강의 입궁을 허락했다. 그때 이강의 나이가 열넷이었다. 이강에게 비로소 의화군이라는 군호가 내려졌다. 만에 하나라도 세자에게 문제가 발생할 경우 이강을 자신의 아들로 입적할 복안이었음이 분명했다. 그래야 정비로서의 권력을 유지할 수 있기 때문이다.

장 상궁의 출산 소식이 전해지자 민비는 상궁과 내관들을 데리고 장 상궁의 집에까지 찾아 들어갔다. 방에 들어서자마자 민비는 품에서 칼을 꺼내 들어 장 상궁을 내려치려 했다. 다행히 장 상궁은 키가 크고 힘이 좋았다.

장 상궁이 한 손으로 민비의 손을 잡고 다른 한 손으로는 창문을 밀치며 방 밖으로 나갔다. 마당으로 나가자마자 그 자리에 엎드린 채 살려 달라고 애원했다.

"죽을죄를 지었습니다. 그러나 차마 죽지 못하는 것은 전하의 아이 때문입니다. 다시는 궁궐 쪽을 바라보지도 않겠습니다. 제발 이번 한 번만 살려 주십시오. 살려 주시기만 하면 중전마마의 은혜는 백골난망일 것입니다."

두 손 모아 비는 장 상궁의 머리카락은 산산이 흩어져 얼굴을 가릴 정도였다. 머리카락 사이로 흐르는 눈물만이 간신히 눈에 뜨일 뿐이다. 다시는 궁궐 쪽은 바라보지도 않겠다는 말에 그제야 민비가 태도를 누그러뜨렸다.

"한때나마 상감께서 아낀 몸이었으니 차마 죽이지는 않겠다. 그러나 다시는 궁에서 살 생각을 하지 마라."

이 말과 함께 민비가 돌아서서 가마 쪽으로 걸어갔다. 하지만 그것으로 끝난 것이 아니었다. 힘 센 사내 둘이 장 상궁의 양쪽 팔을 잡아끌고 뒷마당 구석진 곳으로 데려갔다. 장 상궁의 외마디 비명이 집 안 가득히 울려 퍼졌다. 사내들은 장 상궁의 다리를 각각 나무에 결박해 놓고 날카로운 칼로 음부의 양쪽 살을 도려냈다.

지밀상궁 장 씨는 사건 이후 가족에 의지해 살아갔지만 상처는 끝내 회복되지 않았다. 상처는 곪고 곪아 그녀를 죽음으로 몰고 갔다. 차라리 민비의 칼에 죽었더라면 마지막이 그렇게 비참하지는 않았을 것이다.

젊은 개화파의 반란

궁정은 물론 조정 역시 민비의 독단만이 하늘을 덮고 있었다. 고종의 결정은 사실상 수렴 뒤의 민비가 내린 결정의 장단 맞추기에 불과했다.

이 시기, 나라의 앞날을 고민하던 개화파는 온건 개화파와 급진 개화파의 두 갈래로 찢어진다. 개화에는 뜻을 같이 했으나, 그 속도와 구체제 인사 청산 범위를 놓고 분열했다.

김옥균을 비롯한 급진 개화파는 자신들을 개화당으로, 그리고 그 외의 모든 세력을 완고당이라고 불렀다. 온건 개화파 역시 이들에게는 완고당 부류에 지나지 않았다.

개화파가 보기에 고종의 외교는 늘 갈피를 잡지 못했다. 줏대 없이 상황에 따라 흔들리기만 했다. 고종은 또다시 어느 강국과 손을 잡을까 고민하고 있었다. 처음에는 미국에 추파를 던졌다. 그래서 미국제 무기를 대량으로 구입하는 한편, 미국 공사 푸트를 통해 미국 정부에 군사 고문단을 파견해 달라고 요청했다.

하지만 아무리 기다려도 화답이 돌아오지 않았다. 결국 민영익의 주도로 청국으로부터 군사고문단을 파견받는 것으로 방향을 틀게 된다. 청국의 영향으로부터 벗어나고자 했던 급진 개화파에게는 참으로 언어도단이었다.

더군다나 개화파의 주역인 김옥균은 민비 일파로부터 요주의 인물 취급을 받고 있는 중이었다. 김옥균에게 조정의 요직이 돌아갈 리 없었다. 평화적인 방법은 안팎으로 문이 닫힌 셈이다. 아니, 설령 평화적으로 개화를 추진하려 해도 자금을 조달할 길이 막막했다.

그는 일 년 전 일본 파견 사절단의 고문으로 잠시 도쿄에 머문 적이 있었다. 그 당시 일본 정부 요인과 교류했고, 일본의 헌정 제도와 군사, 산업 시설을 시찰하며 큰 충격을 받았다. 김옥균에게는 일본이 지향해야 할 모범이었다. 이 기회에 일본으로부터 개혁 운동 추진에 필요한 자금을 지원받고자 일본 외교부 관계자들을 만나 취지를 설명하고 지원을 요청했다.

그러자 일본 정부는 "국왕의 위임장이 있다면"이라는 조건으로 차관을 주겠다고 내락했다. 이노우에 카오루 당시 외무상도 김옥균에게 호의적이었다. 김옥균은 민비파의 견제를 우회해 고종에게 이 같은 내용을 상신했다.

절망적인 경제 사정으로 고민이 깊던 고종은 즉각 김옥균에게 위임장을 내려 주었다. 김옥균은 울릉도의 목재를 반출해 판매하는 한편, 동해 포경권을 담보로 일본으로부터 삼백만 엔이라는 거금의 차관을 얻겠다는 복안을 마련했다.

민비가 이 같은 사실을 뒤늦게 알게 됐다. 민비는 김옥균이 일본으로부터 차관을 얻어오는 작업을 차단하기 위해 민씨 척족들과 긴급히 회동했다. 만에 하나 그가 삼백만 엔이라는 막대한 차관을 도입하는 데 성공할 경우 개화정책이 힘을 받을 것이라는 우려에서였다. 민비는 자신의 수하나 다름없는 묄렌도르프를 불렀다.

지시를 받은 그가 일본공사관을 방문했다. 마침 다케조에 신이치로가 공사로 와 있었다. 그는 천진 영사로 재임할 때부터 묄렌도르프를 잘 알고 있었다. 묄렌도르프는 다케조에에게 경고했다.

"김옥균이 추진하고 있는 차관 교섭은 조선 조정과는 아무런 관계가 없는 것입니다. 김옥균 개인의 사기행위로 볼 수밖에 없습니다. 일본 정부는 이에 속지 않도록 자중하기 바랍니다."

다케조에게 고개를 갸우뚱했다.

"전하의 위임장을 갖고 있지 않습니까."

"전하께서는 돈이 주머니에 들어온다는 말 한마디에 그냥 써 준 것입니다. 보다 중요한 사실은 중전께서 결코 허락하지 않겠다고 공공연히 밝히고 있다는 점입니다. 이렇게까지 말씀드리면 조선 조정의 분위기가 어떨지는 잘 이해하시리라 믿습니다."

"그렇군요. 잘 알겠습니다."

다케조에가 묄렌도르프 앞에서 수긍의 표시로 작게 고개를 끄덕였다. 다케조에 역시 편전의 용상에 앉아 있는 고종의 실체를 목격한 것이 한두 번이 아니다. 고종은 신하들이 건의한 내용이 담긴 건백서를 읽고 나서 하교하는 중에도 때때로 병풍 뒤쪽을 돌아보기 일쑤였다. 병풍 뒤에는 늘 민비가 앉아 고종에게 속삭였다. 신료들은 보고도 못 본 척했다.

묄렌도르프가 떠나자 다케조에는 곧바로 일본 외무성에 보고서를 올렸다.

"김옥균은 신용할 수 없는 사람으로 그가 지참한 국왕의 위임장은 위조된 것에 불과합니다."

차관 교섭이 실패하자 김옥균은 실망한 나머지 정계를 떠나고 말았다. 이로써 개화파의 앞길은 사면초가에 빠진 것과 다를 바 없었다. 그때까지 꿈꿔왔던 평화적인 방법에 의한 근대화는 종을 친 것이다.

다행히도 청나라의 정세 변화가 개화파에게 새로운 문을 열어 주었다. 청나라가 월남 문제로 불란서와의 전쟁이 불가피한 국면에 처하게 되자 조선 주둔군 사천 명 중 절반을 월남 전선에 투입키로 결정했다. 급진 개화파들에게 절호의 기회가 온 것이다. 고종 이십일 년, 시월 팔일 드디어 일본 공사 다케조에 신이치로를 만나 마지막 수단인 정변을 모의했다.

정변은 우정국 낙성식을 신호로 삼기로 했다.

열흘 뒤 우정국에서 낙성식 연회를 가졌는데 연회가 끝나갈 무렵 담장 밖에서 불길이 일어나는 것이 보였다. 애초 연회가 개최될 즈음 사전에 준비한 폭탄을 터뜨려 혼란을 일으키려 했으나 불발되자, 대신 우정국 바로 이웃집에 불을 지른 것이다.

연회에 참가했던 민영익이 불을 끄려고 먼저 일어나 문밖으로 나갔다. 그러자 밖에서 정체불명의 괴한들 여러 명이 칼을 들고 달려들었다. 민영익이 칼을 맞고 돌아와서 대청 위에 쓰러졌다. 자리에 있던 사람들이 모두 놀라서 흩어져 달아났다.

김옥균, 홍영식, 박영효, 서광범, 서재필 등이 서로 눈길을 교환한 후 자리를 박차고 일어나 궐내로 쳐들어갔다. 고종과 민비는 침전에 있었다. 고종이 김옥균을 보고 무슨 일이냐고 물었다. 김옥균이 대답했다.

"친청파 인사들이 청국군과 합동으로 낙성식 연회에서 반란을 일으킨 것 같습니다."

그 말에 민비가 되물었다.

"확실합니까? 청국군입니까, 아니면 일본군입니까."

김옥균은 거짓말을 계속했다.

"청국군이 분명한 것으로 알고 있습니다. 이러실 때가 아닙니다. 전하께서는 속히 옥체를 옮기셔야 합니다. 금호문 바깥에 있는 경우궁으로 피해야 할 듯합니다. 시간이 없습니다."

달리 방법을 찾지 못한 고종과 민비가 이들을 따라 경우궁으로 움직였다. 우정국에서 불이 난 것을 신호로 일본군도 신속히 움직였다. 다케조에가 김옥균 일당과 약속한 대로 군사를 이끌고 경우궁으로 달려왔다. 일본군 이백여 명과 서재필이 이끄는 조선인 사관생도 오십여 명이 협력해 네 군데의 문을 중심으로 경우궁 안팎을 철저히 에워쌌다.

임금을 자기네 쪽으로 안전하게 모셨다는 판단 하에 김옥균이 곧바로 새 각료 명단을 발표하려 했다. 마침 그때 경기감사 심상훈이 임금을 찾아 창덕궁에 갔다가 수소문해 경우궁 정문까지 쫓아왔다.

일본군이 꽉 차 있는 모습을 보자 사태가 심상치 않음을 직감한 심상훈은 개화파 사람들에게 급한 일이라며 들여보내 줄 것을 요청했다. 심상훈은 흥선대원군의 처조카 사위로 일찍이 민비가 장호원으로 피신해 있을 때 고종 쪽의 밀사로 서울과 장호원을 왕래하면서 소식을 전하고 받았던 인물이다. 그가 개화파 수뇌부에게 간곡한 태도로 요청했다.

"상감께 긴히 전할 말이 있어서입니다."

그 자리에 있던 박영효와 홍영식은 심상훈을 믿지 않았다. 민씨 일족과 관계가 있다면서 돌려보내자고 김옥균에게 권고했다. 그러나 김옥균은 고종의 충신이니 괜찮다며 경우궁 안으로 들여보냈다.

박영효는 새 각료 명단에서 좌포도대장으로, 서광범은 우포도대장으로 예정돼 있었다. 홍영식은 내무대신으로 적혀 있었다.

심상훈은 고종을 만나자 속삭이듯 사태의 진상을 알려 줬다. 주범은 친청파가 아니라 개화파라는 것이다. 그러자 민비가 곧바로 지시를 내렸다.

"이곳을 탈출하여 외교를 담당하는 외아문으로 가고, 거기서 청국군에게 긴급 구원을 요청하라."

사태를 파악한 민비는 고종에게 경우궁이 너무 좁고 답답해 머리가 아프고 견딜 수 없다고 하소연을 늘어놓기 시작했다. 고종이 김옥균에게 중전이 괴로워한다면서 창덕궁으로 돌아가자고 했다.

경우궁은 지키기는 쉽고 공격하기는 어려운 궁이었으나, 창덕궁은 정반대였다. 공격하기는 쉽지만 지키기는 어려운 구조였다. 개화파를 지지하는 약 이백~삼백 명의 병사만으로 창덕궁 자체를 방어하기란 불가능한 일이었다.

김옥균은 대안으로 계동궁을 제안했으나 민비는 그것도 거부했다. 김옥균 일파는 민비의 고집에 더 이상 어쩔 수 없다며 창덕궁으로의 귀환을 결정했다. 이렇게 어수선한 사이에 심상훈은 몰래 빠져나와 외아문으로 달려갔다. 청국군에게도 긴급사태를 알렸다.

그런 와중에도 개화파 세력은 고종을 찾아 경우궁에 입궐했던 한규직, 이조연, 윤태준 등을 차례로 죽였다. 입궐하던 왕실 척족 세력인 민영목, 민태호 조영하도 죽였다. 내관인 유재현까지 참사를 피하지 못했다.

"죽이지 마라! 죽이지 마라!"

고종이 그 장면을 목격하면서 연거푸 불만을 표시했다. 김옥균 일파는 더 이상 임금의 말을 듣지 않았다. 심지어 고종의 행동까지 제어했다.

이튿날 개화파는 내각을 꾸리고, 조보를 통해 새 정부가 들어섰음을 공표했다. 외국 공관에도 일제히 이를 알렸다.

내각 구성원들은 대부분 급진 개혁파로 구성됐으나 특이한 것은 대원군 계열의 명단이 다수 포함됐다는 점이다. 영의정에 이재원, 병조판서 이재완, 평안도관찰사에 이재순 등 종친을 임명함과 동시에 대원군의 장남 이재면을 의정부좌찬성 겸 우참찬에 임명한 것도 사람들의 눈에 띄었다. 개화파의 미묘한 위정척사파 끌어들이기였다. 민비의 반대파라면 누구라도 끌어들이겠다는 포석임이 명백했다.

이날 오후 늦게 청나라 병력이 대오를 나누어 궁문으로 들어오면서 총포를 쏘았다. 청군의 규모는 무려 이천여 명이었다. 조선군 좌영과 우영 정규군도 이들을 따라 들어왔다.

일본 병사들은 온 힘을 다해 저항했으나 병력 수에서 절대적인 열세였다. 더 이상 전투가 불가능하다고 판단한 다케조에가 병사들을 거느리고 창덕궁을 빠져나갔다. 김옥균, 박영효, 서광범, 서재필 등이 이들을 따라 후퇴했다.

마침내 청군이 창덕궁을 접수하고 임금을 영접했다. 정변 세력으로부터 벗어난 고종은 정변 주동자들을 역도로 규정하고 진압을 지시했다.

셋째 날이 밝자 수많은 군중이 모여 정변의 근원지라고 지목된 일본 공사관을 향해 돌을 던졌다. 정오쯤 일본 공사관에 불이 일어났다. 일본 공사가 한양을 떠나 인천으로 도망쳤다. 개화파 역시 일본군과 함께 인천으로 동행했다.

이때 일본으로 망명한 사람은 김옥균, 박영효, 서광범, 서재필, 유혁로 등 아홉 명이었다. 남은 행동대원들은 대역죄로 처단되고 관련자들도 여러 차례에 걸쳐 정계에서 숙청을 당했다. 이로써 개화파는 완전히 흔적이 지워졌다. 누구도 더 이상 개화 정책을 입 밖에 내지 못하게 됐다. 폐족이 된 것이다.

고종과 민비는 반란 세력과 관련된 모든 자들을 일제 수색하도록 하교했다. 대부분이 체포돼 극형에 처해졌다. 가족도 삼족이 절멸했다. 민비의 노여움이 극에 달했음을 말해 준다.

김옥균의 아내와 딸은 음독자살했고, 서재필의 아버지 서광효 내외와 맏형도 음독자살했다. 박영효의 아버지 박원양은 판서직에서 해임, 투옥된 후 옥사했다. 박정양은 관직에서 물러났고, 개화파 정치인 이상

재는 주동자가 아니었으나 홍영식과의 친분 관계를 이유로 스스로 공직에서 사퇴했다.

마침 화재로 큰 피해를 입고 수리에 나섰던 경복궁이 다시 문을 열었다. 고종과 민비가 창덕궁 생활을 끝내고 경복궁으로 거처를 옮겼다. 경복궁 내에는 고종이 비밀리에 건립한 건천궁이 막 자태를 드러냈다. 고종과 민비의 새로운 거처였다.

민비가 창덕궁 대조전에 있을 때 세간에는 이런 이야기가 떠돌았다.

"어젯밤 진령군이 창덕궁에서 한 말이 다음 날 아침에 어명으로 내려오더라."

경복궁으로 환궁해도 민비의 진령군에 대한 사랑은 변함이 없었다. 민비는 자신의 공식 주거 공간인 곤녕합을 진령군에게 내주었다. 옆의 복수당은 신당으로 꾸몄다. 북묘도 여전히 손님으로 가득 찼다.

이제 "인사는 복수당 안의 신당에서 나오고, 모가지 날아가는 것은 북묘에서 나온다."는 비아냥이 새로 등장했다.

진령군의 진정으로 영험한 기운이 경복궁에 가득 차면 찰수록 진령군의 마음은 점차 홍태산의 품에서 멀어져 갔다. 태산이 높다 하되 하늘 아래 뫼이로다. 진령군은 이미 하늘이었다. 홍태산은 뫼에 불과했다. 뫼는 구름에 가려져 하늘을 볼 수 없을 지경이었다.

진령군에게 이제 필요한 것은 머리카락이 하나둘 빠져나가는 중년이 아니라 보다 젊고 활력이 넘치는 사내였을 것이다. 그 단적인 표시가 북묘 별채에 나타난 김창렬이라는 남자였다. 김해 사람으로 무과에 급제하고도 서울 바닥을 떠돌던 인물이었다. 그를 만나고부터 진령군의 얼굴은 화색이 돌고 젊어졌다. 진령군은 수양아들이라고 김창렬의 존재를 설명했다.

진령군과 인연을 맺은 김창렬은 그 덕에 양주목사를 거쳐 병조참판, 한성부 판윤까지 지낼 수 있었다. 그것만으로도 세상을 호령할 만했다. 자연히 그의 집 곳간에는 재물이 쌓여 갔다. 권력과 재물을 한 손에 쥐었음에도 김창렬은 유별나게 자신에게 들어오는 혼담을 마다했다. 아니나 다를까, 세상에는 진령군과 김창렬에 대한 이상한 소문이 흘러 다녔다.

결국 조정에까지 소문이 흘러 들어갔다. 왕실 종친인 김석룡이 보다 못해 조심스레 '김창렬을 벌하라.'는 상신을 올렸다. 상소문이 올라오자 고종과 민비가 불쾌한 표정을 지었다. 하교 내용이 간결했지만 준열했다.

"상소는 받아들이지 않겠다."

어느 시대건 조정이 썩어 문드러졌다 해도 충성스러운 간언은 어딘가에서 살아 숨 쉬게 마련이다. 형조참의를 지낸 지석영이 이번에는 진령군을 지목하여 다음과 같은 상소를 올렸다.

"신령의 힘을 빙자하여 임금과 중전을 현혹시키고, 기도한다는 구실로 재물을 갈취하며, 자기에게 아첨하는 인사들에게 주요 직책을 뿌리며 국정 농간을 자행한, 요사스러운 계집인 진령군에 대해 세상 사람들이 그 살점을 씹어 먹으려 합니다. 전하께서도 세상의 악화하는 민심에 관심을 기울여야 할 때입니다."

사건원 정언 안효제라는 선비도 탄핵 상소를 올렸다. '북묘의 요망한 계집, 목을 베십시오.'라는 극렬한 내용이었다.

"근래 요사스러운 무당 하나가 대궐에 빌붙어 온 나라를 미혹시키고 있습니다. 스스로를 '진령군'이라 칭하며 감히 신성한 국정에 관여하고 있으니, 그 죄가 하늘에 닿을 지경입니다. 나라의 길흉화복은 종묘사직에 정성껏 제사를 지내고 어진 정치를 펼치는 데 달려 있는 것이지, 어찌 요사스러운 무당의 굿판에 좌우될 수 있겠습니까? 지금 전하와 중전께서는 이 무당의 말에 현혹되어 밤낮으로 굿과 제사를 벌이고 있으니, 이는 성군(聖君)의 도리가 아니며 조상들에게도 부끄러운 일입니다⋯. 임금과 왕비께서 무당에 의지하여 정사를 돌보지 않는다는 소문이 온 나라에 파다합니다. 이로 인해 왕실의 위엄은 땅에 떨어졌고, 백성들은 조정에 등을 돌리고 있습니다. 민심이 떠나는 것은 나라가 망할 징조이오니, 어찌 통탄하지 않을 수 있겠습니까?"

고종과 민비도 가만있지 않았다. 상소문을 접하자마자 안효제를 유배시키라고 명령했다. 더 이상의 탄핵 상소가 올라오는 것을 사전에 틀어막으려는 시도였다. 다른 이들의 입을 봉하기 위해 일벌백계가 내려졌다. 김석룡도 안효제도 멀고 험한 제주도로의 유배형을 받았다.

홍태산이 이 같은 조정의 험악한 분위기를 모를 리 없었다. 몸을 사려야 할 시절이 오고 있음을 절감했다. 그러지 않아도 진령군이 이전에 볼 수 없는 사무적인 태도로 홍태산을 대하고 있지 않은가.

예전에는 홍태산의 인사 청탁을 마치 자신의 것인 양 소중히 다뤘다. 요즘 들어서는 무시하고 넘길 때가 대부분이었다. 이상하리만큼 거리감이 느껴졌다. 홍태산으로서도 이쯤 해서 자신만의 길을 개척해 나가야 할 때라고 생각했다.

세태를 꿰뚫어 보는 홍태산이다. 충분히 각오하고 받아들일 수 있는 인간사이다. 하지만 정말 분한 것은 따로 있었다. 아무리 애써도 진령군이 축적한 재부의 크기 앞에 자신의 모습은 한없이 작아진다는 사실이었다. 그것은 칠패 시장에서 싸구려 물품을 속여 파는 뻐드렁니 이삼봉과, 한양과 요동의 거상(巨商)으로 군림하는 이덕유의 차이와 같다고나 할까.

그럼 그 차이의 정체는 무엇일까. 바로 재산을 축적하는 방법에서 차원을 달리 한다고 홍태산은 생각했다. 그렇다면 진령군과 홍태산의 차이는 무엇인가. 진령군은 그것이 거짓이건 진실이건 간에 상대의 욕망을 충족시켜 준다는 것이고, 홍태산은 고객의 욕망을 훔친다는 것이었다.

홍태산은 깨달았다. 그렇다. 훔치는 것에는 한계가 있다. 욕망을 만족시켜 주고 환상을 심어 줄 수 있어야 무한한 부가 따라온다. 그렇다고 이제 와서 홍태산이 진령군의 흉내를 낼 수는 없다. 다른 데서 그것을 찾을 수밖에 없다.

정감록

최의재가 추석 선물이라며 안동 소주를 들고 북촌 자택을 찾아왔다. 홍태산은 오랜만에 회포나 풀자며 민길주도 불렀다. 안방 살림을 맡은 장호원 시절의 풋사랑 추월이 갖은 솜씨를 발휘해 안주상을 마련했다. 떡과 산적, 소고기 갈비찜에 신선로까지 푸짐했다.

물론 추월은 더 이상 추월이 아니다. 어린 시절 아버지가 지어준 이름을 되찾았다. 조은단이었다. 은단이 사랑방에서 나와, 참판 나리가 김판수를 들어오라고 했다고 행랑방 창호지를 두들겼다.

김판수가 참석을 사양하자 모두가 소리를 높였다. 이들 사이에 가문이나 출신은 이미 아무런 의미가 없었다. 실패한 갑신정변이었지만 김옥균 등 개혁의 주모자들이 내건 열네 개 정강의 가장 첫머리를 장식한 것은 양반제와 문벌의 폐지, 신분에 구애받지 않는 인재 등용이라는 내용들이었다,

홍태산의 양산박은 이런 내용들에 적극 동감하고 있었다. 누구보다 열정적인 반응을 보인 것은 최의재였다. 사실 최의재는 평생 사령과 아전의 멍에를 짊어지고 살았지만 그 탁월한 정보 수집과 인맥 형성, 정세 판단 등을 따지자면 조선의 어느 누구도 따라오기 힘든 사회적 능력의 소유자였다.

그동안 썩고 문드러진, 그리고 할 줄 아는 것이라고는 성리학 책 몇 줄 외는 것밖에 없는 양반들을 보면서 최의재는 늘 헛웃음을 짓곤 했다. 저런 것들이 세상을 꽉 쥔 채 단 한 순간도 놓치지 않으려 한다는 데 생각이 미치면 가슴 속에서 부아가 치밀어 오르기 일쑤였다.

그 화풀이 대상은 늘 민길주였다. 민길주는 대화를 나누다가 생각이 끊겨 기억이 나지 않으면 버릇처럼 손바닥으로 자기 머리를 두드리고는 했다. 그때마다 최의재는 시 구절을 중얼거렸다.

“양반이란 글 잘하는 이라더니 / 글을 몰라 소 몰 듯하누나 / 서당 아이도 웃고 간다 / 갓끈만 길면 대감인가.”

“내가 글을 모른다고 했나? 갑자기 생각이 나지 않는다는 거지.”

그러면 최의재가 손을 크게 흔들면서 사족을 단다.

“내가 지은 게 아니라 어느 배운 분이 지은 시랍니다. 나한테 원망하

지 마세요."

늘 이렇게 풍자와 익살의 대상이었음에도 민길주는 놀랍게도 최의재의 농담에 진지하게 동의를 표시했다. 그 역시 양반이었음에도 양반이 아닌 처지에 최의재와 동병상련의 느낌이 있었을 것이다.

김판수가 들어오자 문 쪽에 자리 잡았던 최의재가 한쪽으로 비켜 주었다. 갑자기 방안이 가득 차는 느낌이었다. 은단은 부엌 주모와 같이 식사하겠다며 방문을 닫았다.

술잔이 몇 순 배 돌자 화제는 자연히 전국에서 들불처럼 일어나는 민란으로 옮겨갔다. 최의재가 홍태산에게 잔을 올리면서 대화를 선도했다.

"심각합니다. 전국 곳곳에 민란입니다. 출처를 알 수 없는 온갖 소문도 횡행하고 있는 실정입니다."

민길주가 끼어들었다.

"민란이야 어디 한두 번입니까. 이미 철종 임금 때부터 지방에서는 일상화한 지 오래 아닙니까."

최의재가 계속했다.

"대원군과 고종, 민비가 많이 거론돼요. 이들의 수탈과 탄압 정치를 지긋지긋하게 여겨오던 백성들 속에서 '대원군과 고종이 머지않아 패망하고 그 뒤에 정 씨가 나와서 나라를 통째로 뒤집고 바로 세울 것'이라는 참언이 광범위하게 퍼지고 있어요."

민길주가 거들었다.

"그러잖아도 초근목피로 목숨을 이어 나가는 빈민들 아닙니까. 그런 유언비어가 빠르게 확산되는 것도 당연한 일이겠죠. 빈민만이 아닙니다. 일부 식자층 사이에서도 그 유언비어는 비상한 매력을 발휘하고 있어요. 자기네들끼리 술자리를 가지면 반드시 나오는 화제입니다."

그때까지 듣기만 하던 홍태산이 술잔을 내려놓으면서 말했다.

"내용들이 대부분 정감록으로 모여지는구먼. 의재야, 정감록에 대해 좀 아는 게 있느냐."

"저도 잘 모릅니다. 그저 여기저기서 듣기만 해 가지고. 게다가 정감록은 한 권만 있는 게 아니고 저마다 내용이 다르답니다."

"그래? 그럼 항간에 나도는 정감록을 몇 개 좀 구해 오게. 내가 좀 읽어 보겠네."

"그야 뭐, 구해 보겠습니다. 어려운 일은 아니니까요. 운종가에 있는 서방(書房) 몇 군데 다니면 다 나오겠죠. 아마 뒷방에 감춰 놓고 팔 겁니다."

"그렇게 해 보게."

최의재가 다시 정감록과 관련된 민란 이야기로 화제를 돌렸다.

"그러잖아도 제가 얼마 전 경아전 사람들로부터 들은 이야기가 있는데 해 볼까요?"

"뭔데? 재미없기만 해 봐라."라며 민길주가 젓가락으로 최의재를 찌르는 흉내를 냈다.

"위험한 이야기인지도 몰라요."라며 최의재가 좌중을 쓰윽 훑어보았다. 그의 설명에 따르면 애초 그런 유언비어를 퍼뜨린 사람은 평안도 삭령에 살던 정덕기였다.

정덕기는 어려서부터 정감록 책을 끼고 살았다. 성인이 되어 세상이 흉흉하게 돌아가자 조선이 마치 중국 진 나라 말기와 같다는 생각이 들었다. 그래서 당시 진승, 오광이 봉기를 일으켜 진 나라 각지의 민란으로 번진 것처럼 나도 세상을 한번 뒤집어 보자고 마음을 먹게 됐다고 한다.

정덕기는 이웃 동네에서 점술 지식이 풍부한 술사 곽임택을 만나 설득했다. 그리고 써먹을 대사까지 가르쳐 주었다.

"새 세상이 가까워 오고 있다. 고종 이십이 년부터 큰 돌림병이 퍼지기 시작해 병술년에 병자가 크게 늘고 무자년에 무진장 애를 쓰나 효험이 없을 것이다. 마침내 굶주려 죽는 자가 넘쳐 날 것이니, 모두 죽지 않으려거든 정 씨를 하루속히 지도자로 내세워 나라를 구해야 마땅하다. 새 님은 정 씨로 덕이 크게 일어날 분이니 덕 덕 자에 일어설 기 자, 정덕기가 그 이름이니라."

곽임택이 크게 감탄하여 자진해 정덕기 휘하로 들어갔다. 그는 곧 이곳저곳을 떠돌며 정덕기가 가르쳐 준 문장을 운율에 맞춰 노래로 불렀다. 그러잖아도 폭정과 기아에 허덕이던 백성들이다. 나라가 한번 뒤집어지기라도 했으면 하는 바람이 어제오늘이 아니다. 그들에게는 이제야 살길이 보이는 것 같았다.

사람들은 곽임택이 나타나기만 하면 구름 떼처럼 몰렸다. 그리고 물었다.

"도사님, 저희들은 어떻게 해야 살아남을 수가 있겠습니까?"

"살고 싶으면 깊은 산이나 들판으로 이사를 가라. 정감록에도 십승지(十勝地)가 자세히 나와 있다. 거기서 끝 날을 구경할 수 있을 것이다."

"끝 날이라니 그게 언제입니까."

"머지않았다. 내 눈에는 새 세상이 보인다."

"어떻게 알 수 있습니까."

"그때가 오면 정 씨로 덕 덕 자에 일으킬 기 자, 즉 덕으로 나라를 일으킬 분이 나타나실 것이다. 그 진인을 따라가면 된다. 물론 나라를 일으키려면 돈이 많이 드는 일이다. 진인도 지금 열심히 돈을 모으는 중이다. 너희들도 새 나라에 들어가려면 각자 분수대로 돈을 내놓도록 하거라. 너희들이 내는 돈은 액수대로 장부에 기록될 것이고, 새 나라가 건국되면 공적에 따라 복이 돌아갈 것이다. 기부액이 크면 진인이 세운 나라에서 벼슬도 내려질 것이다."

솔깃한 백성들이 저마다 돈주머니를 연 것은 당연했다. 하지만 문제가 발생했다. 정덕기가 대부분의 돈을 자기 주머니에 챙기다가 곽임택과 싸움이 벌어진 것이다. 곽임택으로서도 화가 날 만했다. 재주는 곰이 부리고 돈은 되놈이 챙긴 꼴이 돼버렸기 때문이다.

결국 두 사람의 분쟁이 지방 관아에까지 이어졌다. 그러잖아도 여기저기 나타나는 정감록과 관련된 혹세무민으로 골치를 앓던 조정이 정덕기와 곽임택을 체포해 본보기로 효수형에 처해버렸다.

흥미진진하게 이야기를 듣던 민길주가 한숨을 쉬었다.

"저런저런, 대부분의 역모들처럼 결국에는 항상 내분으로 끝난다니까."

최의재가 내분이라는 말에 고개를 끄덕이며 말했다.

"정덕기야 억울했겠지만 그래도 곽임택의 노력을 인정해 주고 적절하게 수입을 나눴으면 됐을 텐데 끝이 안 좋았죠."

홍태산이 한마디 했다.

"그래도 쓸 만한 작전이었네. 정덕기가 머리가 좋구먼. 시대의 분위기를 제대로 읽은 것 아닌가."

민길주와 최의재가 그 말에 동시에 동감을 표했다. 네 사람은 다시

술판으로 돌아왔다. 잔이 왔다 갔다 하면서 즐거운 시간이 밤늦도록 이어졌다.

며칠 후 최의재가 홍태산의 지시대로 세 권의 정감록을 들고 왔다. 그날 밤부터 홍태산은 정감록을 세밀하게 읽어 나갔다.

정씨 성을 가진 구세주 정 도령이 조선 왕조를 뒤엎고 새로운 나라를 세운다는 정감록의 기본 줄거리는 정여립의 난 때부터 백성 사이에 회자됐던 오랜 이야기다.

인조 구 년, 옥천에 사는 권대진이라는 자가 예언을 믿고 모반을 일으켰는데, 그와 한 패거리가 "영남의 정 씨 성을 가진 사람이 생김새가 기이하고 두 어깨에 해와 달의 모양이 있는데, 이 사람을 추대해 왕으로 삼을 것이다. 이 사람은 가야산 아래에 사는데, 이름은 한이고, 나이는 임오생이다."라는 말을 퍼뜨렸다고 했다. 장차 충청도의 계룡산을 새 도읍으로 정하려 한다는 이야기도 함께 퍼졌다.

조정으로서는 경계하지 않을 수 없는 참언이었다. 오죽하면 영조 임금이 "정감록은 도적들이 믿는 책으로 매우 교활하고 사악하다."라고 말했겠는가.

하지만 정감록은 판본이 여러 가지라 어느 하나를 딱 집어 말할 수가 없다. 그저 시대에 뜻을 잃고 나라를 원망하는 무리가 저마다 풍수도참을 현실에 맞게 정리하여 '정감록'이라는 이름을 따 책으로 만들고 유포한 것들이다.

그나마 정감록들 가운데 '감결'이라는 책에 사회 혁명을 지향하는 문장들이 잘 정돈되어 있는 편이다.

"가난한 사람은 살고, 부자는 죽을 것이다."

"부자는 돈과 재물이 많기 때문에 섶을 지고 불로 뛰어 들어가는 것과 같고, 가난한 사람은 일정한 직업이 없으니 어디를 간들 빈천하게라도 살지 못하겠는가."

"만일 말세에 이르면 아전이 태수를 죽이면서 조금도 거리낌이 없고, 상하의 분별이 없어지고, 삼강오륜에 급변이 잇따라 일어날 것이다."

"사대부의 집안은 잘난 척이나 하다 망하고, 벼슬아치의 집안은 탐욕으로 망할 것이다."

홍태산은 책을 읽으면서 자연스레 확인한 것이 있었다. 그 안에 담긴 민중의 정서였다. 지금 이 시대의 민중은 현실을 전면적으로 거부하고 있다. 세상이 뒤집어질 것을 간절히 염원하고 있다.

그럼 감결에 담겨 있는 십승지는 이런 간절한 혁명 염원과 어떻게 연결되는 것일까. 감결은 새 세상을 말하고 있다.

"병화가 미치지 않으며, 흉년이 들지 않아서 평범한 사람끼리 만나서 결혼하고 형제들이 화기롭게 살아갈 수 있다."

이런 민중의 염원을 구체적으로 그리고 있는 것이 바로 해도기병설(海島起兵說)이었다. 정감록 사상 가운데 가장 강력한 저항 논리로 등장한다. 홍태산이 해도기병설 부분을 읽다가 벌떡 일어났다.

해도기병설은 어떤 진인이 '해도' 그러니까 바다 저편의 섬나라에서 군사를 이끌고 조선의 현 왕조를 무너뜨리고 새로운 왕조를 건설한다는 내용이다. 바로 십승지의 삶을 가능케 하는 이상 사회다.

홍태산은 이 부분을 읽고 또 읽었다.

그렇다. 병영 생활을 하던 어느 늦은 가을날, 여러 병사들이 병영 막사 한편에 웅크리고 앉아 햇볕을 쬐던 때가 기억났다. 그 자리에서 들은 적이 있다. 늙은 병사가 마치 직접 가 본 것처럼 이야기를 해 주었다.

"우리가 사는 이 땅에서 멀지 않은 곳에 남조선이라는 곳이 있다고 한다. 때가 되면 그곳에서 진인이 나와서 우리를 그곳으로 이끌어 간다고 했다. 그러면 지금처럼 양반들에게 시달리고, 나라에 뼈와 살까지 갖다 바쳐야 하는 일이 다 사라지고 우리가 바라는 모든 일이 이루어지는 좋은 세상을 맞이한다고 분명히 들은 적이 있다."

모두가 늙은 병사의 이야기에 넋을 잃고 있을 때, 어떤 병사가 자기도 알고 있다는 듯 말했다. 깡마르고 길쭉한 체구의 병사였다.

"남조선이 어디 있는 줄 아십니까. 남해 제주도 밖에 있는 곳인데, 땅이 넓고 토질이 기름져 농사도 잘 되고 살 만한 곳이라고 합디다."

또 한 명의 병사가 누운 채 강아지풀로 자신의 얼굴을 이리저리 간지럽히다가 길쭉한 병사를 향해 말했다.

"마치 가 본 것처럼 이야기하네?"

"가 본 것은 아니지만 내가 군영에 들어오기 전에 절에서 고승을 모시는 행자 노릇을 잠깐 한 적이 있소. 그때 스님이 그렇게 말합디다."

"그 고승은 가 봤대?"

"아니, 가 봤다는 것이 아니라 우리가 노력하면 갈 수도 있다고 했소."

"노력? 에이, 짜증 나. 이 이상 어떻게 더 노력을 해야 되냐?"

또 한 병사가 맞장구쳤다.

"왜 나는 그런 나라에서 태어나지 못하고 이런 망할 구석에서 태어나 가지고…. 에이 우라질."

한 명이 그렇게 말하자 너도나도 시끄럽게 떠들었다.

"그러게 말이야."

"다음 생에 다시 태어나면 갈지도 모르지."

"인마, 넌 틀렸어, 다시 태어나면 우리 집 개로 환생할 거니까."

"그래도 괜찮아, 이 쌍놈아. 넌 어차피 너희 집 외양간 쥐새끼로 태어날 테니까. 그때 내가 가만 놔두나 봐라."

"그래~ 우리가 환생한다고 또 어디로 가겠냐. 씨부럴."

그 한마디 한마디 기억들이 지금 새록새록 뇌리에 되살아났다. 홍태산은 자리에서 일어났다 앉았다를 몇 번씩 반복했다. 해도기병설이라, 해도기병설… 해도기병설….

며칠 동안 방안에 틀어박혔던 홍태산이 김판수를 큰 소리로 불렀다. 김판수가 방 밖에서 "으흠." 하고 신호를 보내자 문을 열고, 김판수를 향해 얼굴을 쑥 내밀었다.

"판수야, 너 지금 당장 밖에 좀 다녀와야 할 것 같다."

"예, 무슨 일인데요?"

"민 영감하고 최의재를 불러와라. 늦어도 상관없으니 모두 모이라고 해. 긴급히 상의할 게 있다."

김판수가 떠나고 한참이 지났지만 홍태산은 여전히 서안 위에 놓인 정감록을 만지작거렸다.

새 세상으로 가는 초대장

모두 모인 것은 보신각종이 스물여덟 번이나 치면서 도성의 문을 닫는다고 알린 지 한참 지나서였다. 홍태산이 먼저 사과부터 했다.

"이거 미안합니다. 늦은 시간에. 하지만 워낙 중대한 생각이 갑자기 떠올라서 같이 이야기하지 않고서는 잠자리에 들 수가 없었습니다."

민길주가 고개를 크게 흔들었다.

"중요한 일이라면 밤을 새서라도 같이 논의해야죠."

최의재도 끄덕이며 동의를 표시했다.

홍태산이 좌중을 둘러보더니 조용히 입을 열었다.

"큰 사업을 하나 할까 생각 중입니다. 아주 큰 사업입니다. 하지만 그만큼 비밀리에 수행해야 할 일입니다…."

홍태산이 두 사람을 교대로 바라보았다. 민길주와 최의재가 긴장하는 표정을 지었다. 홍태산이 다시 최의재를 향한 채 말을 꺼냈다.

"저번에 최의재가 정감록과 관련된 이야기를 했었죠? 그 왜 정덕기라는 자가 진인 흉내를 내다가 효수를 당했다고."

두 사람이 고개를 끄덕였다. 최의재가 그제야 눈치를 챈 듯 고개를 갸우뚱하며 물었다.

"혹시 정감록 관련된 건가요?"

홍태산이 고개를 끄덕였다.

"그 사람들이 머리는 잘 쓴 겁니다. 하지만 내분이 일어나 도중에 파투를 내고 말았지만. 그거 내가 해 볼 생각입니다."

최의재가 놀랐다.

"예?"

민길주는 침착했다. 그가 홍태산을 쳐다보았다.

"어떻게 하실 생각인데요."

홍태산이 속을 털어놓기 시작했다.

"민란이 왜 일어난다고 생각하십니까?"

"더 이상 이대로는 못 살겠다는 것 아닙니까."

"그렇죠. 더 이상 이대로는 못 살겠다, 그러니 바꿔 달라, 이것 아닙니까."

"그렇죠."

"그 바뀌는 세상은 어떤 걸까요."

최의재가 끼어들었다.

"그야 새 세상이죠. 백성들 뼈까지 갉아 먹으려 드는 양반 놈도 없고, 나라의 가렴주구도 없고, 배곯지도 않는 세상."

"바로 그거지. 새 세상을 펼쳐 주는 것. 정덕기가 했던 것처럼."

"그건 정덕기가 아니더라도 이놈, 저놈 다 그렇게 하잖아요?"

"하지만 내 생각은 달라. 구체적으로 새 세상을 보여 주는 거야. 그리고 그곳에 어떻게 갈 수 있는가도 가르쳐 주는 거지."

민길주가 다시 말했다.

"어떻게요?"

"정감록에 보면 해도기병설이라는 것이 있습니다. 그거죠. 새 세상이 어디 있다. 노력하면 그곳에 갈 수 있다. 내세가 아니라 현세에서. 그럼 그게 어떤 세상이냐, 나는 그걸 율국이라고 부를 것입니다. 율국은 어떤 나라이고 그리고 율국에는 어떻게 가는가를 가르쳐 줄 것입니다. 그렇게 해서 새 세상에 대해 허기진 민중에게 그들의 상상 속 꿈을 충족시켜 주는 것입니다. 그들의 간절한 바람을 채워 주는 것입니다. 물론 조정이 알면 정덕기 사건처럼 때려잡아 죽이려고 들겠죠. 그래서 이 사업을 한다면 아주 비밀리에 추진해야 합니다. 일반 백성을 상대하면서

세상을 시끄럽게 만들 것이 아니라 돈 많고 권세를 원하는 자들을 족집
게로 선별해서 그들을 상대로 사업을 벌일 것입니다. 그럼 이 사업의
요지는 뭔가. 새 세상에 갈 수 있는 통행료와 입장료를 우리가 팔아먹
는 겁니다."

최의재가 고개를 갸우뚱했다.

"팔릴까요?"

"우린 이미 정덕기 사건에서 확인했습니다. 정덕기와 술사 곽임택이
새 세상을 맞기 위해 각자가 분수대로 돈을 내놓으라고 하자 너도나도
수많은 사람들이 기꺼이 돈을 내놨습니다. 누가 얼마나 헌신했는가에
따라 복을 나눠준다고 하자 한 푼이라도 더 내놓으려고 경쟁까지 하지
않았습니까. 이 세상에서 새 세상으로 가기 위해 기꺼이 돈을 내놓겠다
고 하는 사람들이 수없이 많다는 것을 확인했습니다."

민길주가 의심을 표시했다.

"하지만 정덕기 때처럼 조정에 발각될 수도 있잖습니까. 우리가 나서
면 결국 우리가 노출될 텐데요."

"그것도 생각했지요. 하지만 정덕기 때와는 달라요. 전면에 나서는
것은 우리가 아니고 다른 사람들입니다. 우리는 몰래 뒤에서 조종만 하
는 겁니다. 만에 하나 조정에 노출됐다, 그러면 우리는 빠지는 겁니다.
조용히 사라지는 거죠. 흔적도 남기지 않고."

최의재가 끼어들었다.

"그 방법도 생각했어요?"

"당연하지. 좀 복잡하지만 장치는 이렇습니다. 일단 전면에 나설 술
사들이 몇 명 있어야 합니다. 이들이 각각 지역을 배분받아 선택된 고

객들을 만나 율국이 어떤 곳이고 어떻게 가는가를 설명할 것입니다. 설득이 된 고객은 율국에서 왔다고 자신을 소개하는 사람들에게 통행료와 입장료를 지불합니다. 물론 각자의 분수대로 돈을 내놔야 하죠. 그다음 율국에서 파견된 사람들은 돈을 모아 특정한 곳으로 보냅니다. 율국 사람들과 우리는 점조직으로만 연결됩니다. 서로 연락할 때는 보부상이 배달하는 짐 속에 편지를 담습니다. 배달 장소는 임시로 만들면 됩니다. 여러분도 아시다시피 보부상은 보부상 조직을 이용해서 어떤 물건이든 전국 어느 장소든 정확히 배달을 완료합니다. 따라서 사고가 발생하면 편지만 끊으면 됩니다. 보부상원 개개인은 누가 누구와 만나 무엇을 교환했는지 알 길이 없습니다."

갑자기 말을 끊은 홍태산이 민길주로 시선을 향했다.

"보부상 두목인 도두(都頭)는 민 영감께서 만나 주십시오. 특별히 배달 문제를 말씀드리고 사례비를 드리면 됩니다. 저도 나중에 만나 보겠습니다. 그럼 말단인 보부상원들에게 특별 지시가 내려갈 것입니다. 중간에 말을 듣지 않거나 말이 새 나가는 등의 일은 걱정하지 마십시오. 그런 일이 일어날 수도 없지만 설령 일어난다 해도 도두는 조합원의 범죄나 위반 행위에 사형까지 명할 수 있는 사람입니다. 그 사람들 여태껏 지방 수령에게 판결을 구하는 것을 본 사람이 하나도 없다고 합니다. 이건 최의재가 더 잘 알 것입니다."

최의재가 고개를 크게 끄덕였다.

"잘 알고 있죠. 그자들은 조정이나 지방 수령들도 자기네 일에 간섭할 권리가 없다고 말할 정도니까요. 만에 하나 자기네 조합원 문제에 간섭하거나 특정 지방이 불만을 표시할 때는 보부상들이 일제히 그 지역에서 철수해 종적을 감춥니다. 그럼 큰일이 나죠. 당장 그 지역의 상업이 중단되고 상품도 돌지 않습니다. 무서운 인간들이에요. 한때 경상도 의성에서 현감과 보부상 조직 사이에 말썽이 생긴 적이 있어요. 갑자기 의성읍 전체가 마비되는 바람에 현감이 할 수 없이 그들과 만나요구를 들어줄 수밖에 없었죠. 그거 유명한 사건입니다."

홍태산이 다시 말을 이어 나갔다.

"율국 파견인과 우리 사이에 돈이 새 나가는 것은 불가능합니다. 고객이 보는 앞에서 율국 파견인이 장부에 기록을 하는 만큼 걱정할 것이 없습니다. 술사는 술사대로, 율국 파견자는 파견자대로 수금액 중 일정 비율로 보수를 받게 될 것입니다. 보수 역시 보부상의 배달망을 통해 배분될 것입니다."

긴장의 끈을 늦추지 않았던 민길주가 서서히 웃음을 지었다.

"치밀하시네요. 계획이 완벽한 것 같습니다. 제가 뭘 더 덧붙이겠습니까. 도두를 만나는 것은 제가 알아서 하겠습니다. 걱정하지 마십시오."

"고맙습니다. 이제부터 시작입니다. 일은 각자 분담해서 알려드리겠습니다. 의재는 술사 모집을 맡을 사람을 알아봐 주게. 복술사들은 서로 잘 알걸세. 율국 파견인들은 다른 사람을 시키겠습니다. 특별 교육도 시켜야 할 것이고. 큰일이니만큼 모두 힘드실 겁니다. 하지만 성공만 하면 엄청난 재부가 굴러들어 올 것입니다. 저도 이번에 깨달았습니다. 우리는 여지껏 남의 것을 빼앗는 데만 열중했지만 이젠 남의 욕망이 무엇인지를 살피고 그것을 충족시켜 주는 것이야말로 더 큰 돈벌이라는 것을 알게 됐습니다."

민길주와 최의재가 거의 동시에 "맞는 말입니다."라며 감탄사를 발했다.

사업은 계획대로 진행됐다. 먼저 술사 여덟 명이 전국 각지를 돌며 제주도 넘어 섬나라에서 곧 진인 정자방이 올 것이라고 예언했다. 제주도 넘어 섬나라라는 말에 사람들이 호기심을 보였다. 더군다나 그곳에 대한 꿈같은 이야기가 듣는 이들을 홀리기에 충분했다.

"나라 이름이 율국입니다. 옛날 홍길동이라는 소설을 지은 허균이 어디서 전해 듣기는 했지만 정확히 모르고 글을 함부로 쓴 것입니다. 율도국이 아니라 율국이 맞습니다. 이건 제가 꾸민 말이 아닙니다. 다행히 지금 율국에서 오신 몇 분이 있습니다. 여러분들이 필요하시다면 그 분들을 만나 직접 확인할 수도 있습니다. 그곳은 물론 조선처럼 큰 나라는 아닙니다. 제주도의 약 다섯 배 크기에 불과합니다. 그런데 땅이 너무 비옥해 곡식 생산량은 아마 조선에 버금갈 정도입니다. 기후가 따뜻하고 토질이 좋다 보니 쌀은 일 년에 두 번, 콩이나 조, 수수 등은 세 번까지 수확이 가능합니다. 어딜 가든 물이 깨끗하고 풍부해 가뭄이라고는 모르는 곳입니다. 나무에는 사과, 배, 밤, 감 등 온갖 과일들이 주렁주렁 열리고, 울창한 산이나 한없이 펼쳐진 들에 사슴이나 멧돼지, 꿩 등이 넘쳐 납니다. 여러분이 지금 당장 간다고 해도 언어나 음식에는 아무런 불편이 없습니다. 율국 사람들은 원래 고려말에 조정의 압제에 시달리고, 조선왕조가 열리자 전 왕조 사람들이라고 해서 핍박받다가 집단으로 이주한 사람들입니다. 그냥 조선 사람이라 해도 지나치지 않습니다."

어딜 가나 숨은 부자들은 있게 마련이다. 어딜 가나 권력 판을 기웃거리는 사람들은 있게 마련이다. 숨은 부자들은, 악착같이 빼앗으려 드는 관리들의 눈을 피해 재화를 안전한 곳으로 옮기고 싶었고, 권력에 눈이 먼 사람들은 어떻게 하면 좋은 자리를 차지할 수 있을까 발버둥쳤다.

술사들은 설득에 넘어간 자들을 곧바로 율국 파견자들에게 넘겼고 율국 파견자들은 그들을 대상으로 통행료와 입국료를 받아냈다. 수령 확인서가 정확하게 발급됐다. 율국 파견자들은 뱃삯만 판 것이 아니다. 지도로 그려진 땅의 소유권이 대량으로 판매됐다. 정부의 각종 직책과 그곳에서 당장 쓸 수 있는 값진 동전까지 팔았다. 율국 동전은 홍태산의 옛날 동료였던 엄사만이 대장간에서 대량으로 주조했다.

율국 파견자들은 구매자들이 지켜보는 가운데 투자액을 일일이 장부에 기록하면서 작은 소리로 그들의 귀에 속삭였다.

"이 같은 사실이 공공연하게 알려지면 조정은 곧바로 나라를 떠나려는 자들을 체포하고 강력 처벌하게 될 것입니다. 사실 조선 왕궁의 밀실에서만 돌고 있는 이야기인데 율국을 왜국에 버금가는 적국 정도로 취급한다고 합니다. 사촌이 부자가 되면 배가 아픈 것과 같은 이치 아니겠습니까. 출국 날짜가 개별로 통지되고, 포구별로 만남의 장소에 도착할 때까지는 어떤 일이 있더라도 입을 굳게 닫고 있어야 합니다. 비밀이 가장 중요합니다."

9

원산으로 가는 길

썩어도 준치? 썩은 준치!… 청과 러시아

갑신정변 이후 청국은 다시 조선의 머리 위에 군림하려 들었다. 조정의 외교정책은 물론 내각 인사에까지 입김을 불어넣었다. 조선의 대외교섭은 모두 청 조정의 허락을 받아야 했다. 그 물리적 기반으로 청국군 이천 명 이상이 서울에 상시 주둔해 있었다. 조선 조정이 느끼는 압박감은 상상 이상이었다.

민비는 청국의 영향력 행사를 억제하는 한편, 압제로부터 벗어날 수 있는 탈출구를 모색했다. 그런 몸부림 중에 백마를 타고 나타난 구세주가 아라사 즉 러시아였다. 민비는 러시아 공사관을 통해 비밀 교섭을 시작했다. 가장 중요한 협의 내용은 러시아가 청국과 일본의 간섭으로부터 조선 왕실의 안전을 도모한다는 것이었다.

조선 조정 곳곳에 간자(間者)를 깔아 놓은 청국과 일본 공사관이 민비의 이중 행각을 놓칠 리 없었다. 양국의 강력한 항의가 조정에 전달됐다. 깜짝 놀란 고종과 민비는 그 책임을 러시아인과 가장 흡사하게 생긴 묄렌도르프에게 떠넘겼다. 그가 남몰래 저지른 행각이라는 변명이었다. 묄렌도르프는 결국 외교를 담당하는 외무협판에서 파면됐다. 곧이어 총세무사 자리에서도 물러났다.

하지만 청은 이런 유치한 변명에 넘어가지 않았다. 즉각 보복 조치가 발표됐다. 청은 임오군란 이후 청국에 억류 중이던 대원군을 귀국시킨다고 발표했다. 친청보다 친러시아가 더 악질적이라고 여기는 일본도 청국의 이런 방침에 적극 동참했다.

고종과 민비로서는 청천벽력이었다. 연이어 사절단을 북경에 파견했다. 사신들은 청 조정을 설득하기에 진땀을 흘렸다.

"대원군은 임오군란의 주모자입니다. 그가 귀국하면 국내에 다시 소란이 일어날 수 있습니다. 이대로 청에 머물도록 조처해 주시기 바랍니다."

청의 북양대신 리훙장은 민비의 간절한 호소에 콧방귀도 뀌지 않았다.

"대원군이 청에 온 이후로도 조선에서는 환란이 계속 일어나고 있지 않습니까. 이를 보더라도 조선의 소란은 대원군과 아무런 관계가 없고, 민씨 일파의 졸렬한 정치가 직접적 원인이라고 생각합니다. 민비는 온갖 영화를 누리고 있는 판에 시아버지가 언제까지 타국에서 원하지 않는 생활을 해야 한다는 말인가요. 시아버지의 귀국을 가로막으려 들다니 이야말로 인륜을 저버리는 행위 아닙니까."

인륜이 외교 문서의 주제로 떠오르는 것 자체가 해학이었다. 인륜이란 늘 정치 앞에서 수단에 불과한 것이다. 청의 입장에서는 과거 두 차례나 민비를 정치적 위기에서 구출해 주었으며 권력 유지에도 도움을 주었다. 그럼에도 러시아와 뒷거래를 꾀하고 있다는 사실에 대한 배신감을 인륜으로 포장한 것뿐이다.

민비의 탄원에도 불구하고 대원군은 그해 시월 초 청국의 군함을 이용해 인천에 상륙했다. 삼 년 만이었다. 대원군의 이때 나이가 육십오 세였다. 인천 부두에는 조선 조정에서 단 한 명도 마중 나오지 않았다.

환영 행사에 얼굴을 내비친 것은 오히려 청국에서 조선으로 파견된 초대 주차대신 원세개였다. 원세개는 당시 스물여섯 살의 야심만만한 장교였다. 리훙장은 원세개를 통해 조선 내정을 감시하는 한편 외교를 통제하려고 했다.

이틀 후 대원군은 원세개가 지휘하는 북양수군 육전대의 호위를 받으며 서울에 들어왔다. 다음날 대원군은 고종을 만났다. 늘 수렴 뒤에 앉아 있던 민비가 이날은 얼굴을 비치지 않았다.

민비는 바로 그 시각, 좌·우 포도대장에게 임오군란의 잔당을 색출하는 한편, 대원군과 조금이라도 관련이 있는 자들은 모조리 체포, 구금하라고 지시했다. 그나마 감옥에 남아 있던 관련자들은 모두 극형에 처해졌다.

민비에게 대원군의 존재는 그 자체가 재앙이었다. 민비는 극도의 신경쇠약 증세로 몸져누울 정도였다. 진령군이 무당과 기도사들을 불러들여 악기 연주를 곁들여 주문을 외는 대규모 기도 행사를 개최했다. 중전의 건강 회복이라는 명목 하에 전국 각지의 절에 거금을 시주하는 바람에 궁정의 재정은 또다시 휘청거렸다.

민비는 병석에 누워 있으면서도 러시아와의 비밀 접촉을 포기하지 않았다. 고종은 청국의 면밀한 감시망이 끝내 걱정됐다. 민비의 병석 옆에 앉은 고종이 은근히 우려를 표시했다.

"저번에 청국 놈들에게 들키는 바람에 대원위대감의 귀국까지 불러오지 않았소."

"저들이 우리를 조금 도와주었다고 해서 조정 일을 사사건건 간섭하려 들지 않습니까. 저들을 힘으로 누르려면 청보다 나은 제삼국의 보호와 군사원조가 절실합니다. 마침 러시아에서 온 위베르 대리공사가 저희 쪽에 먼저 접근해 오고 있습니다. 그런 러시아 사람을 우리가 굳이 외면할 것도 없지 않습니까."

사실이었다. 위베르는 조선에 오는 길에 이 나라의 명실상부한 실권자가 민비라는 점을 사전 파악하고 민비의 측근들에게 여러 가지로 유혹의 손길을 뻗치고 있었다. 조선 궁정 돌아가는 꼬라지는 제정 러시아 로마노프 궁정과 다를 바가 없었다. 자연히 연회라는 명목 하에 고종과 민비 그리고 위베르의 달콤한 환담이 매일 같이 이어졌다.

최의재가 홍태산의 집으로 찾아왔다. 문이 열리자 휘적휘적 들어오는 최의재의 긴장한 표정이 역력했다. 김판수가 되레 놀란 얼굴로 물었다.

"형님, 뭐 귀신이라도 봤습니까? 표정이 원."

"참판님은 계신가?"

"곧 오시겠지요. 오늘 특별한 일은 없다고 하셨으니."

잠시 기다리자 홍태산이 내수사 일을 마치고 귀가했다. 최의재를 보자 홍태산이 반가워했다. 얼마 전 전주를 다녀온다더니 꽤 일찍 여정을 마친 듯했다.

"조금 심각한 일이 벌어졌습니다."

"무슨 일인데?"

"고부에서 민란이 크게 터져 불길이 전라도 전역으로 확산되는 모양입니다."

"고부? 고부라면 조병갑 군수 아닌가? 하지만 민란이 어제 오늘의 일도 아닌데 뭘."

"이번에는 좀 다른 모양입니다."

"하긴 조병갑이 워낙 악명 높은 인간이니까 민란이 안 터진 게 이상할 정도지. 그 인간 어떤 짓을 저질러 왔는지 아나? 이 년 전 고종에게 칠만 냥을 주고 고부군수 자리를 샀다더군. 조정 내에서도 소문이 자자하니까."

아니나 다를까 그는 부임하자마자 갖다 바친 돈을 뽑아내겠다며 군민을 상대로 가렴주구를 시작했다. 저수지가 있음에도 만석보라는 새 저수지를 만들어 물 세금으로 칠백 석의 쌀을 따로 징수했고, 모친상을 당하자 아전들을 닦달해 부조금으로 이천 냥을 걷어 냈다.

부친인 태안군수의 공덕비를 세운다고 천 냥을 뜯어냈고, 불효, 음행, 잡기 등 온갖 죄목을 농민들에게 뒤집어씌워 옥에 가둔 다음 돈을 받고 풀어 주었는데, 이른바 속신이다. 이 과정에서 모두 이만 냥을 갈취했다.

"근데 전봉준의 아버지 전창혁이 이에 항의하다가 곤장을 맞고 죽었다고 합니다. 분개한 농민들이 들고 일어나 민란을 일으키게 된 거죠. 전봉준이 마침 고부의 동학 접주이지 않습니까."

"그래 어떻게 됐어. 조정에서 그 자식을 가만 놔뒀나?"

"농민들이 무리 지어 조정에 조병갑의 학정을 시정해 달라고 요구했는데 다행히 신임 고부군수가 시정하겠다고 약속을 한 모양이에요. 그런데 안핵사로 간 이용태라는 놈이 다시 문제를 일으켰어요. 그자가 역졸 팔백 명을 대동하고 고부로 가서 주모자를 색출한다는 구실로 마을마다 수색하면서 닥치는 대로 만행을 저질렀나 봐요. 되레 농민들을 체포하고 재물을 약탈하는가 하면 심지어 젊은 처자들에게 몹쓸 짓까지 했다는군요. 이용태가 모든 책임을 농민들한테 뒤집어씌우고 농민 대표자 몇 명을 처벌하는 짓까지 저질렀습니다."

"아예 민란 일으키라고 염장을 질러 버린 거네. 쯧쯧."

"아버지가 돌아가시자 동학 접주 전봉준을 비롯한 농민 지도부가 동학교도들에게 일제히 사발통문을 돌렸어요. 그 사발통문이 정말 놀랄 만해요. '고부군수 조병갑을 죽이고 전주 감영까지 쳐들어간다.'는 등

대담한 내용이 담겨 있다고 합니다."

"으음, 그렇다면 심상치 않은데. 당분간 사태를 예의 주시해보게. 만에 하나 더 크게 번지면 우리도 다시 모여서 어떻게 해야 할지 논의해야 할 테니까 말일세."

"예, 필요하면 그쪽으로 다시 한 번 돌아보겠습니다."

"그렇게 하게. 서울 쪽은 나도 수소문해서 정보를 모아 보겠네."

최의재의 우려대로 사태는 악화일로를 걸었다. 농기구로 무장한 농민들은 고부 관아를 손쉽게 접수한 뒤 아전들까지 붙잡아 족쳤다. 무기고를 열어 무장까지 했다. 조병갑이 거둬들인 곡식 일천사백여 석을 몰수하여 농민들에게 돌려주고 만석보를 허물어 버렸다.

기세가 오른 농민군에 전봉준이 동학 조직을 가담시켰다. 이로써 농민군은 팔천 명으로 부풀었다. 농민군은 전주로 향했고 조정은 조정대로 이들을 막기 위해 관군을 대거 동원했다. 하지만 기강이 해이해진 관군은 일반 백성을 대상으로 노략질을 저지르거나 각종 민폐를 끼치는 등 대민 범죄를 자행했다. 조선은 머리만 썩은 게 아니다. 손가락, 발가락까지 시커멓게 썩어가고 있었다.

관군이 연전연패당하는 것은 어쩌면 당연했다. 동학 농민군은 마침내 전주 부성을 공격해 함락시켰다. 고부 민란 소식이 전국으로 퍼지면서 황해도의 황주와 해주, 강원도 원주와 경상도의 김해에서 봉기가 일어났고, 충청도의 옥천과 회덕에 이어 목천과 보은 등지에서도 앞서거니 뒤서거니 봉기가 이어졌다.

고종과 민비에게 민란은 이미 면역이 돼 있었다. 그보다 더 두려운 것은 봉기와 관련된 대원군의 동향이었다. 동학 농민군의 일부가 홍선

대원군과 내통했다는 사실이 알려지면서 민씨 내각은 더 이상 관군에게만 의존할 수 없다고 판단했다. 결국 청 조정에 도움을 요청할 수밖에 없게 됐다.

갑오농민전쟁에는 동학교도와 농민들만 참여한 것이 아니다. 조정의 수탈과 폭정에 질려 버린 사대부와 사찰 승려들까지 가담했다. 이런 정세를 접한 흥선대원군이 절호의 기회로 삼아 정권 타도의 계획을 수립했다는 소식이 들려왔다. 고종과 민비가 초조해졌다.

다행히 지원 요청을 받은 청군이 신속하게 움직였다. 진압 부대를 조직하는 동시에 갑신정변 이후 청과 일본이 체결한 천진조약에 따라 파견 사실을 일본 측에 통보했다. 천진조약은 청과 일본 양국이 조선에 군대를 파견할 때 반드시 사전 통보한다는 합의문을 담고 있었다.

청군의 선봉대가 아산만 마산포에 입항했다. 약 이천팔백 명 규모였다. 일본군은 인천으로 들어왔다. 오토리 게이스케 일본 공사는 이틀 후 육전대 사백 명을 데리고 한양으로 가겠다고 조선 조정에 통보했다. 무쓰 무네미쓰 외무상의 특별 지시에 따른 것이다.

무쓰 외상이 오토리 공사에게 보낸 전문은 다음과 같았다.

"외교상 다소 물의가 있더라도 혼성여단을 서울에 진주시킬 것. 그리고 조선 조정에는 '내란을 빨리 진압하는 것이 상책이며 일본군이 반란군 진압을 적극 원조하겠다.'는 의사를 전할 것."

일본 정부가 이렇게 적극적으로 나온 데는 특별한 이유가 있었다. 청군은 지난 갑신정변 당시 창덕궁을 지키던 일본군을 손쉽게 무찌르고 조선 조정을 장악했다. 여전히 과거의 승리 기억에 젖어 있는 만큼 이번에도 반드시 일본군을 공격할 것이다. 이를 기회로 일전을 치름으로

써 조선 조정을 완전히 일본이 장악하겠다는 각오였다.

천진조약은 양국이 같은 수의 병력을 파견한다는 합의 조항을 두고 있다. 그런데 일본군이 약 이만 명의 병력을 조선에 상륙시켰다는 보고를 받고 청 측이 귀를 의심했다. 일본 정부가 다른 속셈을 지니고 있음이 명백해진 것이다.

일본은 조선 조정을 강하게 밀어붙였다. 이번에는 어떤 수단을 쓰더라도 반드시 청과의 개전 구실을 만들어야 한다는 각오를 노골적으로 내비쳤다. 그 외교 구실로 꺼낸 것이 조선의 청에 대한 종속 여부였다.

오토리 공사는 고종과 민비를 알현하는 자리에서 청이 일본에 보낸 국서를 제출했다. 오토리 공사가 말했다.

"청국이 출병하면서 일본에 보낸 국서에 '조선은 우리의 보호 속방'이라는 문구를 집어넣었습니다. 국왕께서는 이를 인정하십니까?"

고종이 우물쭈물하며 변명하려 하자 민비가 고종에게 침묵하도록 신호를 보냈다. 고종이 국서만 쳐다보고 있자 오토리가 계속했다.

"만약 조선 측이 '속방'이 아니라 '독립국'이라고 대답한다면 청국군은 조선의 자주권을 범해서 파병한 것이므로 이들을 국외로 추방해야 마땅합니다. 만에 하나 할 수 없다고 하신다면 저희 일본군이 직접 나서겠습니다. 반면 '조선은 청의 속방'이라고 말씀하신다면, 그렇다면 조선을 자주국이라고 밝혔던 조선과 일본 사이에 체결된 강화조약은 일본을 속인 것입니다. 그렇습니까?"

고종은 끝내 아무 말도 하지 않았다.

내관으로부터 고종이 아무런 답변도 하지 못했다는 이야기를 듣고 홍태산은 청과 일본의 전쟁이 불가피하다고 판단했다. 일본 쪽은 분명

"만일 조선이 청군을 추방할 수 없다고 하신다면 일본군이 청군을 추방하겠다."고 말했다. 전쟁을 불사하겠다는 의미다.

적을 알고 나를 알면 백 번 싸워도 위태롭지 않다. 일본군은 나름대로 양국의 군사력을 면밀히 측정해 왔을 것이다. 전쟁을 불사하겠다는 것은 그만큼 전쟁 수행에 자신감을 갖고 있다는 이야기다.

개전을 앞둔 일본군은 전쟁 수행에 협력해 줄 조선의 권력 집단이 절실했다. 그 대안은 역시 대원군이었다. 일본 측은 민비 세력의 탄압으로 운현궁에서 유폐나 다름없는 나날을 보내는 대원군에게 비밀리에 사자를 보냈다.

오카모토 류노스케라는 자가 대원군을 여러 차례 방문했다. 오카모토가 한지 위에 한문을 휘갈겨 썼다.

"이건 그냥 하는 소리가 아닙니다. 우리 일본도 조선 조정의 권력관계에 대해서는 면밀히 주시하고 있습니다. 대감께서 정권을 잡은 후 국정개혁을 단행하고 국정을 문란케 해 온 민 씨 일족을 쫓아낼 절호의 기회입니다."

오카모토가 운현궁을 드나드는 와중에 일본군이 경복궁에 난입해 호위병을 물리치고 왕궁을 장악하는 강수를 펼쳤다. 고종은 곧바로 일본군의 감시하에 들어갔다. 그때 비로소 대원군이 자신을 수반으로 하는 새 정권을 추인했다.

대원군은 며칠 지나지 않아 자신이 그저 허수아비 집정에 지나지 않음을 알게 된다. 민비 역시 척족이 모조리 추방되는 것을 목격하면서 어떤 도움도 받을 수 없는 정치 고아의 신세로 전락해 버렸음을 절감했다. 그렇다고 이대로 물러날 민비가 아니었다. 왕궁 깊숙이 은둔하는 척하면서도 자신만의 연락망을 이리저리 움직이고 있었다.

홍태산이 보기에 민비의 이 같은 지하 행동은 분명 판단 착오였다.

고종과 민비는 변함없이 청국군에 구원을 의뢰하는 밀서를 보내고 리홍장이 요구하는 대로 일본군의 동태와 병력 정보를 갖다 바쳤다.

민비는 민비대로 고종과 별도의 행동을 펼쳤다. 청국군에 대해 "우리나라는 상국(上國)을 신뢰합니다. 필승을 기원하겠습니다."라는 비밀 서신까지 보냈다. 그와 동시에 북경에 밀사를 파견해 서태후의 환갑을 축하한다며 은화 십만 냥을 상납했다.

물론 두 사람은 자신들의 행동이 일본 공사관이 깔아 놓은 신경망에 포착돼 일본 정부에 낱낱이 보고되고 있다는 사실을 눈치채지 못했다.

일본 쪽이 전쟁을 각오하고 있다는 낌새를 눈치챈 청국군이 압록강을 건너 평양 인근에 집결해 힘을 과시했다. 일본으로서는 그야말로 목구멍에서 손이 나올 정도로 바라던 바였다. 오토리 게이스케 공사는 자꾸 뒤로 빠지려는 고종을 강하게 압박해 '청국군 철수 요구서'를 받아냈다. 철수 요구서는 교전 개시의 명분이 된다. 요구서는 즉각 인천에서 아산 쪽으로 이동 중인 혼성여단에 전달했다.

아산의 청국군 병력은 삼천사백 명, 일본은 혼성여단을 주력으로 한 삼천 명과 산악지대에서 자유롭게 이동할 수 있는 산포 여덟 문이었다. 깊은 밤, 적의 진지로 접근한 일본군이 날이 밝기 시작하자 산포 공격을 개시했다. 전투는 싱겁게 끝나고 말았다. 청군이 어이없이 패주했다. 평양 쪽 전투도 마찬가지였다.

조선에서의 발언권을 되찾았다고 판단한 일본은 곧바로 조선 조정을 개편해야 하는 숙제를 떠안게 됐다. 여전히 친일 세력이 미약하다고 여긴 일본 정부는 갑신정변 실패 후 일본에서 망명 생활 중이던 박영효를 귀국시켰다. 망명 십 년 만이었다. 민비는 박영효가 갑신정변 당시 민씨 일족 다수를 학살하는 등의 과거를 결코 잊지 않고 있었다.

하지만 뜻밖에도 민비가 인천 일본인 거류지에 머물고 있는 박영효에게 밀사를 보낸다. 밀사는 "왕비께서 이 물건을 꼭 전달해 달라고 하셨습니다."라는 말과 함께 고급 비단으로 만든 예복 한 벌을 전했다.

민비가 박영효에 대한 복수심을 접은 것은 홍태산의 정세 분석 때문이었다. 홍태산은 내수사외부아문의 실적 보고를 올리는 중에 일본에서 따로 구입한 금실로 수놓은 자수 비단 한 필을 올렸다. 민비가 환히 웃었다.

일본산 진품 이야기를 하다가 때마침 갑신정변 때 일본으로 망명한 박영효를 일본이 다시 귀국시킨 배경이 주제로 떠올랐다. 홍태산이 외국인들의 모임이 정기적으로 열리는 정동 구락부에서 회자되는 일본의 의도에 대해 설명할 기회를 가졌다. 민비가 솔깃했다.

"이번 청일 양국 전쟁에서 일본이 승리를 거뒀습니다. 일시적인 일이라고 생각하고 그냥 넘기실 일이 아닙니다. 지난번 일본은 청국 스스로 전쟁에 돌입하도록 자극하는 전략 전술을 구사했습니다. 그만큼 군사력의 차이에 자신감을 가졌기 때문입니다. 갑신정변 때의 일본이 아닙니다. 일본 군사력은 최근 들어 급속도로 강화되고 있습니다. 중전께서 힘을 회복해 대원군을 집정 자리에서 쫓아내려면 일본 쪽의 환심을 사둘 필요가 있습니다. 그렇다면 일본이 일부러 데려온 박영효만큼 이용 가치가 큰 인물도 없을 것입니다."

"하지만 내가 그 인간을 어떻게 생각하고 있는가를 그자도 잘 알고 있을 텐데. 지금 내가 손을 내민다고 해서 그자가 선뜻 받아들이겠는가."

"그렇지 않습니다. 대원군은 자신을 허수아비 취급하는 일본에 대해 원한을 품고 있습니다. 그런 판에 일본은 뜬금없이 일본에서 데려온 박영효를 대원군 대신으로 쓰려하고 있습니다. 그러니 대원군이 일본의 후원을 받는 박영효에 대해 경계심이나 혐오감을 드러내는 것은 당연합니다. 그뿐 아니라 박영효의 등장으로 자신들의 영향력이 약해질 것을 우려하는 정부 내 다른 친일 세력도 국왕이 박영효를 사면하지 않기를 바라고 있습니다. 이런 정치 환경에서 중전마마가 과거사를 접고 박영효에게 호의를 표시하면 박영효로서는 커다란 위안이 될 것입니다. 마마께서도 일본과의 관계 구축에 박영효라는 인물을 활용할 수 있는 것이고요."

민비가 고개를 끄덕였다.

"그것도 일리 있는 말이오."

며칠 지나지 않아 고종의 이름으로 박영효의 과거에 대해 사면령이 발표됐다. 박영효가 조정에 공식 진입할 수 있는 길이 열린 것이다.

아닌 밤중에 홍두깨인가. 이런 와중에 고종과 민비에게 뜻하지 않은 소식이 들려왔다. 삼국간섭에 굴복한 일본이 요동반도의 영유권을 단념한다고 발표한 것이다.

삼국간섭의 주도국은 러시아였다. 기세등등했던 일본이 러시아의 한마디에 꼬리를 내리는 모습을 목격한 민비는 속으로 쾌재를 불렀다. 민비가 무릎을 쳤다. 역시 친일이 아니라 친러 정책이 옳았던 것이다.

민비는 러시아를 끌어들여 청나라에 맞선다는 과거의 꾀를 이제 러시아를 끌어들여 일본에 맞서는 전략으로 바꿔야 한다고 결론을 내렸다. 민비가 침전에서 만면에 웃음을 지으며 고종에게 속삭였다.

"이런 날이 반드시 오리라고 확신하고 있었습니다. 일본이 청과의 전쟁에 이기고 나서 교만해진 것도 잠깐입니다. 이제 그 오만한 콧대가 납작해졌지 않습니까. 그렇다 해도 러시아는 어쩌면 그리도 강할까요? 군대 하나 움직이지 않고 일본을 눌러 버렸네요. 호호."

고종도 맞장구쳤다.

"그러게 말이요. 병사 하나 동원하지 않고…. 역시 코빼기들이 세긴 하구만."

"내일은 러시아 공사 부부를 초청해 몇 사람만 어울려 연회를 여는 게 어떨까요. 그러잖아도 위베르의 부인이 러시아에서 온 것이라며 진기한 선물을 보내 왔습니다. 우리도 인사말을 해야 하지 않겠습니까."

고종이 동의했다.

"그렇게 합시다. 오랜만에 즐거운 시간을 갖는 것도 좋겠죠."

러시아의 화려한 등장과 함께 민비는 홍태산에게 노골적으로 짜증을 부리기 시작했다. 괜히 박영효 같은 인물에 치중하면서 어리석은 친일 정책을 펼칠 뻔하지 않았느냐는 질책이었다. 고개를 숙여 사과를 표했지만 홍태산은 여전히 자기 판단을 물리지 않았다. 정동 구락부에서 흘러나오는 정보들을 종합해 보면 러시아나 청나라 모두 늙고 병든 슬픈 거인에 불과했다. 지금의 그들 모습은 짙은 화장으로 주름을 감춘 늙은 기생의 얼굴일 뿐이다.

반면 일본이나 미국은 한창 신흥국으로 떠오르는 태양이었다. 지금 당장 러시아의 신세가 편하다고 해서 일본을 버리고 국운을 건 모험을 할 때가 아니었다. 홍태산은 민비 앞에서 그런 이야기까지 꺼내지는 않았다. 아니, 해 봤자 미움만 더 살 뿐이다. 민비의 가장 큰 결점은 지혜가 오늘의 시한을 넘기지 못한다는 점이다.

홍태산은 이제 서서히 민비를 떠날 때가 왔다고 가슴 속 생각을 굳혔다. 다시 새로운 길을 개척해야 할 때가 온 것이다. 계획은 치밀하게, 행동은 과감하게 해야 한다. 새로운 세상을 만들 자금은 충분했다.

민비의 노골적인 태도 변화에 일본은 충격을 받았다. 친러파가 고개를 쳐들고 친일파가 뒷방으로 쫓겨 나가는 가운데 일본 정부는 조용히 이를 갈았다.

자연히 박영효의 입장이 묘해졌다. 그동안 일본과 민비 사이에 위태롭게 균형을 유지해 왔지만 민비가 친러와 반일을 전면에 내걸자 이제 일본만 자신의 후원자로 남게 된 것이다. 박영효는 각료들 사이에서 완전히 고립돼 있음을 깨달았다.

일본이 유일한 생명줄이 된 박영효는 고종과 민비의 친러 움직임을 낱낱이 일본 측에 넘겨주었다. 조선 조정이 일본의 후원으로 만든 훈련원을 폐지키로 했다는 정보를 맨 먼저 일본 공사에게 흘러보낸 것도 박영효였다.

일본 정부의 분위기는 점점 더 심각해질 수밖에 없었다. 일본은 어떤 일이 있어도 조선을 러시아에 빼앗길 수 없다는 입장이었다. 사태를 방치하다가 만에 하나 조선이 러시아와 손을 잡는다면 조선은 그날로 러시아의 것이 되고 만다. 그것은 조선 반도를 넘어서 일본 제국이 그리고 동양 전체가 절체절명의 위기로 빠져들게 됨을 의미하는 것이다.

이노우에 카오루 공사가 갑자기 본국으로 송환됐다. 그다음 후임자로 미우라 고로가 서울에 도착했다. 군 장성 출신이었다. 최의재가 외교아문 소속 아전들로부터 일본 쪽 분위기가 심상치 않다는 정보를 취득해 홍태산에게 직보했다. 인천 일본인 거류민단이 완전히 숨을 죽이기 시작했다는 소식도 확인했다.

홍태산은 직감했다. 동학란 당시 일본군은 일부러 청군을 자극했다. 청군을 교묘하게 전쟁으로 끌어들였다. 이번에도 일본이 뭔가를 꾀하기 시작한 것이다. 지금 당장 러시아와 전쟁을 벌이지 않을 것이라면 그 공격의 화살은 조선 조정으로 향할 수밖에 없다. 조정이 위험해질 것이다.

그렇다. 지금 당장 행동에 돌입하지 않으면 안 된다. 얼마 후, 홍태산이 민길주와 최의재를 소집했다. 사랑방에는 저녁 식사와 더불어 간소한 주안상이 마련됐다. 김판수도 동석했다.

상 위에는 저마다 노릇노릇하게 구워진 굴비가 한 마리씩 올라왔다. 민길주가 "너무 커서 이거 한 마리를 다 먹을 수 있겠나."라고 혼잣말을 했다. 홍태산이 웃었다.

"법성포에서 올라온 것입니다. 아주 최고급 굴비라고 합디다."

최의재가 '와~' 하고 감탄하면서 물었다.

"이 귀중한 걸 어디서 구했습니까?"

엉뚱하게 김판수가 자랑을 늘어놓았다.

"이거 제가 참판님과 같이 도두댁에 갔다가 직접 나른 겁니다."

"도두?"라고 최의재가 말하자 김판수가 고개를 끄덕였다.

"아, 예 보부상 도두 말입니다."

모두가 고개를 끄덕였다. 홍태산이 거들었다.

"얼마 전 도두와 만나 여러 가지 이야기를 했어요. 그때 도두가 자기도 사례를 하고 싶다고 보낸 겁니다. 많이 있으니까 마음껏 드십시오."

민길주가 고개를 좌우로 저었다.

"이것도 내 허벅지만 한데 이걸 어떻게 다 먹습니까. 허허."

홍태산이 아욱국을 한 숟갈 떠서 맛을 보는가 싶더니 갑자기 진지한 표정을 지었다.

"내가 오늘 여러분을 부른 것은 이제 우리도 마지막 결정을 내릴 때가 왔다고 생각해서입니다."

마지막 결정이라는 말에 모두가 놀란 표정을 지었다.

"전국의 보부상들이 매일매일의 정보를 취합해서 도두에게 올립니다. 도두가 저번에 만났을 때 인천 일본인 거류단지 이야기를 들려주더군요. 심상치 않았습니다. 일본 아이들이 뭔가를 준비하는 것 같다고 하더군요. 일본 제품 때문에 거래하는 친한 거류민들이 있는데 그들이 들려주는 이야기로는 군 장성이 공사로 부임한 것 자체가 의미심장하다는 거예요."

"의미심장하다면요?"

"일본은 지금 조선 조정의 가장 큰 골칫거리를 민비로 보고 있습니다. 조선 조정과 민비가 러시아로 급격하게 기울고 있는 것 자체를 자신에 대한 도발 행위로 간주할 정도입니다. 도두의 설명에 의하면 인천 거류민들도 격앙돼 있다고 합니다. 그러면서 이번 기회에 끝장을 내야 한다는 목소리로 통일되고 있다는 거예요."

최의재도 잠시 끼어들었다.

"저도 외교아문 실무자들을 통해 들었는데 일본 정부에서는 삼국간섭으로 당했다는 생각에 열강의 압력에 맞서 기존의 해외진출 정책을 전면 재조정하기로 했다고 합니다. 그게 뭐냐니까 강공책이라고 합니다. 단순 외교가 아니라 그냥 총칼을 앞세운 밀어붙이기라고 하더군요. 미우라 공사가 일본 외무성에서 부임 인사를 하면서 '어려움을 무릅쓰고 목숨을 조선 땅에 바칠 결심'이라고 밝혔다고 합니다. 무서운 말이죠."

"우리 조정에서는 어떻게 하고 있습니까?"

민길주의 질문에 홍태산이 한심하다는 듯 고개를 절레절레 흔들었다.

"한심해요. 미우라가 우리 조정에 신임장 봉정을 위해 왔을 때 뭐라고 한 줄 아십니까? '저는 군에 오래 있으면서도 공을 세운 적이 없는 무능한 군인입니다. 이번에 공사로 부임했습니다만 외교에는 완전 문외한입니다. 앞으로는 국왕께서 부르시지 않으면 관저에 틀어박혀 불경 베끼기나 하면서 이 땅의 풍류나 즐길 작정입니다. 여유가 더 있으면 관음경을 베껴 중전마마께 올리고자 합니다.'라고 주절거렸어요. 이런 긴박한 국제환경에서 그런 말이 나올 수 없다는 것쯤은 웬만하면 다 짐작할 수 있는 거 아닙니까. 더군다나 직업외교관이 아니라 무장이 공사로 온 것은 무서운 신호입니다. 근데 고종 부부의 반응이 걸작입니다."

"뭐라고 하던가요?"

"크게 기뻐했죠. 단순하기 이를 데 없는 분들입니다."

"허어~" 하며 민길주가 한숨을 쉬었다.

"시간이 흐르면서 민비는 완전히 환상에 빠져들었어요. 외교 문외한이 왔다는 거죠. 민비가 자신감이 넘쳐흐르면서 아무런 거리낌 없이 러시아 공사 부처와의 관계를 돈독히 하고 있습니다. 더군다나 국왕의 이름으로 일본 세력을 하나하나 제거해 나가고 있어요."

"미우라는 가만있고요?"

"미우라가 더 걸작입니다. 그런 소식을 접할 때마다 '아, 소오~'라는 것뿐이래요. 그래서 요즘은 조정에서 그 사람을 '아 소오'공사로 부를 정도입니다. 상대의 기분을 맞춰 주면서 상대가 자만에 빠지도록 하는 것이야말로 병법의 제일 원칙 아닙니까. 그러기 위해서 월왕 구천처럼 자신을 한없이 낮추는 것이고요. 미우라가 하는 짓이 바로 그겁니다. 머지않아 뭔가 일이 터집니다. 그래서 우리가 마지막 결정을 내려야 할 때가 왔다고 한 겁니다."

이제야 모두가 고개를 끄덕였다. 굵은 굴비 살점을 떠서 입에 가져가던 최의재가 젓가락을 내려놓고 홍태산을 바라보았다.

"어떻게 할 생각이십니까?"

홍태산이 세 사람을 주욱 둘러봤다.

물러날 때를 알아야

"정리할 겁니다. 주변을 정리할 생각입니다. 관직을 내려놓겠습니다."

다른 세 명이 일제히 홍태산을 주목했다.

"사실은 이미 집을 내놨습니다. 싼값에 처분할 계획이에요."

"그럼 어디로 가실⋯."

"생각해 놓은 데가 있습니다. 아주 먼 곳으로 갈 생각이에요. 뭐 여러 분들에게 같이 가자고 강요는 하지 않을 것입니다. 나머지 인생은 여유롭게 지낼 수 있을 테니 이쯤 해서 해산이라고 할까, 각자 갈 길을 가더라도 크게 미련은 없으실 거라고 생각합니다."

김판수가 고개를 번쩍 들었다.

"저는 데리고 가시기만 한다면 끝까지 따라가겠습니다. 제가 이제 와 어디로 가겠습니까. 저는 싫습니다."

민길주가 웃었다.

"이제 와서 그런 말씀 하시면 저로서는 보통 섭섭한 게 아닙니다. 저에게 또 다른 인생을 선물해 준 분이 바로 참판님 아닙니까. 김판수 말대로 이제 와서 혼자 떠나시다뇨. 어불성설입니다."

"저 역시 어불성설입니다."라고 최의재가 민길주를 향해 눈을 찡긋해 보였다.

"아니, 제가 헤어지자는 게 아니라 강요하고 싶지 않을 뿐이라고 말씀을 드리는 것입니다. 여러분들의 입장을 충분히 알았고, 또 진지하게 받아들이겠습니다. 그러면 제가 지금껏 마음에 둔 계획을 말씀드리겠습니다…. 원산으로 떠날 생각입니다."

"원산요?" 모두가 이구동성으로 물었다.

"예, 함경도 원산입니다."

"왜 하필 원산을?"

"어업을 좀 크게 해 볼까 고려 중입니다. 사업을 하더라도 조선인들과 복작거리기보다는 일본 아이들하고 해 볼 생각입니다."

"그럼 걔네들과 무엇을?"

"하하하, 웃지 마십시오. 털게잡이 배를 운영할 겁니다."

"털게요?"

"그렇습니다. 털게. 일본 거류민들끼리의 이야기인데 이것도 도두가 전해 준 겁니다. 요즘 일본 상류층 사이에 돈이 좀 돌면서 식도락 문화가 번지고 있다고 합니다. 그중 하나가 털게 요리라고 하네요. 그런데 그 털게를 모두 일본 북부 그러니까 북해도에서 잡아 갖고 배로 관동이나 관서 지방으로 실어 나른답니다. 아주 비싼 값에 거래된다고 하더군요. 그런데 그 털게가 원산하고 청진, 나진 앞바다에서 무진장 나오는 것 아닙니까. 북해도에서 관동 관서까지 가나, 원산 앞바다에서 관동 관서로 가나 거기서 거기의 거리입니다. 우리가 잡아서 배로 직송하면 되는 거죠. 그래서 원산하고 청진 쪽 털게잡이 어선들을 사들일까 계획 중입니다. 그렇게만 되면 도두도 같이 투자하고 싶다고 하더군요. 어선을 사들일 바에는 아주 다 사들여 독점 체제를 구축할 계획이에요. 그래서 말인데 의재가 괜찮다면 그 문제를 좀 다뤄 주었으면 하오. 가능한 한 어선들을 다 사들여도 좋고. 선주나 어부들은 종전처럼 일하면 됩니다. 단 어획고에 따라 수당을 지급할 계획입니다.”

민길주가 오른 손으로 머리를 쓰다듬으며 물었다.

“그럼 평안도 광산 운영은 손을 떼는 겁니까?”

“아니, 그건 상관없습니다. 그대로 운영할 것입니다. 금은광이야 직접 운영하지 않아도 자기대로 돌아가는데, 신경 쓸 것도 없지 않습니까. 그리고 말이 나온 김에 민 영감에게 부탁할 것이 있습니다.”

민길주가 고개를 끄덕였다.

“말씀하시죠.”

“원산 쪽은 바닷가라서 좁지만 그래도 평야 지대가 좀 있습니다. 그쪽 논밭을 대량으로 구입할 생각입니다. 그 논밭을 민 영감이 책임지고 관리를 좀 해 주셔야겠습니다.”

“뭐 그거야, 맡겨만 주신다면 늘 하던 대로 해 보겠습니다.”

“그럼 두 분은 조만간 그쪽으로 출발해서 일들을 빠른 속도로 추진해 주십시오. 고깃배들은 시가보다 더 올려서 매입해도 좋습니다. 가능한 한 한쪽으로 모으는 것이 중요하니까요.”

“예, 알겠습니다.”

“대장간 사람들도 내가 어디 어디로 갈 건데 같이 가겠느냐고 물었더니 다들 가겠다고 합디다. 일거리만 있으면 문제없다면서요. 그래서 보부상 아이들 통해서 원산 쪽 대장간 관련된 여러 정보를 수집해 달라고 부탁해 놓았습니다. 대규모 농장을 조성하면 고정된 일거리가 나올 것이고, 어선들도 요즘은 철물을 많이 쓰니까요.”

최의재가 빙긋 웃었다.

“아이고, 우리 참판님은 다 계획이 있으셨네요. 옛날 장호원 가던 길 주막에서 저를 먼저 장호원으로 보내던 때가 생각납니다. 하! 그때도 신났었는데.”

김판수가 최의재를 향해 말했다.

“맞아요. 우리 참판님의 눈부신 활약이 펼쳐지던 바로 그 주막! 생각납니다. 하하하. 내장탕이었던가? 그 국밥도 맛있었죠.”

홍태산이 웃었다.

“다들 기억력들이 펄펄 살아 있구먼. 나만 늙어 가나?”

숭늉 그릇을 들면서 최의재가 물었다.

“근데 한 가지 궁금한 것이 있습니다. 털게를 떠나서 왜 굳이 함경도로 가시려는지도 궁금하네요.”

“궁금하긴. 원산으로 결정하기 전에는 여러 곳을 생각해 봤지. 하지만 하삼도는 싫더군. 어딜 가나 사대부놈들 입만 살아 가지고 말만 많은 곳 아닌가. 고작 문벌 싸움에 서로 뒤통수나 치고. 정도 차이는 있겠지만 황해도나 가까운 평안도 역시 양반 행세하는 놈들 득시글거리는 것은 마찬가지고. 하지만 함경도는 여진족이 사는 곳이라면서 조선 왕조 내내 찬밥 신세였지 않은가. 그만큼 때가 덜 묻은 곳이라고 할 수 있지. 뭐 지금은 밝힐 수 없지만 조금 다른 사정도 있고….”

“하긴 그것도 틀린 말씀은 아니죠. 나라가 썩고 문드러지면서 망해가는 마당에 모두들 공자왈 맹자왈이나 중얼거리고 있으니.”

최의재가 계속했다.

“말이 나왔으니 말인데 지금 항간에 이런 말이 떠돌고 있습니다. ‘조선은 민란으로 망한다.’ 그런데 그 민란이 무슨 뜻인지 아십니까? 민란이 민비의 난을 뜻한대요.”

오랜만에 김판수가 한마디 거들었다.

“저녁 하늘에 붉은 구름이 자주 끼는 것은 나라가 망해 가는 징조라고 하더군요. 얼마 전에 붉은 구름이 가득 차자 사람들이 하늘을 보면서 그렇게 말하더군요.”

민길주가 김풍산의 말에 덧붙였다.

“홍운(紅雲)이 자주 뜨면 임금이 바뀐다고 하지. 천명이 다한 징조라는 걸세.”

김판수가 한마디 더했다.

“그 왜 있잖아요, 정감록에 나오는 정(鄭) 진인의 정이 원래는 나라 정 자가 아니라 바를 정 자로 마침내 올바른 임금이 나타날 것이라는 의미라고 하더군요.”

"푸하하하." "하하하."

김판수의 말이 나오자 갑자기 모두가 와~ 하고 웃음을 터뜨렸다. 홍태산이 억지로 웃음을 참았다. 그러면서 자기 잔을 김판수에게 건넸다. 김판수가 받은 잔에 안동 소주가 찰랑찰랑 넘쳤다.

"맞는 말이네. 그 바를 정 자 덕에 우리가 지금 이 자리에 있는 거네."

김판수가 그제야 폭소의 의미를 깨달은 눈치였다. 술잔을 받으면서 멋쩍은 듯이 웃음을 터뜨렸다. 김판수의 모습에 모두가 다시 폭소를 터뜨렸다.

민비와 진령군

남산 북쪽 기슭에 자리 잡은 일본 공사관 주변이 온통 붉은 빛으로 물들기 시작했다. 낙엽수들은 저마다 빨갛고 노란 옷으로 갈아입은 채 자태를 뽐냈다. 굳게 뻗은 소나무들은 변함없이 푸르렀다. 미우라 공사가 책상 위의 열반경을 조용히 덮고 집무실 창밖으로 시선을 돌렸다. 그리고 부처님의 마지막 말씀을 조용히 읊었다.

"모든 것은 무상하니, 방일하지 말고 부지런히 정진하라."

그렇다. 조선에 부임하면서 하루도 방일하지 않고 부지런히 준비해 왔다. 이제 실행만이 남았다. 그동안 민비 일파는 일본 경멸을 주저하지 않았다. 민비 세력은 훈련대를 해산하는 구실을 얻기 위해 고의로 훈련대를 모욕했다. 훈련대 병사들이 난폭하게 군다며 도리어 비난을 퍼붓곤 했다. 해산과 동시에 훈련대 간부들이 엄벌에 처해질 것이라는 소문까지 흘러 다녔다.

제2 대대장 우범선은 일본인 교관과 일본 공사관 측에 몇 번씩이나 지원을 요청해 왔다. 하지만 미우라는 그때마다 침묵했다. 미우라는 먼저 해결해야 할 문제가 있다고 생각했다.

당장 민비의 세력 증강에 불만을 품고 있는 대원군을 끌어들일 필요가 있었다. 그와 동시에 민비 세력에 대해 폭발 직전의 불만을 품고 있는 훈련대가 대원군을 추대하여 반란을 결행하도록 일을 꾸며야 했다. 그래야 표면적으로나마 조선인들 사이에 일어난 사건으로 분식시킬 수 있는 것이다.

물론 주력은 일본 수비대가 담당한다. 여기에 공사관원, 영사경찰, 조선 거류 일본인들이 가세한다. 그리고 훈련대가 앞장서도록 작전을 짜야 한다. 여기까지가 미우라가 오랫동안 구상해 온 작전 계획이었다.

구월 말 한성신보를 운영하는 아다치 겐조 사장이 미우라에게 일본 쪽 여론을 전달하기 위해 방문했다. 미우라는 여전히 침착했다. 그러면서 대화 중 마침내 본심을 드러냈다.

"어차피 한 번은 여우 사냥을 해야겠지요."

아다치가 마침내 미소를 지었다. 미우라의 속내를 제대로 읽은 것이다. 미우라가 말을 이었다.

"주변에 젊은이들이 몇 명 정도 있습니까."

"그거야 걱정하지 마십시오."

그 시각, 대원군은 성 밖의 공덕리 별장인 아소정에 머물고 있었다. 민비파가 보낸 병사들이 주변을 철통같이 에워싸고 있었다. 음력 시월로 접어들자 미우라는 작전 날짜를 십 일로 잡았다. 서울의 경비를 담당하는 보병 독립 제십팔 대대가 사백오십 명이다. 여기에 영사경찰을 동원하고, 민간인 동원은 아다치 사장이 책임지기로 했다.

시월 오일, 미우라는 무쓰 무네미쓰 전 외상의 심복인 오카모토 류노스케를 대원군 별장으로 보냈다. 대원군에게 미리 양해를 얻어 둘 필요가 있었기 때문이다. 부대부인의 생일 축하 선물을 전달한다는 게 명분이었다. 일본산 화장품류를 보란 듯이 들고 갔다.

칠 일, 조선의 군부대신 안경수가 일본공사관을 방문했다.

"내일 훈련대를 해산하기로 결정했으므로 승인을 얻고 싶소."

미우라는 여전했다. "아, 소오데스까."라는 대답뿐이었다. 그러면서 말했다.

"잘 알겠습니다. 저희들이야 조선 조정의 결정에 뭐라고 할 수 있겠습니까. 외무성에 그대로 전하겠습니다."

예상보다 빠른 훈련대 해산이었다. 훈련대가 무기를 빼앗기고 나면 대원군이 이끄는 훈련대의 반항적 군사행동으로 몰고 가려던 애초의 계획이 무산되고 만다. 미우라는 작전 일을 앞당긴다고 부하들에게 통지했다. 훈련대 해산날인 팔 일 새벽으로 결행 시기가 재조정됐다.

오카모토 류노스케가 용산의 일본군 집결지에 모습을 나타낸 것은 칠 일 자정 무렵이었다. 현장에서 기다리고 있던 영사관보 호리구치가 그에게 작전 계획을 담은 방략서를 넘겨주었다. 방략서에 의하면 오카모토를 중심으로 육, 칠 명의 순사, 거기에 아다치가 이끄는 민간인 약 사십여 명이 합동으로 공덕리의 대원군을 모시고 남대문으로 가서 일본군 수비대와 합류하고 곧바로 조선군 훈련대와 합쳐 경복궁으로 쳐들어가는 순서였다.

오카모토가 방략서를 손에 든 채 호리구치에게 자신의 흉금을 털어놓았다.

"조선과 러시아의 관계를 이대로 방치해 둔다면 일본은 완전히 반도 땅에서 배척당하고 조선의 운명은 러시아가 통째로 장악하게 됩니다. 이것은 단순히 반도의 위기일 뿐 아니라 진실로 동양의 위기이며 일본 제국의 위기죠."

"맞습니다."

"우리는 지금 비상 수단에 호소할 수밖에 없는 상황입니다. 결국 러시아와 조선의 관계를 끊고 러시아가 믿는 바를 없애야 할 것입니다. 그 외에 또 어떤 방법이 있겠습니까. 만약 민비를 제거할 수만 있다면 러시아 공사 위베르라 할지라도 누구를 통해서 조선을 조종할 수 있겠는가 말이죠."

호리구치는 여전히 "맞습니다."라며 동감을 표시했다. 둘은 굳은 악수를 나누고 헤어졌다.

아소정에는 민비 세력이 파견한 순사 열 명 정도가 주변을 상시 감시하고 있었다. 일본군은 최대한 조용히 아소정의 주변을 포위했다. 포위한 병사들이 순사들을 하나씩 장악해 나갔다. 물론 저항은 없었다. 두 사람이 담을 타고 올라가 안에서 대문의 빗장을 열었다.

일본군은 경비 초소로 들어가 그날의 경비병 명부를 확인했다. 숫자는 일치했다. 몰래 빠져나간 사람이 없다는 이야기다. 일본군은 그들의 옷을 모두 빼앗은 후 창고에 감금했다. 조선 순사복은 일본 순사들이 바꿔 입었다.

대원군이 가마에 탄 채 문밖으로 나오자 오카모토가 소리쳤다.

"대원군을 호위하여 왕궁에 무사히 도착한 후, 여우를 찾아 발견 즉시 처치하라."

오전 세 시였다. 대원군을 태운 가마가 남대문을 지나 서대문 쪽으로 달려갔다. 그곳에는 우범선이 이끄는 훈련대 제이 대대가 정렬해 있었다. 이백 명이 넘는 숫자였다. 드디어 동쪽 하늘이 밝기 시작했다. 오전 여섯 시 반이었다. 일본군 수비대가 뒤따라 도착했다.

훈련대가 앞장서서 빠른 걸음으로 경복궁을 향했다. 경복궁의 북동쪽에 있는 춘생문에 도착하자 수비대의 마쿠 마사스케 대위가 인솔하는 제삼 중대가 이들에게 사다리를 건넸다. 일부 병사들이 사다리를 타고 오르기 시작했다.

이때 훈련대의 불온한 움직임을 간파한 훈련원 연대장 홍계훈이 남은 병사 한 개 소대를 이끌고 현장으로 달려왔다. 홍계훈은 민비의 충신이었다. 홍계훈은 광화문으로 접근해 오는 제이 대대 군사를 향해 말 위에서 소리쳤다.

"군부대신이 여기 와 계신다. 연대장도 함께 있다. 함부로 움직이지 말라. 성문으로 들어가서는 안 된다!"

훈련대 병사들이 일시 동요하는 모습을 보였으나 직속상관이며 훈련교관인 일본군 장교가 이들을 강력히 통제했다.

"흔들리지 마라. 모든 책임은 내가 진다."

홍계훈도 이들을 대상으로 설득하기 위해 애썼다. 그러나 병사들은 움직이지 않았다. 대원군을 호위하던 무리는 이들과 별도로 안에서 열어제긴 광화문을 통해 왕궁 안으로 쏟아져 들어갔다. 문을 열어 준 것은 전날부터 잠입해 있던 훈련대 병사들이었다.

목표 지점은 고종과 민비가 거주하는 건천궁이었다. 이 궁은 경복궁 내의 가장 북쪽에 위치해 있다. 통로는 복잡했다. 중간 중간 별도의 문이 있었다.

광화문에서 건천궁까지는 두 길로 연결돼 있다. 왼쪽으로 간 일본 수비대와 훈련대는 새로 설치된 고종 시위대의 저항에 부딪쳐 혼전이 벌어졌다. 하지만 시위대 병사는 오래 버티지 못하고 흩어졌다. 오른쪽으로 간 민간인들은 거의 저항을 받지 않았다.

민간인 부대가 먼저 건천궁에 도착했다. 이들은 담장의 중앙에 있는 중문으로 들어가 건천궁 앞마당으로 나왔다. 시위대는 한 명도 남아 있지 않았다. 앞마당에는 궁녀들만 이리저리 종종걸음을 걷고 있었다.

편전 내의 방문을 열어젖히자 고종이 방의 중앙에 서 있고 그 주위를 내관들이 둘러싸고 있었다. 내관들이 일본인들을 향해 국왕이 계신다고 소리쳤다. 오기하라 경부가 외쳤다.

"국왕과 태자에게는 해를 가하지 말라. 대원군과 약속했다!"

날은 이미 훤히 밝았다. 긴 칼을 손에 든 민간인들이 약간의 병사들과 섞여 왕비로 생각되는 여성을 찾아 여기저기를 쑤시고 다녔다. 아무리 찾아도 그럴싸한 여인은 보이지 않았다. 어디선가에서 "왕비가 도망쳤다."는 소리가 나오기도 했다.

민간인들은 손에 잡히는 대로 궁녀들의 머리카락을 잡고 흔들며 "왕비는 어디 있느냐, 왕비 있는 곳을 말해라."라고 외쳤다. 건천궁 일대는 말 그대로 아수라장이 돼버렸다.

고종의 방으로 쳐들어간 일본인 몇 명이 고종의 제지를 뿌리치고 안쪽에 있는 또 다른 방으로 난입해 들어갔다. 민비의 거실이었다. 여러 명의 궁녀들이 방 안에서 서로 엉켜 있었다. 궁내 대신 이경식이 그 안에 있었다.

일본인들을 제지하려던 이경식은 그들과 뒤엉켜 싸우다가 권총에 맞았다. 그가 비틀거리면서 뜰에 면한 복도로 피해 나왔다. 그를 발견한 다른 일본인이 어깨를 칼로 내려쳤다. 이경식이 땅으로 고꾸라져 사망했다.

일본인 민간인들은 웅크리고 있는 궁녀들을 난폭하게 일으켜 세우면서 폭행을 가하거나 참살했다. 마침내 민비의 침전에 들어간 세 명이 이상한 장면을 목격했다. 많은 수의 궁녀들이 이불 주위를 둘러싸 앉아 있었다. 이불을 들춰내자 복장은 궁녀들과 다를 바 없으나 자그마하고 태도가 침착한 여인을 발견했다. 끝내 머리를 숙인 채였다.

일본인 무리 중 한 명이 칼로 내려쳤다. 머리 부분을 치자 일격에 쓰러졌다. 이들이 다른 상궁과 태자를 데려와 직접 신원을 확인하게 했다. 왕비의 용모를 묻자 한 궁녀가 "중전마마의 관자놀이에 아주 희미한 마마 자국이 있다."고 자백했다. 시체를 확인하자 마마 자국이 드러났다. 민비가 틀림없었다.

아침이 되면서 미우라 공사가 정황을 보고받았다. 그가 부하들에게 민비 시신의 뒤처리를 지시했다. 급히 소각하라는 명령을 받은 오기하라 경부가 민비의 시신을 문짝 위에 올리고 이불을 덮은 다음 건천궁 뒤편의 숲으로 옮겼다. 장작을 쌓고 그 위에 문짝을 올려놓은 다음 석유를 끼얹고 불을 질렀다.

미우라 공사는 고종을 찾아 민비를 폐비한다는 조칙에 서명하도록 강요했다. 폐후 조칙은 "민비가 훈련대 해산을 강요한 것이 이번 사변의 직접적인 원인이다… 왕비 민 씨를 폐하여 서인으로 한다."고 돼 있었다. 겁에 질린 고종은 서명할 수밖에 없었다. 폐후 조칙은 십 일 관보로 발표됐다.

하지만 암살 소식에 국내외에서 강한 반발이 일었다. 다음날 일본공사관과 조선 조정이 세론에 밀려 입장을 후퇴했다. "태자의 효성과 모정을 고려해 폐서인인 민 씨에게 특별히 빈의 호칭을 사여한다."고 수정 발표했다.

그동안 얼마나 억눌려 있었던 것일까. 민비가 죽자 조정 내외의 손가락들은 일제히 진령군을 겨냥했다. 민비의 폭정과 부패, 타락상에 진령군이 적극 가담했다는 비난이 갑자기 폭류처럼 쏟아져 나왔다. 포도청이 곧바로 북묘에 숨어 있던 진령군을 체포했다. 며칠 후 궁 밖으로 끌고 가 군중이 지켜보는 중에 효수했다. 세상 어느 누구도 막대기 끝에 매달린 진령군의 머리에 동정심을 보내지 않았다.

북묘는 철저히 파괴됐다. 민비 생전 민비와 함께 그토록 아낌을 베풀었던 고종은 진령군의 최후에 대해 일절 침묵을 지켰다. 하지만 그가 진령군을 위해 썼던 북묘비는 그대로 남아 세인의 조롱거리가 됐다.

관직을 사퇴한 후 자택에서 조용히 지내던 홍태산이 흔적 없이 사라졌다. 진령군과 친했다는 후문으로 몇몇 사람이 그의 자택을 찾아가 봤으나 집주인은 이미 다른 사람으로 바뀌어 있었다.

원산의 신흥 부호

그 시각, 홍태산의 가족과 이삿짐은 개별적으로 동대문을 출발, 포천을 지나 보부상원들이 미리 약속해 놓은 김화군의 특정 장소에서 합류하고 있었다. 모두가 빠짐없이 도착한 것을 확인한 이삿짐 대열은 강원도와 함경도를 잇는 철령을 지나 원산으로 향했다.

이사 행렬은 길게 이어졌다. 맨 앞에는 조은단이 탄 가마가 있었고 김판수가 바로 곁을 지켰다. 그 뒤로 열댓 명의 남자들이 저마다 이삿짐을 실은 노새들을 몰고 갔다. 도두가 특별히 선발해 보내 준 건장한 체구의 보부상원들이었다.

원산에 미리 도착한 홍태산은 민길주, 최의재와 함께 새로 구입한 저택을 둘러보았다. 저택의 위치가 일품이었다. 삼면이 산으로 둘러싸이고, 동쪽은 원산만이 훤하게 열려 있다. 그야말로 산과 바다가 어우러진 멋진 풍광을 뽐낸다. 민길주가 감탄사를 연발했다.

"그야말로 명당자리입니다. 좌청룡, 우백호에 앞에 거대한 바다가 펼쳐져 있네요."

최의재도 한마디 거들었다.

"물론 역류가 흐르는 강은 없지만 만으로 쏟아져 들어오는 파도가 빠져나가는 생명의 기를 막아 주는 역할을 하고 있지 않습니까."

홍태산이 "꿈보다 해몽이 더 좋구먼."이라며 파안대소를 했다.

이삿짐이 도착하고 주변 정리가 끝나자 홍태산은 곧바로 원산까지 직접 찾아온 일본인 몇 명을 만나 거래를 끝냈다. 일본 시미즈(淸水)수산의 사장과 그 일행이었다. 동해에서 수확한 털게를 독점으로 수출, 수입한다는 계약이었다. 원산이나 북해도 모두 수송 비용은 비슷하지만 조선에서는 북해도보다 어로 비용이 훨씬 싸게 먹혔다. 털게의 품질은 전혀 차이가 없으나 가격은 당연히 저렴했다. 시미즈 수산이 독점을 욕심낼 만했다.

한양에서 머나먼 원산이다. 여기서 홍태산은 더 이상 홍태산이 아니었다. 그를 아는 모든 이들이 이만훈 영감이라고 불렀다. 원산으로 오기 전 민길주는 시중에 나도는 진품 선원보략을 비싼 값을 치르고 구입했다. 그리고 대가 끊긴 집안을 골라 홍태산의 아버지 이름을 끼워 넣었다. 이렇게 해서 홍태산은 이만훈이 됐다.

이만훈은 기회 있을 때마다 손 큰 기부로 그 땅에서 인망이 높았다. 집안에는 늘 식객들로 붐볐다. 식객들 사이에서는 음식이 맛있고 양이 많아, 먹는 사람을 배부르게 한다는 품평이 이어졌다. 흉년이 들면 바가지를 들고 와 쌀을 퍼가는 주민들이 이만훈에 대한 탄탄한 세론을 형성했다.

예로부터 남의 옷을 입는 자는 남의 걱정을 제 가슴에 품게 되며, 남의 음식을 먹는 자는 그의 뜻을 위하여 죽기를 사양치 않는다고 했다. 그래서인가, 이만훈은 향촌 활동에 상당한 영향력을 행사했다.

이만훈이 원산에 정착한 지 얼마 뒤였다. 마침내 원산 지역의 종친회 회장으로 선출됐다. 처음에는 세 번 사양했다. 하지만 종친들의 권유가 워낙 강경해 사양하는 자체가 종친들에 대한 욕이 될 정도였다.

이만훈은 뒤늦게나마 측실에게서 아들 둘을 얻었다. 첫째와 둘째의 이름이 이환구, 이치구였다. 첫째는 광산을, 둘째는 어업회사를 물려받았다. (끝)

굿과 떡

ⓒ 이신우, 2026

초판 1쇄 발행 2026년 1월 1일

지은이   이신우
펴낸이   이기봉
편집   좋은땅 편집팀
펴낸곳   도서출판 좋은땅
주소   서울특별시 마포구 양화로12길 26 지월드빌딩 (서교동 395-7)
전화   02)374-8616~7
팩스   02)374-8614
이메일   gworldbook@naver.com
홈페이지   www.g-world.co.kr

ISBN   979-11-388-5161-9 (03810)